Amrûn

W0406178

© 2024 Amrûn Verlag
Jürgen Eglseer, Traunstein

Lektorat: Juri Pavlovic – textehexe.com

Printed in the EU

ISBN TB 978-3-95869-543-6

Alle Rechte vorbehalten

Besuche unsere Webseite und entdecke weitere tolle Romane:
amrun-verlag.de

Bibliografische Information der Deutschen Nationalbibliothek:
Die Deutsche Nationalbibliothek verzeichnet diese Publikation in der Deutschen Nationalbibliografie; detaillierte bibliografische Daten sind im Internet unter http://dnb.d-nb.de abrufbar.

v1/24

Was wir bereit zu geben sind

Katharina Glück

/Content Notes/

In diesem Buch werden einige Themen berührt, die für manche Menschen problematisch sein könnten. Damit diejenigen, die wissen, dass sie sich mit bestimmten Themen nicht auseinandersetzen können oder möchten, vorgewarnt sind, stelle ich diese Content Notes voran. Alle anderen können, gerne jetzt weiterblättern, damit nichts vorweggenommen wird.

Folgende Themen kommen in diesem Buch vor:

- Schwangerschaft und Geburt
- medizinische Schwierigkeiten während der Schwangerschaft
- Zwangsadoption
- Abtreibung
- Totgeburt
- Tod
- Euthanasie
- Flucht
- Zahnbehandlungen

/Die Autorin/

Katharina Glück, geboren 1979 in Münster, studierte Theater-, Film- und Fernsehwissenschaft, Germanistik und Philosophie in Köln. Danach arbeitete sie als Dramaturgin in der Filmproduktion. Inzwischen ist sie freie Lektorin und Texterin in München und schreibt Kurzprosa und Romane. Ihre Geschichten hat sie in dem Band „Der ewige Anfang“ zusammengeführt. Ihr erster Roman „Entgleist“ wurde mit dem Skoutz Award 2020 in der Kategorie Contemporary ausgezeichnet.

/Prolog/

Der erste Abschied, an den ich mich erinnere, war der meines Großvaters. Ich war sieben Jahre alt, wir hatten gerade den ersten Geburtstag meines Bruders gefeiert und waren bei meinem Großvater zu Besuch. Seine Wohnung roch nach alten Zeitungen und Espresso. Er tobte mit mir auf der Ledercouch herum, las mir aus meinen Lieblingsbüchern vor, während meine Eltern ausladende Mahlzeiten kochten und sich um den kleinen Matthes kümmerten. Ich hatte die Besuche bei meinem Großvater immer genossen, doch diesmal war etwas anders als sonst. Wie eine schwere Decke, die sich manchmal auf ihn legte, wenn ich kurz wegsah. Dann wurde er kleiner, seine Bewegungen schwerfälliger. Manchmal hielt er Matthes gedankenverloren im Arm und sah ihm zu, wie er an einem Keks lutschte, ohne eine Miene zu verziehen. Ich verstand sie nicht, seine plötzliche Fremdheit, seine Wortkargheit, und so setzte ich mich abseits in den Erker und schaute Videos auf meinem Tablet an.

Es war ein ausgedehnter Besuch, sicher über eine Woche, in der Papa und Opa lange Spaziergänge unternahmen. Sie ließen Mama, Matthes und mich zurück, nahmen ihre Schwermut mit nach draußen, und es wurde ein wenig leichter in meinem Bauch. Mama und ich sangen Matthes Lieder vor, und er gluckste, griff mit seinen speckigen Händchen nach meiner Wange und grub seine scharfen Nägel in meine Haut. Wenn sie zurückkamen, wurde es wieder leiser, bis Opa sich zu mir beugte und mich in die Seite kniff als Startschuss für unsere nächste

Couchtoberei. Ich machte mit, doch so sehr ich mich anstrengte, so laut ich auch lachte, es fühlte sich anstrengender an als sonst.

Meine Eltern hatten mir erklärt, was beim Abschied passieren würde. Sie hatten das Kino-Gleichnis benutzt. Viel später stellte ich fest, dass die Anteilsverteilungszentrale, die wir nur AVZ nannten, ein Handbuch herausgab, in dem dieses Gleichnis stand. Als anschauliche Erklärhilfe. Das Land sei wie ein Kino, in dem es nur eine begrenzte Anzahl von Plätzen gebe. Anfangs habe Matthes auf Mamas Schoß sitzen können, aber inzwischen brauche er seinen eigenen Platz. Und Opa habe sich bereit erklärt, seinen Platz zu räumen.

Ich verstand nicht. Zugegeben, ich war erst einmal im Kino gewesen, hatte mich schrecklich gegruselt in der Dunkelheit und sah keinen Grund, wieso wir gemeinsam mit Opa ins Kino gehen sollten. Er schaute nie Filme mit uns.

»Er kann auf dem Boden sitzen«, sagte ich. »Er kann stehen bleiben, hinten an der Wand, wo er niemandem den Blick versperrt. Er kann meinen Platz haben, ich nehme Matthes auf den Schoß.« Es gab so viele Möglichkeiten, dieses Problem zu lösen, und ich listete sie alle auf, doch Mama schüttelte nur den Kopf.

»Aber wo soll er dann hin?«, fragte ich, und sie strich mir über die Wange und lächelte nur. Heute bilde ich mir ein, dass ich es da verstand, obwohl das wahrscheinlich nicht stimmt. Wahrscheinlich verstand ich es erst am Tag des Abschieds.

Mama zog mir mein bestes Kleid an, dazu die Lackschuhe, die an der Seite drückten. Es machte nichts, ich sah gerne hübsch aus. Auch Mama zog sich schick an, Papa trug einen Schlips, Opa ebenso. Matthes steckten sie in ein langes, weißes Kleidchen, was ich nicht verstand. Erst bei der Parade stellte ich fest, dass alle Babys solche Kleider anhatten. Eine Uniform für Kleinkinder.

Es gab Fahnen und Musik und Zuckerwatte. Überall liefen Menschen mit Kameras umher, filmten und knipsten, und Eltern hielten sich ihre leuchtend weißen Babys entgegen, stupsten auf Näschen. Ich schloss mich ein paar anderen Kindern an, kletterte mit ihnen auf einem Gerüst herum, fiel irgendwann und schürfte mir das Knie auf, woraufhin Mama mich fest am Arm packte und nicht losließ. Ihr Griff schmerzte mehr als die Wunde. Ich verstand ihre Anspannung nicht, entschuldigte mich für den vollgebluteten Strumpf, über den sie sich unter anderen Umständen nicht so aufgeregt hätte, aber sie reagierte nicht.

Später gab es eine Ansprache, der ich nicht zuhörte. Stattdessen protestierte ich, wollte mich aus Mamas Griff winden. Sie zog mich aus der Menge, blieb erst hinter einem Baum stehen, beugte sich zu mir hinab und sagte: »Du wirst artig sein. Du wirst dich zusammenreißen und bei mir bleiben und still sein, einen Tag lang, denn heute geht es nicht um dich, verstanden? Heute geht es um deinen Opa, und zwar nur um deinen Opa. Das ist ein wichtiger Tag für ihn und für deinen Vater. Und für mich. Und für dich auch. Hast du verstanden?«

Nein, ich hatte nicht verstanden, aber der Ausdruck in ihrem Gesicht erschreckte mich so sehr, dass ich nickte.

Als wenig später die Prozession losging und wir uns in die Familien einreihten, die über die Hauptstraße Richtung Rathaus marschierten, flankiert von den anderen Besuchern, die jubelten und winkten, war ich mir des Blutflecks auf meinem Strumpf schmerzhaft bewusst. Ich schämte mich, dass alle mich so sahen, und schaute beim Gehen auf meine Schuhspitzen. Opa trug Matthes auf dem Arm, Papa ging an seiner Seite, hatte sich untergehakt, als wären die beiden ein Paar. Niemand von uns sagte etwas, nur Matthes gurgelte vor sich hin und testete die wenigen Silben, die er schon beherrschte.

Vorm Rathaus warteten die Limousinen. Ich war aufgeregt, weil ich hoffte, mitfahren zu dürfen. Ein Mann in einem Anzug führte uns zu einer hin und sagte dann: »Es ist Zeit für den Abschied.«

Opa übergab Matthes meiner Mutter und nahm sie in den Arm.

»Danke«, flüsterte sie in seine Schulter.

Dann beugte Opa sich zu mir hinunter. »Verstehst du, warum das hier gerade passiert?«, fragte er. Er roch nach Aftershave. Seine Augen waren ungewöhnlich blau.

Ich nickte. »Wegen Matthes.«

Er legte seine Hand an meine Wange. »Sorge dafür, dass er sich an mich erinnert, so wie du dich an deine Oma erinnerst. In euren Erinnerungen leben wir weiter.«

Ich nickte, obwohl ich nicht verstand. Ich erinnerte mich nicht an Oma, ich war ja noch ein Baby gewesen, damals, als sie mit mir auf dem Arm diesen Gang getan hatte. Es gab Fotos, eines stand sogar auf meinem Nachttisch, und an das dachte ich jetzt. Galt das als Erinnerung? Ich ahnte, dass Opa es anders meinte.

»Ich habe dich sehr lieb, Emma.« Dann küsste er mich auf die Stirn und stieg in den Wagen.

Papa drückte Mamas Hand. Erst jetzt bemerkte ich, wie rot seine Augen waren. Dann stieg auch er ein, und der Wagen fuhr an.

Ich bekam Panik. »Papa«, rief ich, wollte dem Auto hinterherlaufen, doch Mama griff mich wieder am Arm, hielt mich fest.

»Er kommt später nach«, sagte sie nur.

Nach Opa fragte ich nicht.

Als Papa am Abend in die Wohnung kam, waren Matthes und ich schon im Bett. Ich konnte nicht schlafen, stellte mir die ganze Zeit die Kinosessel vor, vier Stück. Oma und Opa in der Mitte, Mama und Papa an den Seiten. Ich stellte mir vor, wie Oma aufstand, rekonstruierte ihre Bewegungen aus den wenigen Videos, die ich von ihr gesehen hatte. Sie verschwand in der Dunkelheit, und plötzlich saß ich auf ihrem Platz. Dann passierte dasselbe mit Opa und Matthes. Papa setzte ich in Gedanken neben mich, spürte seine Hand auf meiner, sah vor meinem inneren Auge, wie er mir Popcorn hinhielt, und fragte mich, ob er lieber neben Oma gesessen hätte. Und als ich schließlich die Schlüssel hörte, seine Schritte im Flur, die ich unter Tausenden hätte erkennen können, und dann seine Stimme, löste sich das Bild endlich auf. Trotzdem schlief ich erst ein, als Mama und Papa zu uns in das winzige Gästezimmer kamen. Wieso sie nicht Opas leeres Bett benutzten, wagte ich nicht zu fragen.

Seitdem hasse ich Abschiede.

/01/

Es begann mit einer Fernsehaufzeichnung. Ich mochte keine Videos von mir, hatte auch als Jugendliche selten welche gemacht und hatte nie Schauspielerin oder Sängerin oder auf irgendeine andere Art berühmt werden wollen, ganz im Gegensatz zu meinen Freundinnen. Bis heute spreche ich nicht gerne vor Menschen. Schulaufführungen waren traumatisierend für mich, Vorlesen vor der Klasse ein Graus, und bei dem Gedanken, bei Tausenden, vielleicht Millionen von Fremden im Wohnzimmer zu erscheinen, wenn auch nur stumm und im Hintergrund, versetzte mich in Panik. Aber ich bin auch loyal, und ich hasse es, Menschen zu enttäuschen, vor allem jene, die ich liebe. Vor allem Amal.

Also stand ich an dem Morgen vor dem Spiegel in unserem Schlafzimmer, meine komplette Garderobe vor mir ausgebreitet, und wischte mir mit einem Taschentuch den Schweiß aus den Achseln.

Amal kam aus dem Bad, hatte die Haare in ein Handtuch gewickelt. Ich versuchte, sie nicht zu beachten, souverän zu wirken, aber nach beinahe fünfzehn Jahren konnte sie mich lesen wie ihre Architect Digests, die sie in ihrem Studio sammelte. Sie zögerte nur kurz und griff dann zielsicher in den Kleiderhaufen.

»Das Grüne!«

Es war kein Vorschlag, sondern eine Tatsache, und ich dankte ihr stumm. Wie immer war ihre Wahl perfekt: ein dunkelgrünes Kleid mit schmalem Rock, wadenlang, klassisch, elegant, unauffällig. Sie würde mir die passenden Schuhe raussuchen, später, hatte sicher schon eine Idee, welche es sein würden. Solche Entscheidungen fielen Amal leicht.

Ich nahm ihr das Kleid ab, und sie küsste mich auf die Wange. »Es wird ganz unspektakulär, du wirst schon sehen.« Ihre Hand lag warm auf meinem Rücken, ihr Daumen streichelte mich sanft, eine Geste, die sie sich angewöhnt hatte, um mich zu beruhigen. Weil sie wusste, dass ich in solchen Momenten nicht mehr Nähe ertrug.

Eine Stunde später trafen wir bei Amals Bruder ein. Der E-Wagen, den wir per Handy bestellt hatten, hielt vor dem Tor des Grundstücks und ließ uns aussteigen. Mo hatte uns gewarnt, dass die Einfahrt von den Transportern des Fernsehteams blockiert sein würde. Wir gingen die weite Auffahrt entlang, schlängelten uns durch die Fahrzeuge, an deren Seiten das Logo des Fernsehsenders prangte. Amal schwebte in ihren Stöckelschuhen elegant über die Pflastersteine. Der Rasen war frisch gemäht, die Beete bunt bepflanzt. Es sah hier immer makellos aus, doch heute lag ein besonderer Glanz auf allem, als hätte eine riesige Hand das Anwesen blank poliert. Selbst das Haus schien zu leuchten.

Die Tür stand offen, und von drinnen schwappten uns Gesprächsfetzen und Gelächter entgegen. Wir traten ein, ich folgte Amals zielstrebigen Schritten durch die Eingangshalle und den Salon auf die Terrasse. Überall schwirrten Menschen umher, verlegten Kabel, stellten Scheinwerfer auf, rückten Blumenbouquets und Beistelltischchen zurecht. Mir hatte die Üppigkeit von Mos und Sabines Haus nie gefallen. Es war zu überladen für meinen Geschmack. Mehr ein Museum als ein Zuhause. Alles war mit so viel Bedacht platziert, dass ich mir nicht vorstellen konnte, dass hier tatsächlich jemand lebte. Wie sie diese Ordnung mit sieben Kindern aufrechterhielt, war mir ein Rätsel.

Auf der Terrasse schoben Produktionshelfer Sitzmöbel zusammen, ein Rattansofa, zwei Sessel zur einen, zwei zur anderen Seite. Ein Sonnensegel sollte uns vor der Hitze schützen. Ein junger Mann hievte einen Ficus in den Hintergrund, um den Blick auf das Fernsehequipment zu versperren.

Wir blieben in der Terrassentür stehen wie ungebetene Gäste, während Unbekannte vorbeihuschten und uns keines Blickes würdigten. Irgendwann kam eine kleine Frau mit einem Klemmbrett auf uns zu.

»Sie sind?« Ihr Ton war herrisch und kühl. Ich musste den Impuls unterdrücken, mich bei ihr zu entschuldigen.

»Ich bin Mos Schwester«, sagte Amal. »Meine Frau Emma.« Sie reckte das Kinn. Nein, Amal ließ sich nicht so leicht einschüchtern.

»Wir machen nicht alles overhead, das hatten wir schon besprochen«, sagte die Frau scharf, während sie etwas auf ihr Klemmbrett kritzelte.

»Ich verstehe nicht«, sagte Amal, aber die Frau tippte sich ans Ohr als Zeichen, dass sie nicht mit ihr geredet hatte. Sie wandte sich ab, und kurz konnte ich das winzige Earpiece erkennen, über das sie mit der Crew sprach.

Sie winkte uns, ihr zu folgen, und wir eilten über die Terrasse in den Wintergarten, wo man die Maske aufgebaut hatte. Endlich bekannte Gesichter. Mo saß vor einem Spiegel, ein weißes Tuch um den Hals, und schäkerte mit der Frau, die ihm die Stirn puderte. Auf einer Bank saß Sabine neben einer alten Dame. Die Person der Stunde, wenn Mo ihr nicht die Show stehlen würde. Auch Lisa und Joel waren hier, Sabines Schwester und ihr Mann, auch sie wurden gerade geschminkt. Lisa sah uns als Erste, winkte nur, während ein junger Mann ihr ein vulgäres Pink auf die Lippen malte.

»Ami«, rief Mo, stand auf und kam mit ausgebreiteten Armen auf uns zu. Die Maskenbildnerin nahm es mit professioneller Gelassenheit. Er umarmte uns gleichzeitig. »Emma. Wie schön, dass ihr da seid.«

Wieder einmal fiel mir auf, wie ähnlich er und Amal sich sahen. Die scharfen Nasen, die schmalen Gesichter, hohe Wangenknochen. Ihre Augen machten immer den Eindruck, als trügen sie Lidstrich und Wimperntusche. Makellose hellbraune Haut, schwarzes Haar, das nicht ergrauen wollte, obwohl er auf die Fünfzig zuging. Bis heute sind Mo und Amal die schönsten Menschen, denen ich je begegnet bin.

Er führte uns in den Raum, und nun kam auch Sabine auf uns zu und hauchte Küsschen neben unseren Gesichtern in die Luft. »Entschuldigt, aber ich bin schon fertig mit der Maske.« Ihre perlweißen

Zähne leuchteten, wenn sie lächelte. »Aber kommt, ihr müsst jemanden kennenlernen.«

Sie führte uns zu der Bank hinüber, wo wir vor der winzigen Dame stehen blieben. Wie riesig wir auf sie wirken mussten. Aber vielleicht erinnere ich es auch falsch. Vielleicht war sie nicht so klein, wie das Bild in meinem Kopf es mir weismachen will. Doch so sehe ich sie vor mir: silbernes Haar zu einem Knoten gebunden, gebeugter Rücken, die seidig-faltige Haut des Alters. Gerne hätte ich sie berührt, traute mich aber nicht.

»Dies hier ist Louise Sommer«, sagte Sabine und leuchtete dabei ein wenig.

»Es freut mich, Sie kennenzulernen«, sagte Amal.

»Sie sind Ihrem Bruder ja wie aus dem Gesicht geschnitten.« Die Stimme der alten Frau klang erstaunlich weich und hell. »Wenn ich gewusst hätte, dass es zwei von Ihnen gibt.« Dann sah sie zu mir. »Und Sie, meine Liebe, haben ganz schön Muffensausen, was?«

Ich legte mir eine Hand an die Wange. Ja, ich fühlte mich warm an. »Ist es so offensichtlich?«

»Wenn die da vorne«, sie wedelte mit der Hand in Richtung der Maskenbildnerin, »mit Ihnen fertig ist, wird man nichts mehr davon sehen. Außerdem geht es heute sowieso um mich. Machen Sie sich also keine Sorgen.«

Und plötzlich fiel mir wieder ein, was hier passierte, was dieser Tag für Louise Sommer bedeutete, und ich schämte mich, dass sie sich um mich kümmerte.

»Und wo ist der Wonneproppen?«, fragte Amal. Ich war dankbar für den Themenwechsel.

»Kommt mit!«

»Maske in zehn!«, rief uns die Klemmbrettfrau hinterher, als wir den Wintergarten verließen. Wir folgten Sabine in den ersten Stock, das Kindergeschoss, wie Sabine es nannte.

Wir kamen an einer offenen Tür vorbei, hinter der die anderen sechs Kinder saßen, jedes an einem eigenen Bildschirm, nur die kleine Sophia auf dem Schoß der Nanny. Schwarze und weiße Haarschöpfe, als hätten Mos und Sabines Gene keine Kompromisse eingehen wollen.

»Sie dürfen zocken, dann sind sie nicht im Weg und machen keinen Lärm«, sagte Sabine mit der ruhigen Rationalität einer trainierten Mutter.

Am Ende des Flurs öffnete sie eine Tür. Leise traten wir in das dunkle Zimmer. Amal und ich warteten, während Sabine die Jalousie hochfahren ließ und vorsichtig ihren Jüngsten weckte. Zuerst hörte ich nur das sanfte Kinderschnaufen, dann hob sie ihn hoch, setzte ihn auf ihre Hüfte, und er rieb sich die Augen und musterte uns schlaftrunken.

»Hallo, Louis«, säuselte Amal, und er lächelte.

Kinder. Sie waren ... sind ein wertvolles Gut in unserer Gesellschaft. Jede Empfängnis ist geplant, jede Geburt froh erwartet. Viele Menschen werfen uns Grausamkeit vor, Zwang, Unterdrückung, dabei wird jedes Kind gefeiert, die Eltern bekommen jede nur erdenkliche Unterstützung. Für Gesundheitsversorgung und Ausbildung ist gesorgt. Man verlangt lediglich, dass die Entscheidung, ein Kind in diese scheidende, heiße, karge Welt zu setzen, bewusst getroffen wird. Ist diese Erwartung so falsch? Ist es nicht die größte Verantwortung, die man tragen kann? Die für einen anderen Menschen, und nicht nur das, sondern auch für die Bedeutung dieses Menschen in der Welt? Für die Konsequenz, die seine Existenz hat? Ein weiterer Esser, ein weiterer Stromverbraucher, Transportsystembenutzer, Shopper. Eine weitere Belastung für die schwindenden Ressourcen unseres Planeten.

Ich weiß nicht, ob dieser Gedanke es war, der mich davon abgehalten hat, selbst Kinder zu bekommen. Vielleicht fehlte mir einfach der Instinkt. Sogar Louis mit seinem dichten, schwarzen Haarschopf und seinen klugen Augen brachte meine Hormone nicht in Schwingung. Was nicht heißt, dass ich ihn nicht mochte. Oder andere Kinder. Ich wollte nur keine eigenen. Und zum Glück teilte Amal diese Einstellung. Bei Kindern gibt es keine Kompromisse.

Sabine machte Louis zurecht, während wir uns in die Maske begaben. Dicke Schichten Fernseh-Make-up. Ich fühlte mich wie ein Clown, doch Mo beruhigte mich, man werde es mir nachher nicht ansehen. Dann war es Zeit für die erste Aufnahme, Interview mit den

Erwachsenen. Man setzte uns auf die Rattanmöbel, Mo, Sabine, Louis und Frau Sommer auf das Sofa, die alte Dame natürlich in die Mitte. Sie verschwand beinahe neben Mo, weswegen ein Assistent ihr ein Kissen unter den Hintern schob, sodass ihre Füße den Boden nicht mehr berührten. Lisa und Joel saßen zur einen, Amal und ich zur anderen Seite auf den Sesseln. Man wollte uns nur vorzeigen, die Familie präsentieren, die sich um Louis kümmern würde. Die Phalanx an Personal, die Mo und Sabine beschäftigten und die einen Großteil der Arbeit übernahm, wurde unterschlagen.

Die Interviewerin war eine enge Kollegin von Mo. Sie arbeiteten im gleichen Sender und besprachen sich mit einer lockeren Professionalität, um die ich sie beneidete. Seit ich auf dem Sessel Platz genommen hatte, war mir übel.

»Dann fangen wir mal an«, sagte die Interviewerin und setzte sich uns gegenüber zwischen vier kleine Kameras, die auf uns gerichtet waren. Sie räusperte sich, streckte den Rücken, obwohl man sie in der Aufnahme nicht würde sehen können. »Frau Sommer«, sagte sie. Ihre Stimme war eine Spur tiefer geworden. »Heute ist Ihr Tag des Abschieds, und Sie verbringen ihn mit der Familie meines lieben Kollegen Mo Ahmadi. Erklären Sie uns, wieso Sie sich entschieden haben, ihm und seiner Frau Sabine Ihren Anteil zu überschreiben.«

Ich sah sie nur von hinten. Ihr Kopf wackelte ein wenig, bevor sie sprach.

»Nun, wissen Sie, ich habe keine Familie mehr. Ich habe alle überlebt, hatte selbst keine Kinder, und nun, da meine Zeit langsam kommt, bin ich ins Grübeln geraten. Ich hätte meinen Anteil in die Lotterie übergehen lassen können, aber das schien mir so unpersönlich. Und Herr Ahmadi …«

Er unterbrach sie, indem er ihr die Hand auf den Arm legte. Sie kicherte.

»Natürlich, Mo, also, ich habe seine Sendungen immer gerne geschaut. Er ist ein kluger Mann mit einer wunderbaren Familie. Und all die Dinge, für die er sich einsetzt. Die Stiftungen und all das. Ich könnte mir niemanden vorstellen, bei dem ein Kind mit meinem Anteil besser aufgehoben wäre.«

Sie lächelte Mo beseelt an, und ich fragte mich, wie viel sein schneidiges Aussehen und sein Charme mit ihrer Entscheidung zu tun hatten.

»Sie haben in dem obligatorischen Übergangsjahr, seit der kleine Louis geboren wurde, viel Zeit mit der Familie Ahmadi verbracht«, sagte die Interviewerin.

»Jaja, sie haben mich ganz herzlich aufgenommen. So brave Kinder, die kleine Sophia ist ein Goldstück. Und natürlich habe ich mitansehen dürfen, wie der kleine Louis gewachsen ist. Mit zehn Monaten konnte er schon laufen. Ein sportlicher Kerl.« Sie stupste dem Jungen mit dem Finger auf die Nase. Er gluckste glücklich und griff nach ihrer Hand. »Ich bin sehr dankbar für dieses Jahr. So lernt man die Person kennen, der man seinen Anteil vermacht. Eine gute Sache, diese Übergangszeit.«

»Das finden wir auch«, erwiderte die Interviewerin und wandte sich dann Sabine zu. »Frau Ahmadi, Louis ist Ihr siebtes Kind. Eine ungewöhnliche Anzahl.«

Ich betrachtete Sabine von der Seite. Ihr Lächeln wirkte echt und einstudiert zugleich. Vielleicht bemerkte ich die Fassade nur, weil ich Sabine kannte.

»Wir sind sehr gesegnet«, sagte sie und drückte Louis ein wenig an sich. »Kinder sind etwas Wunderbares, und dass ich so viele aufziehen darf, ist ein großes Glück. Ich bin dankbar, natürlich auch der lieben Louise. Wir werden ihre Großzügigkeit immer in Ehren halten.« Jetzt lehnte sie sich vor und fasste die Hand der alten Dame.

Der Blick der Interviewerin glitt kurz über uns hinweg, und ich stellte mir vor, welche Fragen ihr auf der Zunge liegen mochten, welche Kritik sie hätte implizieren können. Wusste sie, dass Louise schon die vierte Person außerhalb der eigenen Familie war, die ihren Anteil Mo und Sabine vermachte? Hatte sie die Statistiken gelesen, die belegten, dass reichen oder berühmten Menschen beinahe doppelt so viele Anteile zukamen wie Normalsterblichen? Dass das Verschenken von Anteilen immer populärer wurde unter denjenigen, die keine Erben hatten oder deren Erben keine Kinder wollten?

Aber sie war Mos Kollegin, vielleicht sogar eine Freundin, also lächelte sie wieder und wandte sich an ihn. »Mo, der kleine Louis hat nicht nur sechs Geschwister, sondern auch Erwachsene außer euch beiden, die sich um ihn kümmern werden.«

»Allerdings«, sagte Mo und drehte sich zu uns. »Das sind Sabines Schwester Lisa und ihr Mann Joel. Joel ist vor beinahe zwanzig Jahren aus Brasilien über die Anteilslotterie zu uns gekommen. Sie haben zwei Kinder, mit denen Louis spielen kann. Und das sind meine Schwester Amal und ihre Frau Emma. Amal wird irgendwann mal die Häuser unserer Kinder entwerfen, sie ist Architektin. Und Emma ist Zahnärztin. Wenn Louis also mal Karies kriegt, darf sie den Bohrer ansetzen.«

»So weit lässt sie es hoffentlich nicht kommen«, sagte Amal und legte Mo die Hand auf die Schulter.

Wir lachten anständig, sogar der kleine Louis stimmte ein.

Die Interviewerin wendete sich wieder an Louise. »Und was haben Sie für den heutigen Tag noch geplant?«

»Ich möchte noch einmal ins Museum«, sagte sie. Ihre Stimme klang leiser, aber es lag keine Trauer darin. »Noch einmal einen Rubens sehen, einen Rembrandt. Kunst habe ich immer geliebt.« Sie schwieg, als hätte sie den Faden verloren.

»Und werden Sie an der Parade teilnehmen?«

Sie kicherte. »Nein, das ist mir zu viel Trubel. Ich kann auch gar nicht mehr so lange laufen. Es wird wirklich langsam Zeit für mich, nicht wahr?«

Wir lachten wieder, diesmal betreten.

»Und wer begleitet Sie später bis ans Ende?«

»Das werde ich tun«, sagte Mo. »Es ist mir eine Ehre.«

Abrupt stand die Interviewerin auf und klatschte in die Hände. »Gut, das hätten wir. Machen wir dann jetzt die Einstellung mit den spielenden Kindern im Garten?«

Wie aus dem Nichts erschien die Frau mit dem Klemmbrett. Ihre Stimme klirrte in meinen Ohren. »Umbau auf Einstellung vier, zehn Minuten.«

Sabine sprang auf und reichte das Kind weiter an Mo. »Dann hole ich mal die Rasselbande.«

Ich stand auf, merkte erst jetzt an den Schmerzen in meinem Rücken, wie verkrampft ich gesessen hatte. Amal hauchte mir einen

Kuss auf die Wange, lächelte mich an, wischte mit dem Daumen ihren Lippenstift von meiner Haut. »Okay?«

Ich nickte.

»Ich helfe Sabine.« Sie ging ins Haus.

Die Kameras und Scheinwerfer wurden weggetragen, Lisa und Joel waren in die Maske geflüchtet, um sich die Schminkeschichten abwischen zu lassen, Mo besprach sich mit seiner Kollegin. Nur Louise saß noch auf dem Sofa und schaute entspannt dem Treiben zu. Plötzlich schmerzte es mich, sie so zu sehen, allein und beinahe vergessen in all der Geschäftsmäßigkeit, und das an ihrem letzten Tag. Also setzte ich mich neben sie.

Ein paar Minuten saßen wir schweigend da. Ich war mir nicht sicher, ob sie mich überhaupt bemerkt hatte, doch dann legte sie ihre Hand auf mein Knie, tätschelte es leicht, ohne mich anzusehen.

»Sehen Sie, meine Liebe, war doch gar nicht so schlimm, oder?«

»Das werden wir noch sehen«, erwiderte ich, obwohl ich wusste, dass ich mir die Ausstrahlung nicht anschauen würde.

Jetzt drehte sie sich zu mir. Wie faltig ihre Haut war. Man sah nicht mehr viele so alte Menschen.

Hinter mir wurde es laut, als die Kinder über die Terrasse in den Garten strömten. Die Älteren hielten kurz bei mir, drückten mir schnelle Küsse auf die Wange und rannten dann kreischend über den penibel geschnittenen Rasen. »Macht doch nicht so einen Lärm«, rief Sabine ihnen hinterher, während sie die kleine Sophia an der Hand hinausführte.

Louise betrachtete das Treiben und lachte leise. Wie konnte sie an diesem Tag so heiter sein?

»Geht es Ihnen gut?«, fragte ich, weil ich keine anderen Worte fand für das, was ich wissen wollte.

»Natürlich, natürlich.« Sie drehte sich wieder zu mir. Ihr Blick war forschend.

»Ich dachte nur«, murmelte ich, »weil Sie … also, was Sie gesagt haben, über Ihre Familie.«

»Sind Sie eine Systemkritikerin?«

Vor Überraschung musste ich schnaufen. »Nein, überhaupt nicht.

Ich bin überzeugt, dass das System funktioniert, dass wir gar keine andere Möglichkeit haben, wenn wir den nächsten Generationen einen gesunden Planeten ...«

Sie hob ihre winzige, faltige Hand. Jetzt erst bemerkte ich die dunklen Flecken auf ihrer Haut.

»Sie müssen mir keinen Vortrag halten. Ich habe mich nur gewundert. Sie scheinen die schwermütigste Seele hier zu haben. Beinahe könnte man meinen, Sie wären selbst betroffen. Dabei kennen wir uns gar nicht.«

»Muss ich Sie kennen, um um Sie trauern zu dürfen?«

Wieder tätschelte sie mein Bein. »Sie müssen nicht trauern. Es gibt keinen Grund, traurig zu sein. Wir feiern heute das Leben.«

Ich senkte den Blick, fürchtete mich mit einem Mal davor, dass sie etwas in meinen Augen würde sehen können. Das Leben feiern – ich hasste diesen Satz. Bei jedem Abschied wurde er gepredigt wie ein Mantra, von Podien und in Mikrofone gerufen, immer mit Vehemenz, als müsste man sich selbst davon überzeugen, dass er stimmte. Wenn es so war, dass wir am Tag des Abschieds das Leben feierten, wieso musste es dann immer wieder aufs Neue betont werden?

»Wissen Sie«, sagte Louise, »meine Großmutter ist in der Zeit vor dem Anteilssystem aufgewachsen. Manchmal hat sie mir davon erzählt, von den Unruhen, dem sozialen Ungleichgewicht. Sie hat damals bei der Abstimmung für die Neuordnung gestimmt. Durfte gerade wählen. Eine Frau mit hohen Idealen, meine Großmutter. Aber bei jedem Abschied hatte sie denselben Gesichtsausdruck, den Sie jetzt haben.« Dabei deutete sie mit ihrem kleinen Finger auf mich, als hätte sie mich ertappt.

»Wem hat sie ihren Anteil vermacht?«

Louise senkte die Hand. »Sie ist bei einem Autounfall gestorben. Leider gab es in unserer Familie niemanden, der zu der Zeit Kinder haben wollte oder konnte, also ist ihr Anteil in die Lotterie übergegangen.«

»Das tut mir leid.«

Sie lachte auf. »Wieso? Ich glaube, das mit der Lotterie hätte ihr gefallen.« Sie hielt ihr Gesicht in die Sonne, die sich gerade hinter dem

Segel hervorstahl, und schloss die Augen. »Machen Sie sich keine Sorgen um mich. Dies ist das, was ich will. Ich bereue nichts.«

Amal und ich fuhren nicht mit ins Museum. Wir wollten uns nicht aufdrängen, ließen Mos Familie und Louise lieber allein die letzten Stunden miteinander verbringen. Stattdessen gingen wir heim, duschten uns die schwere Schminke von den Gesichtern, bestellten indisches Essen und setzten uns in Schlafanzügen vor den Fernseher. Als um acht das wöchentliche Anteilsspecial begann (Heute im Interview unser Moderator Mo Ahmadi mit Familie und Anteilsspenderin), schüttelte ich nur sanft den Kopf, und Amal schaltete auf einen Film um. Kurz bevor der Kanal wechselte, erhaschte ich einen letzten Blick auf Louise. Ihre Augen blitzten im Scheinwerferlicht, und ich fragte mich, ob sie inzwischen schon tot war.

/02/

Es dauerte eine Woche, bis Nora mich fand. Es war ein Freitag, ich kam gerade aus der Praxis, so gut gelaunt, dass ich, als die Computerstimme des E-Wagens beim Aussteigen »Vielen Dank, fahren Sie bald wieder mit uns« sagte, ein fröhliches »Aber sehr gerne doch!« in den Fond rief. »Darauf freuen wir uns«, sagte die Stimme, dann schloss sich die Tür, und der Wagen rauschte davon.

Ich bemerkte sie erst, als ich mich vor der Haustür zu den zwei Kühlkisten mit Einkäufen beugte, die, so hatte mir die Haushalts-App verraten, vor einer Stunde geliefert worden waren. Aus dem Augenwinkel sah ich Nora hinter der Hausecke hervorlugen. Ich richtete mich auf, als sie aus den Schatten trat.

»Hallo, Emma.«

Ich erkannte sie sofort, auch wenn wir uns beinahe zwanzig Jahre nicht gesehen hatten. Ihre Haare hatten denselben Honigton wie damals, und auch wenn ihr Gesicht schmaler geworden war, auch wenn ihre Augen müder aussahen, war ihr Lächeln dasselbe. Ungestüm erstreckte es sich über ihr gesamtes Gesicht. Früher hatte ich sie damit aufgezogen, dass sogar ihre Ohren sich bewegten, wenn sie lächelte.

»Nora«, sagte ich, stockte, musste die Realität um mich neu zusammensetzen, doch ich riss mich zusammen, wie ich es immer tat. »Was für eine Überraschung!«

Ich trat zu ihr und nahm sie in den Arm. Fest griff sie in meine Jacke und drückte sich an mich. Sie roch nach Staub.

»Was führt dich hierher?«, fragte ich, als ich mich von ihr löste.

»Ich habe dich im Fernsehen gesehen.«

»Oh.« Ich hielt mir die Hand vors Gesicht, als könnte ich die Ausstrahlung so zurücknehmen.

»Nein, nein. Du hast wunderbar ausgesehen.«

»Wirklich?«

Sie nickte, und ich glaubte ihr. Einen Moment standen wir schweigend da, sahen uns an, doch bevor sich ein Klumpen in meinem Hals formen konnte, drehte ich mich zur Tür.

»Komm rein, ich mache uns einen Tee.«

Ich schloss auf, und Nora half mir dabei, die Kühlkisten in die Küche zu tragen. Während ich die Lebensmittel verstaute und Wasser aufsetzte, streifte Nora durch den offenen Wohnbereich, strich mit der Hand über die Lehne des Sofas, betrachtete die Fotos und Bilder. Vor der Bücherwand blieb sie stehen.

»Du hast tatsächlich noch echte Bücher?«

»Die meisten gehören Amal.« Ich goss Wasser in die Kanne. Die Teebeutel wirbelten wild umher. »Amal ist meine Frau.«

»Ich weiß.«

»Ach ja, die Sendung.« Dampf stieg mir ins Gesicht.

Sie trat vor die Fensterfront, die den Blick auf die Stadt freigab. Amal hatte darauf bestanden, ein Grundstück auf dem Hügel zu kaufen, nur für diese Aussicht.

»Schön habt ihr es hier.«

»Danke.«

Wir setzten uns an den Tresen in der Küche, ich stellte ein paar Kekse neben die Teekanne, und es wunderte mich nicht, dass Nora sofort zugriff. Süßigkeiten waren schon immer ihre Schwäche gewesen. Wir tranken und aßen schweigend. Vielleicht mussten wir uns beide erst daran gewöhnen, dass wir hier beieinandersaßen, nach all der Zeit, uns tief vertraut und fremd gleichzeitig.

Ich kannte Nora schon so lange, dass ich mich nicht mehr daran erinnerte, wann wir uns zum ersten Mal begegnet waren. Meine Eltern erzählten verschiedene Geschichten, eine über den Spielplatz in unserem Viertel, eine andere über einen Supermarkt. Was in jeder Geschichte übereinstimmte, war, dass Nora mich fand. Sie war es, die auf mich zukam, mit mir befreundet sein wollte auf die direkte und unbegründbare Art, wie Kinder ihre Freunde auswählen. Dieses leuchtende, hübsche, forsche Kind hatte alle anderen stehen lassen und mich auserwählt, mich, und allein das erschien mir wie eine Ehre.

Wir waren unzertrennlich gewesen. Zumindest einige Jahre lang. Wo sie hinging, da musste ich sein und umgekehrt. Ich boykottierte unsere Urlaube, bis meine Eltern anboten, Nora mitzunehmen. Ich ließ mich nicht auf die teure Privatschule schicken, um bei Nora zu bleiben. Ein Leben ohne sie schien unmöglich. Aber Menschen verändern sich, genau wie Freundschaften.

»Also«, begann ich schließlich, »wie geht es dir? Was treibst du so?«

»Ach, über mich gibt es nichts Besonderes zu berichten. Gut geht es mir.« Sie schob sich demonstrativ einen Keks in den Mund und kaute einen Moment. »Aber du hast es weit gebracht. Zahnärztin, das Haus und verwandt mit Mo Ahmadi. High Society, was?«

»Amal und ich halten uns eigentlich aus dem Trubel raus. Die Fernsehaufzeichnung war eine Ausnahme.«

Das stimmte nicht. Mo schmiss jedes Jahr riesige Silvesterpartys, zu denen er Menschen aus der Filmbranche, der Politik und Kultur einlud. Ich ging gerne hin, hörte mir den ganzen Abend die außergewöhnlichen Lebensgeschichten an und hatte sogar einige der Gäste in meiner Praxis behandelt. Von den Titelseiten der Online-Illustrierten lächelten mir fast jeden Tag Leute entgegen, deren Telefonnummern ich gespeichert hatte. Doch etwas in mir sträubte sich dagegen, das vor Nora zuzugeben.

»Trotzdem, schön hast du es.«

Ich lächelte in meine Teetasse. »Ich kann nicht klagen.«

»Und Matthes? Und dein Vater? Wie geht es denen?«

»Allen geht es gut. Matthes ist in Papas Fußstapfen getreten und hat Jura studiert. Hat sich auf Baurecht spezialisiert. Ein echter Schlipsträger, der Kleine. Und Papa lehrt immer noch an der Uni.« Es klang dünn, dennoch nickte sie. »Und deine Eltern?«

Sie zuckte mit den Schultern. »Endlich geschieden. Ben habe ich seit zehn Jahren nicht mehr gesehen. Aber Eileen geht es gut. Ich besuche sie nicht oft.«

Als Kind hatte ich es schrecklich cool gefunden, dass Nora ihre Eltern mit dem Vornamen ansprach. Auch ich musste nicht Herr oder Frau Bernheim sagen, sondern nannte sie Ben und Eileen, als wären wir gleichwertig. Erst später verstand ich, wie wichtig Bezeichnungen sind, wie sie unsere Realität formen. Wie es sich für Nora angefühlt haben musste, mit Menschen zusammenzuleben, die sie nicht Mama und Papa nennen durfte.

»Das tut mir leid, also das mit der Scheidung.«

»Um Himmels willen.« Sie lachte auf. »Das muss es nicht. Die beiden waren so was von fällig.«

Ich nickte, erinnerte mich an die Traurigkeit in Noras Zuhause, die unterschwellige Dumpfheit, einen unsichtbaren Nebel, der die Luft schwer und die Geräusche leise machte. Wir hatten uns nie lange dort aufgehalten.

Wir schwiegen wieder. Draußen färbte sich der Himmel orange, und mir fiel auf, dass Nora noch nichts über sich erzählt hatte. Wie sonderbar schwerfällig diese Unterhaltung doch war. Gerade wollte ich ansetzen, da ergriff sie das Wort.

»Wann kommt denn deine Frau nach Hause?«

»Heute erst spät, sie hat ein Geschäftsessen.«

Sie nickte und nahm sich noch einen Keks.

»Hast du Hunger? Soll ich etwas kochen?«

Sie zögerte, aber ich konnte sehen, dass sie ihre Begeisterung unterdrückte. »Du kennst mich doch, ich kann immer essen.«

Also kochten wir. Die Geschäftigkeit entspannte uns, und während wir Gemüse schnitten und Wasser aufsetzten, plauderten wir über Belangloses, die Kinder in unserer Klasse, Lehrerinnen und Lehrer, Leute aus der Nachbarschaft. Und wir erinnerten uns. An den Tag, als wir für meinen Vater ein Festmahl hatten kochen wollen und er danach zwei neue Pfannen kaufen und die Küche streichen musste. An den Tag, als wir Matthes im Schwimmbad vergessen hatten. An den Tag, als wir einen aus dem Nest gefallenen Vogel mit nach Hause gebracht und stundenlang geheult hatten, als er starb. Ich reiste zurück, spürte die Leichtigkeit der Kindheit, die Unmittelbarkeit der Emotionen.

Nostalgie ist ein sonderbares Gefühl, schwer und leicht zugleich.

Ich fühle sie jetzt, da ich über diesen Abend schreibe, das Wiedersehen mit Nora, das so einfach hätte sein können, ein Wiederaufleben einer Freundschaft, die ich zerstört hatte. Ich hoffte auf Vergebung in diesen ersten Stunden, war naiv genug, zu glauben, wir könnten dort weitermachen, in den guten Zeiten, in denen wir wie Schwestern gewesen waren. Ich denke gerne an diesen Moment zurück, zwinge meine Erinnerung, dortzubleiben und alles auszublenden, was danach kam.

»Jetzt aber wirklich«, sagte ich nach dem Essen, als wir über weiteren Keksen und Kaffee saßen und es keine gemeinsamen Bekanntschaften mehr gab, über die wir hätten reden können. »Wie sieht dein Leben aus?«

Sie rührte in ihrer Tasse, als müsste sie scharf nachdenken. Dann atmete sie ein, spannte den Rücken und sah auf. »Em, ich bin schwanger.«

Ich stutzte einen Moment, doch dann streckte ich mich zu ihr und nahm sie in den Arm. »Das ist wunderbar, herzlichen Glückwunsch.« Und ich meinte es so oder wollte es so meinen.

»Es ist nicht so einfach«, murmelte sie in meine Schulter, also ließ ich sie los und setzte mich wieder. »Es ist genau genommen nicht ganz offiziell.«

»Was meinst du?«

Sie wiegte den Kopf, als könnte die Geste allein erklären, was sie meinte. Doch mein Gesicht musste ihr verraten, dass ich nicht verstand.

»Ich habe keinen Anteil für das Baby.«

Ich versuchte, den Schock zu überspielen. Mit aller Kraft zwang ich mich dazu, ernst zu gucken und zu nicken, geschäftsmäßig, bloß nicht den Mund offen stehen lassen, bloß nicht starren. Im Kopf ging ich durch, was ich über solche Situationen wusste, und musste mir eingestehen, dass es nicht viel war. So was passierte nicht mehr in dieser Gesellschaft, in der Verhütung verpflichtend und Empfängnis durchorganisiert war.

»Kannst du einen Anteil nachreichen? Oder dich für die Lotterie anmelden?«

»Zu spät. Ich bin in der dreizehnten Woche. Diese Schwangerschaft ist illegal, egal wie man es dreht.« Sie klang abgeklärt, berichtete darüber, als passierte es jemand anderem.

»Werden sie dich zu einer Abtreibung zwingen?«

Jetzt schmunzelte Nora. »Können sie nicht. Dreizehnte Woche. Die Frist ist vorbei.«

Ich lehnte mich in meinem Stuhl zurück, um etwas Abstand zwischen uns zu bringen.

»Was ist mit dem Vater?«

Sie zuckte die Achseln. »Nicht wichtig.«

»Doch, es ist wichtig. Vielleicht kann er helfen. Vielleicht hat er eine Meinung dazu. In jedem Fall ist er mit …«

»Er ist im Gefängnis.«

Jetzt blieb mir der Mund doch offen stehen, zumindest ein paar Sekunden lang, bis ich mir dessen bewusst wurde und ihn schloss.

»Wenn du es so genau wissen willst …« Sie zögerte, sah mich an, wartete auf mein Nicken. Also nickte ich. »Er gehört einer systemkritischen Organisation an.«

»Dein Freund ist ein Freebirther?«

Sie schwieg.

»Du etwa auch?«

Sie zog die Augenbrauen hoch, was als Antwort reichte.

»Also war das Absicht. Du bist absichtlich schwanger geworden. Und du hast absichtlich gewartet und dich nirgends gemeldet, wo man dir hätte helfen können.«

»Sie hätten mein Kind abgetrieben.«

»Das weißt du doch gar nicht.« Beinahe wäre ich laut geworden, hielt mich jedoch zurück, suchte stattdessen nach einem beschwichtigenden Tonfall. »Es hätte doch sicher Möglichkeiten gegeben. Eileen oder deinen Vater oder seine Eltern oder irgendwelche Großeltern oder Spender oder die Lotterie.«

Sie schnaufte verächtlich. »Glaubst du wirklich, dass irgendwer für jemanden wie mich seinen Anteil hergegeben hätte? Eileen hält mich für eine Versagerin, Stevens Eltern sprechen seit Jahren nicht mehr mit ihm, und die Behörden …«

»Steven?«

Sie verstummte, riss die Augen auf, als sie ihren Fehler erkannte.

»Der Steven?«

Sie senkte den Blick.

»Steven Krauss ist der Vater deines Babys?«

Natürlich war er das. Natürlich hatte Nora sich nicht mit einem kleinen Licht zusammengetan, nicht mit einem einfachen Mitläufer, sondern mit dem Gesicht der Bewegung. Nora machte keine halben Sachen. Nora strebte nach Höherem.

Ich stellte sie mir vor neben dem charismatischen Krauss. Er mit seinen feuerroten, wilden Locken, dem breiten Mund, sie in Honigblond, die blauen Augen leicht zusammengekniffen beim Blick über die jubelnde Gefolgschaft. Ja, so hatte Nora sich sicher gerne gesehen. Kein Wunder, dass sie nicht erzählen wollte, wir ihr Leben in den letzten Jahren verlaufen war.

Ich presste die Lippen zusammen, kratzte mit dem Fingernagel die Maserung des Tisches nach und fragte mich, was genau mich so wütend machte.

»Sie haben ihn vor sechs Wochen verhaftet.« Nora sprach leise und ruhig, kam endlich in einen Redefluss, als hätte sie mein Schweigen gebraucht, um sich zu erklären. Nora hatte noch nie so funktioniert, wie andere es erwarteten. »Wegen des Hackerangriffs auf die Anteilsdatenbank. Ich dachte, ich könnte die Schwangerschaft auch alleine durchstehen, aber es ist nicht so einfach ohne ihn. Wir haben es in der Gruppe geheim gehalten, das mit dem Baby. Wir wollten auch dort die zwölf Wochen abwarten. Als Steven dann weg war, habe ich es einem Freund erzählt, einem wichtigen Mann in der Bewegung. Er war nicht begeistert. Es sei alles zu gefährlich und würde die Ziele der Gruppe unterwandern und sowieso könnte man viel mehr erreichen, wenn man sich nicht durch illegalen Kram den Ruf versaut.« Sie schüttelte den Kopf. »Wenn Steven das wüsste.«

»Also haben sie dich fallen gelassen.«

Nora nickte.

»Das tut mir leid.«

Sie warf mir einen kurzen Blick zu, und mir entging die Härte darin nicht, der unterschwellige Vorwurf. Oder ich interpretierte ihn hinein, ich wusste es nicht.

»Bist du deswegen hier?«, fragte ich. »Weil du nirgends sonst hinkannst?«

Ihre Finger verkrampften sich ineinander. »Ich brauche deine Hilfe.«

Plötzlich hatte ich das dringende Bedürfnis, mich zu bewegen, also stand ich auf, räumte das Geschirr in die Spülmaschine und setzte einen Tee auf. Mit einem Mal fiel mir ein, dass wir Kaffee getrunken hatten. Sollten Schwangere nicht auf Koffein verzichten?

»Das ist nicht so einfach. Ich meine, wie stellst du dir das vor? Ich kann Amal nicht belügen, und wenn wir wissen, dass du illegal schwanger bist, es aber nicht melden, machen wir uns dann nicht auch strafbar?«

Sie winkte ab. »Es gibt keine Pflicht für Privatpersonen, jemanden anzuzeigen. Du bist ja auch nicht verpflichtet, jemanden zu melden, den du beim Ladendiebstahl beobachtest. Ihr habt überhaupt nichts zu befürchten.« Anscheinend hatte sie sich schlaugemacht.

Verzweifelt durchwühlte ich meine Gedanken nach einem guten Argument, das auch Nora überzeugen würde, aber mir fiel keines ein. »Na gut«, sagte ich also. »Du kannst ein paar Tage hierbleiben, bis du etwas anderes gefunden hast.«

»Danke.« Ich hörte, wie sie ihren Stuhl über den Boden schob, sah aus dem Augenwinkel, wie sie näher kam. »Aber das meine ich nicht.«

Ich hielt inne, stützte mich auf der Arbeitsplatte ab. »Mir fällt nichts ein, was ich sonst tun könnte.« Ich sammelte meine Kräfte, brachte mein Gesicht in Ordnung und drehte mich zu ihr um. Sie stand am Tresen, hatte die Hände vor sich gefaltet. Unwillkürlich schaute ich auf ihren Bauch. Ab wann konnte man es sehen?

»Du bist doch Ärztin«, sagte sie und zuckte mit den Schultern.

»Zahnärztin!«

»Aber du hast ...« Sie trat von einem Fuß auf den anderen. »Beziehungen.«

»Nora, ich weiß nicht, was du glaubst, das ich tun kann. Ich kenne keine Frauenärzte außer meinem eigenen, und den auch nur als Patientin. Und du hast selbst gesagt: Es gibt nichts mehr, was man noch tun kann.«

»Was ist mit Mo Ahmadi?«

Ich stutzte. »Was soll mit ihm sein?«

»Jemand wie er hat doch sicher Mittel und Wege.«

»Mo ist ein aufrichtiger Mensch.«

Sie schnaufte verächtlich. »Der Mann hat sieben Kinder. Du glaubst doch nicht, dass da alles legal abgelaufen ist.«

»Du hast es doch selbst gesehen im Fernsehen. Das waren Spenden. Willst du ihm jetzt vorwerfen, dass die Leute ihn mögen?«

Eine tiefe Falte bildete sich zwischen Noras Augenbrauen. Eine alte Bekannte. Sie war schon als Kind oft wütend gewesen.

»Wie naiv bist du eigentlich? Glaubst du wirklich, diese Leute schenken ihm einfach so ihre Anteile? Da fließt Geld, Em, viel Geld.«

Ich schüttelte so vehement den Kopf, dass mein Haarknoten sich löste. »An wen soll das Geld denn fließen? Louise ist tot, und Angehörige hatte sie nicht. Das hat sie selbst gesagt.«

»Nicht hier. Aber sie hat eine Cousine zweiten Grades in Australien, die jetzt trotz der Armut im Land sehr entspannt leben kann.«

»Woher willst du das wissen?«

»Wir haben unsere Quellen.«

Es ärgerte mich, wie sie mich ansah, wie sie Behauptungen aufstellte, ohne sie zu beweisen, wie sie sich in der Oberhand wägte. Ich wollte mich wehren, wollte treten und schlagen und brüllen, bis sie zur Vernunft käme.

»Bist du nur deswegen hier? Weil mein Schwager ein berühmter Mann ist?«

»Ich bin verzweifelt, Em. Ich hatte eben nicht so viel Glück wie du im Leben.« Es klang wie ein Vorwurf.

»Was hat das mit Glück zu tun? Niemand hat dich gezwungen, dich einer revolutionären Organisation anzuschließen und schwanger zu werden.«

»Em, du musst mir helfen.«

»Ich wüsste wirklich nicht, was ich tun kann.«

Mit der flachen Hand schlug sie auf den Tresen. »Du schuldest es mir!«

Ich erstarrte in der Bewegung, brachte meinen nächsten Satz nicht mehr über die Lippen.

»Du schuldest es mir«, presste sie hervor. Tränen der Wut glitzerten in ihren Augen.

Es stimmte. Und ich hatte es gewusst in dem Moment, in dem sie vor meiner Tür aufgetaucht war, hatte geahnt, dass sie gekommen war, um einzufordern. Ich senkte die Hand, schluckte die Worte herunter, streckte mein Kreuz. »Ich mache dir das Gästezimmer fertig«, sagte ich.

Amal kam erst gegen elf nach Hause. Nora schlief schon, aber ich fand keine Ruhe. Stattdessen saß ich auf der Terrasse und schaute hinab auf die glitzernden Lichter der Stadt. Immer wieder lief der Abend in meinem Kopf ab, und in Gedanken drehte ich an jeder Stellschraube. Hätte ich nicht nachgefragt, vielleicht hätte sie von selbst den Mut verloren. Hätte ich sie nur unter einem Vorwand weggeschickt, sie gar nicht erst hineinkommen lassen. Es waren hässliche Gedanken, doch hier in der Dunkelheit dachte ich sie und spürte der Leichtigkeit hinterher, wenn ich mir vorstellte, wie Nora das Haus verließ, ohne mir je von ihrem Baby erzählt zu haben.

Als ich den Wagen hörte, das Klappern von Amals Schuhen in der Auffahrt, ging ich hinein, schaltete schnell das Licht an, griff mir mein Tablet und tat so, als würde ich lesen.

»Hallo, Schatz«, sagte ich fast beiläufig, als sie hereinkam. Ich hoffte, dass sie das Zittern meiner Stimme nicht gehört hatte.

»Du bist noch wach?« Sie kam zu mir herüber, zog im Gehen den Mantel aus und küsste mich auf die Stirn. Ich war mir ihres Duftes beinahe schmerzhaft bewusst.

Ich legte das Tablet beiseite und richtete mich auf. »Wir haben einen Gast.«

»Oh?« Sie setzte sich neben mich, ließ den Mantel achtlos hinter sich auf die Couch fallen. Ihr Haar schimmerte bläulich im Licht des Deckenfluters.

»Eine alte Schulfreundin.«

»Oh!«

Ich legte meine Hand auf ihre. »Nora!«

»Oh!« Sie legte den Kopf leicht schräg, eine Geste, die ich seit unserem Kennenlernen unfassbar niedlich fand. »Die Nora?«

Ich nickte. Amal kannte alle meine Geschichten, auch diese. Nur ein einziges Detail hatte ich ihr vorenthalten, hatte es allen vorenthalten und gehofft, dass es gemeinsam mit Nora aus meinem Leben verschwunden war. Doch jetzt waren sie beide wieder aufgetaucht.

»Wie ... was ... Hattet ihr Kontakt?«

»Nein, natürlich nicht. Sie hat uns im Fernsehen gesehen, mit Mo.« Erst jetzt fiel mir auf, dass ich Nora nicht gefragt hatte, wie sie meine Adresse rausbekommen hatte.

Amal schwieg, ließ mir Zeit, während ich meinen Mut zusammenkratzte.

»Sie ist in Schwierigkeiten und hat niemanden, zu dem sie kann.« Insgeheim hoffte ich, dass Amal sich damit zufriedengeben würde, aber natürlich tat sie das nicht.

»Welche Art von Schwierigkeiten?«

Ich seufzte, schloss die Augen, öffnete sie wieder. »Sie ist schwanger.«

Amal zeigte keine Reaktion.

»Ohne Anteil.«

»Oh!«

Und so erzählte ich ihr alles, was in den letzten Stunden passiert war. Sie hörte mir schweigend zu, fragte nur gelegentlich nach, hob die Augenbrauen, als ich Steven Krauss und die Freebirther erwähnte. Ich liebte Amal sehr an diesem Abend, weil ich umsonst Angst vor dem Gespräch gehabt hatte, weil sie nicht urteilte, nicht schimpfte, sondern verstand, vielleicht besser, als ich selbst die ganze Sache zu dem Zeitpunkt verstehen konnte.

Als ich fertig war, saßen wir einen Moment still da, dann stand sie auf, ging hinüber in die Küche und goss uns ein Glas Wein ein. Nur eines, das wir uns teilten. So machten wir es immer, wenn es schon spät war. Sie trank zuerst, kam dann herüber und reichte mir das Glas. Ich nippte nur leicht, spürte den Wein schwer auf der Zunge.

»Was erwartet sie jetzt von dir?«, fragte Amal.

Ich zuckte mit den Schultern. »Ich weiß es nicht. Es gibt nichts, das ich tun kann. Vielleicht wird ihr das klar, wenn sie ein wenig zur Ruhe gekommen ist.«

»Glaubst du das wirklich?« Ich hörte den Sarkasmus in ihrer Stimme.

»Du kennst sie doch gar nicht.«

»Das stimmt. Ich weiß nur, was du mir erzählt hast, und das klang nicht so, als wäre sie zugänglich für logische Argumente.«

»Wir waren Kinder damals.«

»Eben.« Sie griff meine Hand. »Und jetzt seid ihr erwachsen und jeder ist verantwortlich für seine Entscheidungen.«

»Sie braucht eben Hilfe.«

»Hast du nicht gerade selbst gesagt, dass du nichts tun kannst?«

Ich schwieg. Die Scham drückte in meinen Magen.

Amal lehnte sich vor. »Emma, du bist ein guter Mensch.«

»Ist es wahr, was Nora gesagt hat?«, fragte ich und zog meine Hand aus ihrer. »Über Mo? Dass er Geld für die Anteile bezahlt hat?«

Der Wein schwappte im Glas, als Amal es erneut an die Lippen hob. Sie trank aus, ging zur Spüle und ließ Wasser hineinlaufen. An der routinierten Präzision ihrer Bewegungen merkte ich, dass sie sich beherrschte. »Mein Bruder ist ein ehrlicher und aufrichtiger Mensch.«

»Das stelle ich nicht infrage.«

Ruckartig drehte sie sich zu mir um. Ich erwartete einen Ausbruch, doch sie fing sich, atmete. »Wenn du fragst, ob ich es für möglich halte, dann ist meine Antwort: Ja. Ob er es wirklich getan hat, also«, es fiel ihr schwer, es auszusprechen, »ob er bezahlt hat, das weiß ich nicht. Und ich will es nicht wissen.«

Ich konnte es ihr nicht verübeln, wünschte mir, dieselbe Wahl zu haben. Glaubte ich an jenem Abend noch, dass es eine Möglichkeit gab, unbeschadet aus der Sache herauszukommen? Hatte ich die Hoffnung, dass Nora am nächsten Tag einfach verschwunden sein könnte? Dass mein Leben einfach weitergehen könnte wie bisher?

Jedenfalls tat ich so, als wir unsere Nachtroutinen abspulten. Wir putzten Zähne nebeneinander, Amal wie immer gründlicher und länger als ich. Ich flocht ihre Haare zu einem Zopf, sie band mir das Seidentuch um den Kopf, mit dem ich meine Locken beim Schlafen schützte. Dann legten wir uns hin, jede auf ihre Hälfte des Bettes, sie auf den Rücken, ich auf die Seite, einen Arm über ihren Bauch. Und so lagen wir da, schliefen oder gaben wenigstens vor, zu schlafen, während die Präsenz im Zimmer am Ende des Flurs bis zu uns spürbar war, als stünde Nora neben unserem Bett wie ein Gespenst. Als sähe sie uns beim Schlafen zu. Als wartete sie nur darauf, unser Leben zu ruinieren.

/03/

Am nächsten Morgen war Nora nicht verschwunden. Vielmehr wartete sie in der Küche mit einem Kaffee auf uns. Sie und Amal begrüßten sich höflich, aber distanziert, Amal nippte sogar an der Tasse, die Nora für sie vorbereitet hatte, obwohl sie eigentlich morgens lieber Tee als Kaffee trank. Dann verabschiedete sie sich schnell, und ich begleitete sie bis zum Wagen, der schon an der Straße wartete.

Sie küsste mich, nahm mich in den Arm. »Mach keinen Blödsinn«, flüsterte sie.

Ich lächelte, versuchte, zuversichtlich auszusehen. »Niemals.«

Nora frühstückte ausgiebig. Gemeinsam bestellten wir eine Grundausstattung an Kleidung für sie. Immerhin hatte sie nichts mitgebracht.

»Ich hatte nicht wirklich Zeit oder Lust, zu packen«, sagte sie, als wäre es nicht unüblich für sie, all ihre Habseligkeiten irgendwo zurückzulassen.

Wir warteten eine Stunde auf die Drohne mit den Kleidern, saßen währenddessen auf der Terrasse in der Sonne.

»Musst du nicht zur Arbeit?«

»Ich habe mich krankgemeldet.«

Kein »Das wäre nicht nötig gewesen«. Kein »Das ist wirklich lieb von dir«. Nur ein Nicken, als hätte sie nichts anderes erwartet.

Als die Drohne kam, ging Nora nach oben und nahm ein langes Bad, während ich ihre alten Klamotten in die Waschmaschine warf. Ich musterte die formlose Bluse, die weite Hose, grau und schwarz. In einer

Hosentasche fand ich einen zerknüllten Zettel, auf dem meine Adresse stand. Ich erkannte ihre Handschrift wieder, erinnerte mich an die vielen Briefe, die wir uns geschrieben hatten, mit Hand auf buntem Papier, weil es so retro war und wir es in einem Film gesehen hatten. Ich erinnerte mich auch, wie ich die Briefe weggeworfen hatte unter dem überraschten Blick meines Vaters. »Willst du die nicht aufheben?« Jetzt bereute ich es.

Es war beinahe Mittag, als sie endlich nach unten kam, das Haar geföhnt und am Hinterkopf zusammengesteckt. Sie trug ein bequemes und dennoch elegantes Kleid und flache Schnürschuhe, beides in Dunkelblau. Wie ein Model blieb sie mitten im Raum stehen, drehte sich einmal um die eigene Achse, griff dabei den Rock und schwang ihn um die Beine.

»Was meinst du?«

Ich nickte nur.

»Es ist kein Designer-Outfit, aber es macht schon was her, oder? Ich will ja nicht, dass er einen schlechten Eindruck von mir hat.«

»Wer?«

»Na, Mo Ahmadi.«

Ich stutzte, legte mein Tablet beiseite, auf dem ich Nachrichten gelesen hatte. »Willst du jetzt zu Mo?«

»Natürlich«, sagte sie, sang es fast und federte durch den Raum zur Terrasse. »Je eher, desto besser.«

»Nora, wir können nicht einfach so zu Mo fahren. Ich weiß gar nicht, ob er arbeitet. Und Sabine und die Kinder …«

»Sieh es mal so«, sagte sie, sah mich nicht an, aber ihr Ton war eine Spur härter geworden. »Je eher wir das hinter uns bringen, desto schneller bin ich wieder weg.«

»Du kannst so lange hierbleiben, wie du willst. Du bist hier willkommen.«

Sie warf mir einen Blick über die Schulter zu, eine Augenbraue hochgezogen, die Lippen zu einem hämischen Grinsen gespreizt. Ich hasste die Unterstellung, dass ich sie loswerden wollte. Aber natürlich hatte sie recht.

Also rief ich Mo an, der erst am Abend in den Sender fahren musste, und bestellte uns einen Wagen.

»Ich werde mit ihm reden«, sagte ich, während der Wagen durch die Stadt surrte.

Nora hob die Hände. »Wie du meinst.«

Sie plapperte entspannt vor sich hin, rekapitulierte die ganze Sendung über Louise, fragte mich alles Mögliche zu den Aufnahmen, doch ich wusste meist keine Antwort, weil ich nur bei der einen Einstellung dabei gewesen war. Erst als wir die von Birken gesäumte Auffahrt zu Mos Anwesen hinauffuhren, wurde sie ruhiger. Mo begrüßte uns mit seiner überschwänglichen Herzlichkeit. Sabine hatte Kaffee gekocht, und wir saßen kurz zu viert zusammen, tauschten Höflichkeiten aus, bis Sabine Nora mit nach oben nahm, um ihr den kleinen Louis vorzustellen.

Mo und ich gingen in sein Arbeitszimmer, einen lichtdurchfluteten Raum, in dem er sogar manchmal Aufnahmen für den Sender machte. Wir setzten uns auf niedrige, graue Sessel, und er sah mich erwartungsvoll an. Ich wusste nicht, wie ich anfangen sollte.

»Ein Überraschungsbesuch einer alten Freundin also«, begann er, als er merkte, dass ich mich schwertat. »Schön, nicht wahr?«

Meine Hände waren kalt. Ich rieb sie aneinander. »Mo, das ist mir alles sehr unangenehm.«

Er lehnte sich vor. »Emma, wir sind Familie. Du musst dir keine Sorgen machen. Sag einfach, was du brauchst.«

»Sie ist schwanger«, platzte ich heraus. »Und sie hat keinen Anteil. Sie ist illegal schwanger und hat uns ... dich im Fernsehen gesehen. Mit Louise.«

Er schwieg, nickte.

»Sie braucht Hilfe«, fügte ich etwas leiser hinzu.

Mo atmete tief durch. Langsam richtete er sich in seinem Sessel auf, blickte hinaus in den Garten. »Und sie glaubt, wir hätten einen Stapel Anteile hier rumliegen und könnten ihr einen abgeben?«

Ich zuckte mit den Schultern.

»Das ist ein hoch offizieller Prozess, Emma. Die AVZ ist involviert und muss zustimmen. Der Empfängerhaushalt wird überprüft, es wird nach potenziellen Erben recherchiert ... das geht nicht einfach so.«

»Die AVZ darf auf keinen Fall Wind davon bekommen, dafür ist sie schon zu weit.«

Jetzt war er es, der mit den Schultern zuckte. »Dann kann sie doch sowieso nichts tun, als sich zu stellen und das Kind unter Aufsicht zu bekommen. Irgendwann muss sie in ein Krankenhaus, und dort würden sie das Kind zur Adoption freigeben.«

»Das will sie natürlich nicht.«

»Vielleicht wäre es besser für das Kind. Wie ist es überhaupt so weit gekommen? Hat die Verhütung versagt?« Er schüttelte den Kopf. »Weißt du was, ich will es gar nicht wissen. In jedem Fall ist es sehr sonderbar.«

»Ich wollte dich auch gar nicht fragen«, lenkte ich ein. »Aber jetzt habe ich eine Antwort bekommen und meine Schuldigkeit getan.« Ich konnte ruhigen Gewissens rausgehen und Nora sagen, dass ich alle Möglichkeiten ausgeschöpft hatte.

»Es tut mir ein bisschen leid«, sagte er. »Ich fürchte, das ist dir nur passiert, weil wir verwandt sind. Manchmal zieht das Licht eben auch die unangenehmen Fliegen an.«

Ich schnaufte. »Nora ist keine Fliege. Wir waren die besten Freundinnen.«

»Das mag sein. Aber Freundschaften verändern sich, wenn eine Person aufsteigt und die andere nicht. Es ist nicht schön, aber es ist ein Fakt.«

Ich schüttelte vehement den Kopf. »So ist das nicht.«

Er lächelte sanft und irgendwie väterlich. »Wie du meinst.«

Ich kam mir auf einmal sehr klein vor, wusste nicht, was ich sagen sollte. Es gefiel mir nicht, dass er so über Nora sprach, ich fühlte mich schuldig, weil ich sie nicht verteidigte. Woher kam auf einmal diese Arroganz? So kannte ich Mo nicht. Und gleichzeitig konnte ich die Stimme in mir nicht unterdrücken, die mir zuflüsterte, dass er recht hatte.

»Fragst du dich manchmal, wieso sie euch ihre Anteile spenden?«, fragte ich.

Nur zwei von den vier Menschen, die Mo und Sabine ihre Anteile überschrieben hatten, war ich persönlich begegnet. Einer war ein alter Concierge gewesen, der im Sender gearbeitet hatte. Und dann natürlich Louise.

»Ich frage nicht nur mich, ich frage sie«, sagte Mo. »Und am Ende ist der Grund immer der gleiche: Sie wollen, dass etwas von ihnen zurückbleibt. Dass wir uns an sie erinnern, wenn wir unsere Kinder ansehen. Sie wollen nicht anonym in der Lotterie landen, sondern ein wenig mitbestimmen. Etwas hinterlassen.«

»Stimmt es, dass Geld fließt?«

Mo schnaufte kurz. »Wer sagt das?«

Ich deutete mit dem Kopf zur Tür.

Wie seine Schwester atmete Mo tief und schwer, wenn er aufgebracht war, um ruhig weitersprechen zu können. »Manchmal. Aber niemals ist es Teil des Deals. Eher ein Geschenk, das wir nachreichen, eine Großzügigkeit, wie wir sie jedem Familienmitglied zukommen lassen würden. Wenn Nora andeuten will, dass wir die Anteile durch Bestechung bekommen, dann weise ich das strikt von mir.«

Ich schüttelte vehement den Kopf. »Das will ich nicht sagen.«

Er stand auf. »Ich glaube, wir sind hier fertig.«

»Bitte, Mo.« Ich ergriff seine Hand. »Es tut mir leid. Ich war es ihr schuldig, zu fragen. Bitte, sei nicht sauer.«

Unter meinen Fingern spürte ich die Spannung seiner Muskeln, ein kurzes Rucken, als würde er seinen Arm wegziehen wollen, doch dann legte er seine Hand auf meine und zog mich auf die Füße.

»Keine Sorge, alles ist gut. Aber diese Nora …«

Ich winkte ab, er musste es nicht aussprechen. »Ich kümmere mich darum.«

Kaum waren wir in den Wagen gestiegen, überschüttete Nora mich mit Fragen.

»Er kann nichts tun«, sagte ich nur.

»Was soll das heißen? Hast du ihm erklärt, in welcher Lage ich bin?«

»Habe ich, aber das alles ist ein hoch offizieller Prozess, der …«

»Hast du ihn auf Louises Cousine in Australien angesprochen?«

»Nora!« Ich drehte mich zu ihr, hob meine Hand zwischen uns. »Lass es gut sein! Er kann dir nicht helfen.«

Sie sank in ihren Sitz zurück, verschränkte die Arme vor der Brust und schaute hinaus. In den nächsten Stunden würde sie nicht mit mir reden, das wusste ich. Sie würde meine Anwesenheit ignorieren, auf nichts reagieren, was ich tat. Genauso hatte sie es gemacht, als wir Kinder gewesen waren. Manchmal hatte sie tagelang nicht mit mir gesprochen, sich in der Schule an andere Kinder gehängt, sodass ich allein gewesen war, ganz allein, weil alle wussten, auf wessen Seite sie zu stehen hatten, wenn sie unbeschadet aus der Sache herauskommen wollten. Das hielt ich meistens nicht länger als ein paar Tage aus, riss mich schließlich zusammen, schluckte all meinen Stolz hinunter und ging zu ihr, um ihr das Shirt zu schenken, das sie hatte ausleihen wollen, oder das Spiel oder was auch immer. Und dann tat sie so, als wäre nichts gewesen.

Doch wir waren erwachsen, inzwischen.

»Nora, ich weiß, was du tust. Es wird nicht funktionieren, nicht mehr.«

Aber sie reagierte nicht, schwieg, starrte, biss die Zähne so fest aufeinander, dass ich ihre Kiefermuskeln arbeiten sah. Also schaute auch ich stumm aus dem Fenster, während die Luft im Wagen sich wie Zement um mich legte. Ich musste meine Hände fest im Schoß falten. Nein, ich würde diesmal nicht diejenige sein, die einlenkte und um Verzeihung flehte. Ich hatte nichts falsch gemacht.

Zu Hause angekommen stürmte sie ins Gästezimmer. Ich rief ihr hinterher, dass sie bleiben könne, so lange sie wolle, doch als ich später an ihre Tür klopfte, um sie zum Essen zu holen, blieb es still. Ich schob die Tür vorsichtig auf, fürchtete beinahe, dass mir gleich etwas entgegenfliegen würde, aber das Zimmer war leer, das Bett ungemacht, das Fenster stand offen. Ich ging hinüber, schaute hinaus, hoffte, dass sie sich beim Herunterlassen nicht wehgetan hatte. Sogar von hier oben erkannte ich, wo sie Äste aus den Sträuchern unter dem Fenster gebrochen hatte.

Sie hatte alles mitgenommen: die Zahnbürste, die Kleider, die ich ihr gekauft hatte, selbst eine Flasche Wasser, die ich ihr ans Bett gestellt hatte. Nur ein einzelnes blondes Haar war auf dem Kissen zurückgeblieben. Und der leichte Geruch nach Staub, ein Geruch wie nichts, wie Leere, wie Abwesenheit.

Als Amal wenig später nach Hause kam, brauchte sie nur einen Blick auf den für zwei Personen gedeckten Tisch zu werfen, um die Situation zu erfassen. »Sie ist weg?«

Ich nickte, füllte Gemüse und Reis auf ihren Teller, während sie Jacke und Tasche an der Garderobe verstaute.

»Warst du bei Mo?«

»Ich musste zumindest fragen.«

Amal setzte sich, nahm ihren Teller entgegen. Wir stocherten einen Moment im Essen.

»Was hat sie jetzt vor?«

Eine Erbse rollte von meinem Teller. Ich spießte sie mit der Gabel auf und schob sie mir in den Mund. Sie schmeckte nach nichts. »Ich weiß es nicht. Sie ist gegangen, ohne mit mir zu reden.«

»Passt ja ins Bild«, sagte Amal, ohne mich anzusehen.

Ich stockte. »Du bist unfair zu ihr.«

Sie legte das Besteck hin, sah mich an, streckte die Hand nach mir aus. »Liebling, du musst sie nicht verteidigen. Nach allem, was du mir über sie erzählt hast ...«

»Eben!« Ich konnte mir selbst nicht erklären, woher die Wut kam. »Und das war falsch. Ich habe dir nur das Schlechte erzählt. Sie hat auch wirklich wunderbare Dinge getan.«

»Das bezweifle ich nicht«, sagte Amal.

»Als meine Mutter gestorben ist ... ohne Nora hätte ich das nie durchgestanden.«

»Emma.« Sie drückte meinen Arm. »Ich wollte nicht ...«

Aber ich ließ sie nicht aussprechen. »Und jetzt ist sie schwanger und kann nirgendwohin. Das muss schrecklich sein. Und ich habe sie im Stich gelassen. Schon wieder.«

»Du bist nicht für sie verantwortlich. Sie muss sich stellen, und das will sie nicht.«

»Das kann nicht alles sein. Irgendwas kann man sicher unternehmen.«

»Schatz!« Sie schüttelte meinen Arm ein wenig. »Du musst das nicht richten. Du hast keinen Fehler gemacht. Du hast sie nicht in diese Lage gebracht. Es ist nicht deine Aufgabe, sie zu retten.«

Ich schaute Amal an und sah gleichzeitig wie von oben auf mich herab. Es lag vor mir, das Muster, deutlich, beinahe geometrisch. Dabei hatte ich es wenige Stunden vorher im Auto durchbrochen, hatte zumindest geglaubt, erwachsen geworden zu sein, Nora verstanden zu haben, mich verstanden zu haben.

»Sie ist gegangen«, sagte Amal. »Sie hat gewählt. Und du hast getan, was du konntest.«

Ich nickte, wusste, dass sie recht hatte. »Ich mache mir Sorgen.«

»Natürlich.«

»Sie ist sicher einsam da draußen.«

Amal nahm ihre Hand von meinem Arm, griff wieder nach ihrem Besteck, schob sich etwas Reis auf die Gabel. »Man ist so einsam, wie man sich macht.«

Das war leicht zu sagen für jemanden, der in einer heilen Welt aufgewachsen war, mit liebenden Eltern und einem fantastischen großen Bruder, in Wohlstand und Frieden. Aber ich widersprach nicht. Ich war zu müde zum Streiten, zu müde zum Essen sogar, also zwang ich noch ein paar Erbsen in mich hinein und ging früh zu Bett.

/04/

Am folgenden Tag ging ich in die Praxis, setzte ein paar gedruckte Zähne ein, bestellte in der Mittagspause Lebensmittel, schwatzte mit meinen Assistenten wie an jedem anderen Tag. Ich fuhr heim, fand die Einkäufe vor der Tür, ließ die Reinigungsroboter durch das Haus huschen, während ich das Abendessen kochte. Als Amal kam, aßen wir, saßen danach auf der Couch und schauten uns eine alte Serie an. Wir teilten ein Glas Wein, gingen zu Bett, und am nächsten Tag passierte in etwa dasselbe, und dann am Tag darauf, und es fühlte sich wunderbar normal an. Ich genoss die Eintönigkeit. An Nora dachte ich nicht oder versuchte es zumindest, schob die Erinnerungen weg, wenn sie kamen, wie Mücken, ein Sirren im Ohr beim Einschlafen, ein leichtes Kitzeln auf der Stirn. Ich verscheuchte sie, und nach ein paar Tagen blieben sie fort.

Am Wochenende fuhr ich zu meinem Vater, allein, Amal hatte Termine. Nachdem Matthes und ich ausgezogen waren, hatte er unsere Wohnung verkauft und sich ein Jagdhäuschen im Wald gekauft. Seine Vorlesungen und Seminare gab er online. Ich hatte befürchtet, dass er zum Eremiten werden würde, und hatte ihn deswegen anfangs oft besucht, um zu überprüfen, ob er gut aß und auch mal unter Leute ging. Aber meine Sorgen hatten sich als unbegründet herausgestellt. Er hatte schnell Freundschaft mit dem Forstwirt und den Leuten von der lokalen Naturschutzorganisation geschlossen und half ihnen dabei, neue Pflanzensorten im Wald anzusiedeln, die der Hitze und Trockenheit besser standhielten. Und so waren meine Besuche seltener geworden. Als ich jetzt auf den Schotterweg einbog, der zu seiner Lichtung führte, konnte ich mich nicht mehr genau daran erinnern, wann ich das letzte Mal hier gewesen war.

Ragnar begrüßte mich. Der riesige Kater kam mit erhobenem Schwanz auf mich zugelaufen, als ich ausstieg, und drückte sich fest gegen mein Bein. Ich hievte ihn auf meinen Arm und drückte ihm einen Kuss auf seine flauschige Stirn. Er schnurrte wie ein Trecker.

»Pass auf, er verliert gerade unfassbar viel Fell.«

Mein Vater kam gerade aus der Scheune, von oben bis unten bedeckt mit Sägespänen und Staub. Nur um die Augen, wo er eine Schutzbrille getragen hatte, war seine Haut sauber und dunkelbraun.

Ich setzte den Kater ab, nahm meinen Vater in den Arm und wuschelte ihm Staub vom Kopf. »Deine Haare sind lang geworden. Soll ich sie nachher schneiden?«

»Gerne.«

»Benutzt du das Öl, das ich dir mitgebracht habe?«

»Emma«, sagte er, stockte, lächelte mich an, und ich nickte.

»Sorry.«

Er nahm mich noch einmal in den Arm und drückte mich an sich. »Schön, dich zu sehen, Kleine.«

»Dich auch, Papa.«

Während er duschte, kochte ich uns Tee, räumte ein wenig in der Küche herum, obwohl es gar nicht nötig war, und kam Ragnars konstanten Forderungen nach Streicheleinheiten nach. Dann kürzte ich Papas Haare – was er mit dem Langhaarschneider auch selbst hätte tun können –, rasierte seinen Nacken und massierte ihm das Öl in die Kopfhaut. Die Flasche war noch ungeöffnet.

»Du musst besser auf deine Haare Acht geben.«

Er saß mit geschlossenen Augen vor mir. »Du klingst wie deine Mutter.«

»Sie hatte eben meistens recht.«

»Sehr wahr«, seufzte er. »Sehr wahr.«

Ich wusch mir die Hände, während er sein Hemd zuknöpfte. Die Haare auf seiner Brust waren grau geworden, die Haut faltig und dünn. Ich vergaß manchmal, wie alt er war.

»Papa, was ist eigentlich mit Mamas Anteil passiert?«

»Der ist an die Lotterie gegangen.«

»Wieso?«

Er sah mich an, setzte sich auf den Badewannenrand. »Ihr wart zu jung und in der Familie gab es niemanden, der ein Kind bekommen wollte oder konnte, also Lotterie.«

Ich blickte auf den Boden. Eine Fliese war gesprungen. »Ihr hättet ihn auch jemandem außerhalb der Familie schenken können. Wie diese Frau, die Mo ihren Anteil geschenkt hat.«

Er schüttelte den Kopf. »Davon halte ich nichts. Es führt nur dazu, dass privilegierte Personen noch privilegierter werden. Ich meine, nichts gegen Mo, er ist ein feiner Kerl, aber wäre er nicht so bekannt …« Er verstummte, zuckte mit den Schultern.

»Ich verstehe schon«, sagte ich. »Aber ich verstehe auch die Frau. So weiß sie, dass das Kind es gut haben wird. In der Lotterie kann der Anteil an jeden gehen. Auch an schlechte Eltern.«

»Das ist das Risiko. Aber das Ziel sollte ja nicht sein, manche Menschen daran zu hindern, Kinder zu bekommen, sondern alle Menschen dazu zu befähigen, gute Eltern zu sein. Das müssen wir als Gesellschaft erreichen.«

Reflexhaft dachte ich an Noras Eltern. »Ein ziemlich hehres Ziel, findest du nicht?«

Er grinste und stand auf. »Genau deswegen sollten wir besonders hart daran arbeiten.«

Mit dem Tee setzten wir uns auf seine kleine Terrasse. Hinter der Wiese begann direkt der Wald. Im hohen Gras konnte ich Ragnars Schwanzspitze sehen, die wie eine Standarte anzeigte, wo er gerade herumstreunte.

Wir redeten über dies und das, meine Praxis, seine Vorlesungen, die Studierenden. Er erzählte mir von der Ginkgo-Kreuzung, mit der er und der Förster an einer Ecke des Waldes experimentierten, ein hartnäckiger Baum, genügsam und hitzefest. Irgendwann gingen uns die Themen aus, oder vielmehr ließen wir sie auströpfeln und genossen stattdessen die Geräusche des Waldes, das Rauschen der Blätter, die vereinzelten Vogelstimmen.

»Woher kommt die Frage?«, sagte er nach ein paar Minuten. Ich wusste sofort, worauf er anspielte.

»Nora hat mich besucht.«

»Nora? Nora Bernheim?«

»Genau die.«

»Aha!« Er lachte kurz in sich hinein. »Ich sehe euch zwei noch genau vor mir. Pech und Schwefel. Ihr wart kaum auseinanderzukriegen, vor allem als ihr noch kleiner wart. Weißt du eigentlich, dass sie sich mal mit deiner Mutter und mir angelegt hat, als du Hausarrest hattest?«

Ich stutzte. »Nein.«

»Als du das Müsli über Mamas Rechner geschüttet hast. Das war eine Sache. Sie ist ins Haus gestiefelt und hat uns vorgeworfen, wir würden dich zu Unrecht bestrafen, weil du nichts falsch gemacht hättest, es sei ja ein Unfall gewesen.« Er schüttelte den Kopf. »Himmel und Hölle hätte sie für dich in Bewegung gesetzt, und du für sie. Damals zumindest.« Er stellte die Tasse ab und musterte mich. »Ich wusste nicht, dass ihr noch Kontakt habt.«

»Haben wir nicht. Es war ein Überraschungsbesuch.«

Er zog die Augenbrauen hoch. »Eine schöne Überraschung?«

Ich zuckte mit den Schultern. »Ehrlich gesagt war es ein bisschen … schwierig.«

»Willst du es mir erzählen?«

Ich winkte ab. »Sie wollte etwas von mir, das ich ihr nicht geben konnte. Am Ende ist sie verschwunden, ohne sich zu verabschieden.«

Er nickte nachdenklich. »Ja, dickköpfig konnte sie sein. Wie ihr euch gestritten habt, war manchmal beinahe unheimlich. Vor allem später, als ihr älter wurdet.«

»Die Pubertät ist wohl für niemanden eine leichte Zeit.«

Langsam wiegte er den Kopf. »Ich weiß nicht. Das mit euch hatte irgendwie eine andere Qualität.«

Ich zuckte die Achseln. »Sie war eben meine allerbeste Freundin.«

»Weißt du«, sagte er mit einem Seufzen und lehnte sich in seinem Stuhl zurück. Das Holz knarzte leise. »Ich war ehrlich gesagt ein wenig erleichtert, als eure Freundschaft auseinandergebrochen ist. Ich bin nicht stolz darauf, wirklich nicht. Ich weiß, wie wichtig unsere Familie für Nora war, dass sie uns brauchte als sicheren Hafen, aber du warst meine erste Sorge. Und das war alles sehr viel für dich.«

Auf einmal fiel es mir schwer, ihm in die Augen zu sehen, also blickte ich auf meine Hände. »Ich habe sie im Stich gelassen.«

»Sie brauchte viel mehr, als du ihr hättest geben können, Kleine. Du warst noch so jung.« Seine Hand schob sich in mein Blickfeld, griff meine, drückte zu. »Hast du deswegen nach Mamas Anteil gefragt? Weil Nora es so schwer mit ihren Eltern hatte?«

Ich schüttelte den Kopf. »Sie ist schwanger. Und zwar ohne Anteil.«

»Ach du heilige Scheiße!«

Ich musste ein wenig lachen, als ich die Verblüffung in seinem Gesicht sah.

»Und was ist mit einem Abbruch?«

Ich schüttelte den Kopf. »Alles zu spät. Sie ist in der dreizehnten Woche. Nein, in der vierzehnten inzwischen.«

»Heilige Scheiße«, sagte er noch mal. »Und was wollte sie von dir?«

»Sie hat mich im Fernsehen mit Mo gesehen.«

»Ah, verstehe.« Er hob seine Tasse vom Boden auf und trank den Tee in einem Zug aus, als wäre es Whiskey. »Aber der kann natürlich auch nicht helfen.«

»Natürlich nicht.« Mit dem Finger strich ich über die Lehne des Stuhls, folgte der Maserung des Holzes. »Gibt es irgendwas, das sie tun kann, außer sich zu stellen und das Kind abzugeben?«

»Legal?«

Ich schüttelte den Kopf.

Mein Vater schürzte die Lippen und begann, sein Kinn zu massieren, was ein Anzeichen dafür war, dass er den Juristen in sich einschaltete. »Für alles, was begehrt ist, gibt es einen Schwarzmarkt. Mit den nötigen finanziellen Mitteln und Beziehungen kann man an einen Anteil kommen. Vor allem in den ersten Jahrzehnten gab es viele illegale Veräußerungen von Anteilen aus der Lotterie. Die AVZ ist stringent gegen jeden Verstoß vorgegangen, den sie entdeckt hat, und hat vor allem die Cyber Security ausgebaut, damit niemand von außen in das System eindringen und Unterlagen fälschen kann. Aber wo Geld ist, tun sich immer Lücken auf. Es braucht nur einen korrupten Beamten, und in einer Behörde dieser Größe gibt es sicher einige, die sich auf diese Weise eine goldene Nase verdienen.«

»Von welchen finanziellen Mitteln reden wir hier?«

»Ich kenne keine aktuellen Zahlen, aber das Risiko ist hoch und die Ware begrenzt. Ihr müsstet schon euer Haus verkaufen, um die Summe aufzubringen.«

Es schien so einleuchtend, jetzt, da mein Vater es ausgesprochen hatte. Natürlich gab es einen Handel mit Anteilen. Ich wunderte mich, dass ich nie darüber nachgedacht hatte, nie davon gehört hatte, nie darüber berichtet wurde. Und gleichzeitig wunderte es mich nicht.

»Wie läuft so was ab?«

»Ganz gradlinig. Man nimmt Kontakt auf, übergibt das Geld, und der Kontakt im AVZ sucht sich einen Anteil raus, fälscht ein paar Datensätze und fertig. Es ist nicht schwer, wenn man die Sicherheitssysteme kennt.«

Ich schaute ihn an. »Woher weißt du das?«

Ein Schmunzeln trat auf sein Gesicht. »Ich hatte ein paar Anteilsbetrugsfälle, als ich noch bei der Staatsanwaltschaft gearbeitet habe. Spannende Fälle, aber auch traurig. Ich denke, auch deswegen bin ich an die Uni gegangen.«

Ich zog die Augenbrauen hoch.

»Es war kein Spaß, diese Fälle zu verhandeln. In einem war das Kind schon vier Jahre alt, die Eltern waren liebevoll, aufopfernd. Sie war aus Versehen schwanger geworden, irgendeine Schwankung im Hormonspiegel, so was passiert selten, aber es ist nicht unmöglich, und die Familie hat alles richtig gemacht: sich bei der Lotterie gemeldet, um Spenden gebeten, Freunde und Bekannte gefragt, aber nichts. Und natürlich wollten sie das Kind nicht zur Adoption freigeben. Ihnen blieb nur diese Möglichkeit.«

»Und ihr habt keine Ausnahme gemacht?«

»Wenn es um Anteile geht, kennt der Staat keine Ausnahmen.«

»Was ist passiert?«

Er hob kurz die Schultern. »Gefängnisstrafe für beide Eltern. Das Kind wurde in eine andere Familie vermittelt. Ich habe ehrlich gesagt nie darüber nachgedacht, wie es ihm ergangen ist. Bitter, eigentlich.«

Ragnar kam mit einer winzigen Maus im Maul aus dem hohen Gras auf die Terrasse stolziert. Er legte mir den toten Körper vor die Füße, setzte sich daneben und sah mich auffordernd an. Ich beugte mich vor und kraulte seinen dicken Schädel. »Das hast du gut gemacht. Jetzt muss ich nicht verhungern.« Er schnurrte zufrieden, drehte sich wieder um und verschwand in der Wiese.

»Übrigens«, sagte mein Vater und rutschte auf seinem Stuhl hin und her, »wo wir schon beim Thema sind ...«

»Fang bitte nicht wieder davon an.«

Abwehrend hob er die Hände. »Ich will nur sagen, dass mein Angebot steht. Wenn ihr euch umentscheiden solltet.«

»Amal und ich sind glücklich. Wir wollen keine Kinder. Spar deinen Anteil für Matthes auf.«

Er lachte. »Matthes und Alex haben mit einem Kind schon genug zu tun. Ich glaube nicht, dass sie ein zweites haben werden.«

»Na dann«, ich legte meine Hand auf sein Knie, »wirst du wohl weiterhin Bäume pflanzen und Vorlesungen halten müssen.«

Er lächelte mich an, und obwohl ich wusste, dass er es ernst meinte mit seinem Angebot, glaubte ich, Erleichterung in seinen Augen zu sehen. Und mit einem Mal erinnerte er mich an Opa, an den warmen Blick, den er mir geschenkt hatte, an die Güte, mit der er mein egoistisches Geheule an seinem letzten Tag ertragen hatte. »Sorge dafür, dass Matthes sich an mich erinnert, so wie du dich an deine Oma erinnerst. In euren Erinnerungen leben wir weiter«, hatte er zu mir gesagt. Ob ihm dieser Gedanke Trost gespendet hatte? Mir hatte er nicht geholfen.

»Und was machst du jetzt wegen Nora?«

Langsam lehnte ich mich zurück, nahm einen Schluck Tee. »Nichts. Ich habe keine Ahnung, wo sie ist.«

Mein Vater schwieg, dann stand er auf, ging hinein und kam einen Moment später wieder heraus. Er reichte mir einen gefalteten Zettel. »Ein alter Freund. Detektiv. Er hat für mich ermittelt, als ich noch Staatsanwalt war. Ist noch im Geschäft, soweit ich weiß.«

Zögernd nahm ich den Zettel. »Wozu?«

»Er kann sie finden.«

»Ich will sie nicht finden.«

»Dann ruf ihn nicht an.«

»Hast du nicht gerade noch gesagt, dass du froh warst, als unsere Freundschaft auseinandergebrochen ist?«

Er nickte. »Aber ich kenne dich auch. Und mir ist es lieber, dass du mit dieser Sache abschließt, als sie weiter mit dir herumzuschleppen.«

»Wer sagt, dass ich etwas mit mir herumschleppe?«

Theatralisch breitete er die Hände aus. »Sitzen wir nicht hier und reden über sie?«

Ich rollte mit den Augen, konnte mir aber ein Grinsen nicht verkneifen. »Und überhaupt, wer schreibt denn noch Telefonnummern auf Papierzettel?«

Schnaufend setzte er sich wieder in seinen Stuhl. »Gönn deinem alten Herrn doch seine Marotten.«

Ich schob den Zettel in die Hosentasche. Über den Bäumen senkte die Sonne sich langsam. Ein Schwarm Vögel erhob sich aus den Wipfeln, aufgescheucht von einer unsichtbaren Gefahr, und verschwand über dem Wald.

/05/

Ich verstaute den Zettel in der Schublade meines Nachttisches und vergaß ihn dann oder versuchte zumindest, ihn zu vergessen. Redete mir ein, ihn vergessen zu haben, wenn er mir in den Sinn kam, was ziemlich oft passierte. Oh, der Zettel, siehst du, gar nicht mehr dran gedacht.

Die Praxis brummte, lenkte mich ab, Amal nahm mich mit auf ihre neueste Baustelle, wir gingen auf Partys und besuchten Mo. Ich spielte mit den Großen im Garten, während Amal sich in der Niedlichkeit des kleinen Louis verlor. Mo erwähnte mit keinem Wort unser letztes Gespräch, und ich war dankbar dafür. Wir taten wohl beide so, als hätte es nie stattgefunden.

Ich weiß nicht, warum ich einige Wochen später an dem Samstag zu Eileen fuhr. Amal war nicht da, ein Termin außerhalb, und ich war den ganzen Morgen durch das Haus getigert auf der Suche nach Aufgaben, hatte aber keine gefunden. Also hatte ich mir einen Wagen bestellt, ohne ein Ziel vor Augen zu haben, und erst, als die freundliche Computerstimme mich fragte: »Wohin soll es gehen?«, hatte ich Noras alte Adresse genannt. Es überraschte mich, dass ich mich an sie erinnerte. Der Wagen fuhr los, und ich lehnte mich in meinem Sitz zurück. Nur mal gucken, redete ich mir ein. Nur einen Blick darauf werfen. Ganz unschuldig.

Das Haus sah beinahe genauso aus wie vor zwanzig Jahren. Ein Wohnblock, zwölf Stockwerke, überall grüne Terrassen und Balkone. Die Fassade war gestrichen worden, ein freundliches Hellblau. Als

Kinder hatten wir auf dem Spielplatz im Hof gespielt mit den anderen Kindern, die hier wohnten, hatten uns aufs Dach geschlichen und Erdbeeren oder Himbeeren aus der Hydroponik geklaut. Und wenn ich nach Hause gekommen war, hatte ich meine Eltern angebettelt, auch in einen solchen Wohnblock zu ziehen, weil es so viel spannender war als unser beschauliches Eigenheim in den Randbezirken. Jetzt, als der Wagen vor dem Haus hielt und die freundliche Computerstimme verkündete: »Sie haben Ihr Ziel erreicht«, schlugen die Erinnerungen wie Wellen über mir zusammen, spülten Bilder, Gerüche, Gefühle durch meinen Kopf. Der sauber geharkte Kies am Morgen, der Duft von fremdem Essen in den Fluren, Musik aus Türen, hinter denen unbekannte Menschen unbekannte Leben lebten.

»Sie haben Ihr Ziel erreicht«, sagte die Stimme noch mal, und obwohl es unmöglich war, bildete ich mir ein, Ungeduld herauszuhören. »Möchten Sie Ihre Fahrt fortsetzen?«

»Nein«, sagte ich und stieg aus.

Der Wagen setzte sich sofort in Bewegung. Eine neue Buchung, der nächste Auftrag. Ich blieb still auf der gegenüberliegenden Straßenseite stehen. Ein Bus kam, hielt, spuckte Menschen aus, fuhr weiter. Niemand beachtete mich, ich beachtete niemanden, fühlte mich allerdings seltsam sichtbar. Ich probierte meinen selbstsichersten Schritt, als ich die Straße überquerte, das Wippen meiner Haare fühlte sich unecht an. Drei Stufen führten zur Haustür hinauf, das Klingelbrett noch da, wo es damals gewesen war, ebenso die Klingel, ganz rechts, die dritte von oben. »Bernheim« stand darauf, also drückte ich, als wäre die Anwesenheit des Namens Grund genug. Ich blickte in die Kamera, lächelte, so gut es ging, und nur wenige Sekunden später summte es und die Tür sprang auf.

Im zehnten Stock begrüßte Eileen mich an der Wohnungstür.

»Emma«, rief sie, kam mir ein paar Schritte entgegen und nahm mich in den Arm. »Was für eine wunderbare Überraschung. Komm rein, komm rein.« Sie schob mich in die Wohnung.

Vieles war neu. Der Teppich, den wir mit unseren schmutzigen Kinderschuhen ruiniert hatten. Die Garderobe, an der nur eine einzige Jacke hing. Die Türen jetzt in Holzoptik. Neue Einbauten in der

Küche, in die Eileen mich führte. Regelmäßige Renovierungen waren im Mietpreis inbegriffen, selbst bei den günstigsten Wohnungen. Aber es roch noch wie damals, der eigene Geruch eines Zuhauses, den man vergisst, wenn man länger nicht da ist, der aber selbstverständlich zu sein scheint, wenn man ihn wiedererkennt. Ich sog ihn ein und musste lächeln.

»Möchtest du einen Kaffee?«, fragte Eileen und bedeutete mir, am Küchentisch Platz zu nehmen. Sie zeigte auf meinen alten Stuhl, mit dem Rücken zum Fenster, und ich setzte mich.

»Ja gerne.«

Eileen holte Tassen, Pulver, eine Presskanne. Sie sah dünner aus als früher, natürlich älter, kein Wunder nach zwanzig Jahren. Ihr Haar war grau geworden und in einen unordentlichen Knoten gewickelt, ihre Wangen hingen fahl und schlapp herunter. Aber wenn sie lächelte, sah sie beinahe so aus wie damals.

Sie fragte mich nach meinem Vater und Matthes, machte große Augen, als ich ihr erzählte, dass ich Mo Ahmadis Schwester geheiratet hatte – anscheinend hatte sie die Sendung nicht gesehen. Sie erzählte mir von der Scheidung, und ich nickte stumm, rührte viel Zucker in meinen Kaffee und nippte langsam.

»Weißt du über sie Bescheid?«, fragte Eileen schließlich, nachdem wir etwa eine halbe Stunde um das Thema geschlichen waren.

»Nora?«

Sie nickte. »Ich habe sie seit Jahren nicht gesehen. Sie hat sich mit den falschen Leuten zusammengetan. Mit diesem Krauss. Ich habe keine Ahnung, wo sie ist.«

Hier würde ich sie also nicht finden. »Ja, von den Freebirthern hat sie mir erzählt.«

»Du hast sie gesehen?« Eileens Augen bettelten mich an. Ihre Hoffnung griff nach mir, zerrte an mir.

»Sie war bei mir, vor ein paar Wochen. Aber nur kurz. Dann ist sie wieder verschwunden.«

Tränen traten in Eileens Augen, doch gleichzeitig strahlte sie. »Geht es ihr gut?«

Ich überlegte kurz, ob ich ihr von dem Kind erzählen sollte, entschied mich aber dagegen. »Sie ist gesund, wenn du das meinst. Seit Krauss im Gefängnis ist, hat sie wohl keine Bleibe mehr. Sie war eine Nacht da, dann ist sie abgehauen.«

Eileen griff meine Hand. »Wie hat sie ausgesehen?«

»Gut, sehr gut. Ihre Haare sind lang und genauso honigblond wie früher. Wir haben zusammen gekocht und sie hat tonnenweise Kekse gegessen.«

Eileen lachte erleichtert auf, und ich freute mich, ihr etwas Beruhigung geben zu können. Ich erzählte so ausführlich wie möglich, ohne die Schwangerschaft zu erwähnen, dachte mir einen Streit aus, eine politische Uneinigkeit, um Noras Verschwinden zu begründen. Als ich die Kleidung erwähnte, die ich für Nora gekauft hatte, zückte Eileen ihr Handy, um mir das Geld zurückzugeben. Ich lehnte ab, fühlte mich dabei schmierig und gönnerhaft. Eine absurde Position, mehr Geld und damit mehr Handhabe als jemand zu besitzen, der einmal eine Autorität gewesen war. Sie bedankte sich.

»Aber ihre Telefonnummer gibst du mir, ja?«

»Die habe ich nicht.«

Etwas Flehendes legte sich Eileens Miene. »Hat sie denn gesagt, dass sie mich besuchen will? Oder ich kann sie besuchen. Wo wohnt sie jetzt?«

»Wie gesagt, sie ist einfach gegangen. Ich weiß nicht, wohin sie wollte.«

Mit einem Seufzen lehnte sie sich in ihrem Stuhl zurück und strich sich mit der Hand über die Stirn. »Dass ihr zwei euch auch immer streiten müsst.«

Hatte ich den Ton richtig verstanden? Macht sie mir einen Vorwurf? Ich schob den Gedanken von mir. So war Eileen schon immer gewesen, das Herz auf der Zunge. Wo gehobelt wird, fallen Späne, wie sie immer sagte.

»Ich habe alles falsch gemacht.«

Jetzt war ich diejenige, die nach ihrer Hand griff. »Es ist nicht deine Schuld. Sie hat sich freiwillig für dieses Leben entschieden.« Dumpf erinnerte ich mich, dass Amal mir genau dasselbe gesagt hatte und wie schal es mir erschienen war.

»Ich verstehe nicht, wieso sie nicht zu mir kommt. Hast du ihr gesagt, dass sie nach Hause kommen kann?«

»Nein, ich ...« Langsam zog ich meine Hand zurück. »Vielleicht wollte sie wegen Ben nicht hierher.«

»Aber der wohnt doch gar nicht mehr hier.« Sie klang trotzig. »Und außerdem hat er nie Hand an sie gelegt, dafür habe ich gesorgt. Habe mich immer vor sie gestellt und alles selbst abbekommen.«

Tausend Dinge fielen mir ein, die ich dazu sagen wollte, die sich mir in den Hals drängten und hinausgeschrien werden wollten, aber ich schluckte sie alle hinunter. »Ich weiß nicht, wieso sie dich nicht besucht hat. Vielleicht tut sie es ja noch.«

»Aber zu dir geht sie, obwohl du sie so enttäuscht hast damals.« Sie sprach leise, beinahe beiläufig, auf diese Art, in der man alles sagen und später immer noch behaupten konnte, man hätte es nicht so gemeint.

Ich richtete mich auf. »Was soll das heißen?«

»Ich meine nur«, sagte sie und knetete die Hände, »es war eine schwere Zeit für sie. Sie hätte dich gebraucht.«

Mein Hals verengte sich, ich schnappte nach Luft. Hatte ich Eileen nicht gerade erst gut zugeredet, als sie sich selbst die Schuld gegeben hatte? »Sie hätte vieles gebraucht. Aber wir waren wohl alle nicht in der Lage, es ihr zu geben.«

»Mädchen in dem Alter orientieren sich so stark an ihren Freundinnen und Freunden.« Sie schüttelte langsam den Kopf.

»Sie hatte Freunde.«

»Niemanden wie dich.«

Ich sah sie vor mir, Nora und Maxi und Chrissy, die Köpfe eng zusammengesteckt. Sah, wie sie sich umdrehten, zu mir schauten, sich wieder wegdrehten, alle drei synchron wie in einer einstudierten Choreografie. Ich verstand nicht, wieso es immer noch wehtat, nach all den Jahren.

»Ich muss los«, sagte ich und stand auf.

Eileen folgte mir in den Flur. »Natürlich, du hast sicher Wichtigeres zu tun.« Ich hörte die Kälte in ihrer Stimme.

»Alles Gute!«, sagte ich.

»Dir auch. Komm mich wieder besuchen!«

Ich denke, wir wussten beide, dass wir uns nicht wiedersehen würden.

Ich wartete ein paar Minuten an der Straße auf meinen Wagen, marschierte auf und ab, als hätte ich es eilig. Wieso war ich hergekommen? Was hatte ich mir versprochen von einem Gespräch mit Eileen? Hatte ich auf Einsicht gehofft, auf Reflexion und ehrliche Reue? Tief in meinem Kopf hörte ich Eileen, wie sie damals mit uns, mit Nora gesprochen hatte. »Wieso wollt ihr mich ärgern?« und »Wieso machst du mein Leben so schwer?« und »Wieso kannst du nie Rücksicht auf mich nehmen?«. Kein Wunder, dass Nora viel Zeit bei uns verbracht hatte, ganze Wochenenden bei mir schlief, manchmal sogar unter der Woche, während Ben trank und Eileen anbrüllte, während Eileen uns wegschickte oder sich in Noras Zimmer floh und mit uns zu spielen versuchte. Ihre Schwermütigkeit lag wie eine Staubschicht in der Wohnung.

Zu Hause duschte ich lange, warf alles, was ich getragen hatte, in die Wäsche. Ich zog mir eine Jogginghose und ein Tanktop über, setzte mich aufs Bett, kramte einen Lippenbalsam aus der Schublade meines Nachttisches, und da fand ich sie wieder, die Nummer des Detektivs, die mein Vater mir gegeben hatte. Ohne nachzudenken, tippte ich sie ein, legte einen Filter über meinen Videostream, damit er nicht sehen würde, dass ich gerade aus der Dusche kam.

»Milski?«

Er antwortete ohne Video, was mich irritierte. Ich brauchte einen Moment, bevor ich mich entschloss, zu antworten.

»Hallo, mein Name ist Emma Frohmut. Ich bin die Tochter von Samuel Frohmut.«

Sofort ging das Video an. Er war ein älterer Herr, graues Haar, Allerweltshaarschnitt, Allerweltsbrille, Allerweltsgesicht mit runder Nase und kleinen Augen. Ein Typ, der nicht auffiel, den man schnell wieder vergaß. Wahrscheinlich perfekt für seinen Job. Er strahlte mich fröhlich an.

»Frohmut, das freut mich. Wie geht es dem alten Advokaten?«

Die Herzlichkeit des Mannes war ansteckend. »Gut, danke.«

»Was treibt er jetzt? Ist er noch an der Uni?«

»Nicht von seinem Lehrstuhl runterzukriegen. Und er wohnt im Wald und pflanzt Bäume.«

Milski lachte schallend. »Natürlich, das sieht ihm ähnlich.« Er musterte mich. »Und Sie, Emma ... Ich darf Sie doch Emma nennen?«

»Gerne.«

»Und Sie nennen mich einfach Milski. Alle nennen mich Milski. Wenn ich einen Vornamen habe, habe ich ihn selbst schon vergessen.« Er lachte wieder. »Was kann ich für Sie tun?«

Ich zögerte, wusste nicht so recht, wie ich anfangen sollte. »Mein Vater sagt, Sie hätten als Privatdetektiv für ihn gearbeitet.«

»Das ist richtig. Mensch, Ihr Vater hatte manchmal Aufträge für mich, das würden Sie nicht glauben.«

»Und Sie arbeiten noch?«

»Für ausgewählte Kunden.« Er lächelte breit. »Und da gehören Sie natürlich dazu, Emma.«

Meine Wangen wurden heiß. Ich hoffte, dass der Filter es verbergen würde. »Ich bin auf der Suche nach einigen Klassenkameraden, die ich aus den Augen verloren habe. Im Netz habe ich nichts gefunden.«

»Ach, das ist eine meiner leichtesten Übungen. Namen?« Er senkte das Handy, damit er parallel zu unserem Gespräch tippen konnte.

»Vor allem geht es um den Aufenthaltsort von Nora Bernheim. Ich denke, dass sie keine Meldeadresse hat, aber vielleicht finden Sie was heraus. Die anderen sind Maximilian Bauer und Christiane«, ich musste überlegen, »Schalm oder Schelm.« Ich gab ihm den Namen meiner Schule, unser Abschlussjahr, das Viertel, in dem sie damals gewohnt hatten, wenn ich mich richtig erinnerte.

»Und Sie wollen Telefonnummern oder auch Adressen?«

»Adressen, bitte.«

Beim Tippen machte Milski ein Doppelkinn, linste konzentriert durch seine Lesebrille. Dann hob er das Telefon wieder auf Augenhöhe und lächelte breit. »Das geht schnell.«

Und es ging schnell. Kaum eine Stunde später rief er mich an.

»Sie hatten recht, für Nora Bernheim habe ich so ad hoc keine Adresse oder Telefonnummer gefunden, allerdings einiges an Informationen. Sie wussten, dass sie den Freebirthern angehört?«

Ich überlegte kurz, ob ich Überraschung vortäuschen sollte, entschied mich aber dagegen. Milski war so freundlich, es wäre mir beinahe unverschämt vorgekommen. »Ich weiß, danke trotzdem. Und die anderen beiden?«

Er gab mir zwei Adressen, schüttelte auf meine Bitte nach einer Rechnung eifrig den Kopf. »Ein Freundschaftsdienst für den alten Samuel. Richten Sie ihm liebe Grüße aus! Und wenn ich zu Frau Bernheim weiterforschen soll, sagen Sie mir Bescheid.«

Ich gab die Adressen in meine Karten-App ein. Maxi hatte das Stadtzentrum verlassen, lebte inzwischen in einem Vorort, aber Chrissy wohnte nur wenige Blocks entfernt von Eileens Wohnung. Keine besonders gute Gegend, wie ich von Amal wusste, die sich auskannte mit Wohnraumpreisen und Demografie. Würde Nora so nah bei ihrer Mutter einen Unterschlupf suchen?

Ich legte das Handy beiseite, streckte mich auf dem Bett aus und starrte an die Decke. Wieso tat ich das? Ich wollte sie nicht suchen, wollte mich nicht kümmern, wollte mich zwingen, es mir egal sein zu lassen, aber mein Bauch rebellierte, meine Knie schmerzten, als wollten sie ohne mich loslaufen. Nur sichergehen, sagte ich mir, nur sichergehen, dass es ihr gut ging, dass sie nicht auf der Straße saß. Das taten Freunde doch.

Maximilians Haus war dunkel. Ein moderner Bau, kleiner als unserer, aber geräumig über zwei Stockwerke. Der Rasen war akkurat gepflegt. Ich sagte dem Wagen, er solle auf mich warten, klingelte vorne am Tor, aber nichts geschah.

»Die sind im Urlaub«, sagte eine ältere Dame, die auf der gegenüberliegenden Straßenseite ihren übergewichtigen Beagle spazieren führte. »So eine nette Familie.«

»Danke«, sagte ich.

»Wollen Sie etwas abgeben? Ich kann es aufbewahren, bis sie

zurückkommen.« Die Frau war stehen geblieben, machte Anstalten, die Straße zu überqueren.

»Nein, danke.« Hastig stieg ich in den Wagen.

»Soll ich ihnen ausrichten, dass Sie da waren?«

Ich winkte nur durch die Scheibe und sagte dem Wagen, dass er losfahren solle, was er artig tat. Erst, nachdem er dreimal gefragt hatte, nannte ich ihm das nächste Ziel.

Auf dem Weg zu Chrissy fuhr ich erneut an Eileens Wohnung vorbei. Vom Fenster aus konnte ich nicht bis in den zehnten Stock sehen, was nicht heißt, dass ich es nicht versuchte. Es war kaum vier Stunden her, dass ich dort gesessen hatte, mitten in meinen Erinnerungen. Inzwischen war es dunkel, und es hatte zu nieseln begonnen.

Ich bemerkte sie gleich, als wir um die Ecke bogen: zwei gestikulierende Gestalten vor dem Eingang eines Hauses. Der Asphalt unter ihren Füßen schimmerte im Licht der Straßenlaternen. Ich gebot dem Wagen, in der Nähe zu halten, und ließ das Fenster herunterfahren.

»Ein paar Nächte, hast du gesagt.« Chrissys Stimme war in den Jahren tiefer geworden, aber ich erkannte sie sofort wieder.

»Wo soll ich denn hin?«

»Nicht mein Problem. Die Wohnung ist für uns schon zu klein. Und ich kann ihn nicht zwingen. Wenn er Nein sagt …«

»Du lässt dir also von deinem Mann vorschreiben, ob du Besuch haben darfst?«

»Wenigstens ist meiner nicht im Knast!«

Das warf Nora aus der Bahn. Sie schnappte nach Luft, hob die Hände in die Höhe.

»Mach's gut«, sagte Chrissy, ging zurück ins Haus und schloss die Tür hinter sich.

Der Lichtschein, in dem Nora eben noch gestanden hatte, verschwand, und ich konnte nur ihre Silhouette erkennen. Sie stand einen Moment da, den Kopf gesenkt. Dann beugte sie sich hinab, hob eine Tasche auf und ging den Bürgersteig entlang in meine Richtung. Als sie neben dem Wagen war, öffnete ich die Tür. Erschreckt trat sie einen Schritt zurück, sah mich an, stutzte.

»Steig ein«, sagte ich.

Einen Moment blieb sie stehen, starrte mich ausdruckslos an, dann schob sie sich neben mir in den Wagen und wir fuhren los.

»Du bist meine Rettung«, sagt sie und klang sonderbar energiegeladen. »Ich wusste, dass du mir helfen würdest.« In der fahlen Beleuchtung des Wagens sah sie blass aus, die Wangen rot gefleckt, das Haar fettig.

»Du bist ohne ein Wort abge...«

»Hast du das gesehen?« Sie drehte sich halb um und deutete durch das Rückfenster. »Was für eine Zicke, immer noch. Und ihr Typ ist das Letzte. Der konnte mich von Anfang an nicht leiden. So ein Arsch. Chrissy konnte noch nie für sich einstehen. Zum Glück bist du anders.«

Die warme Welle schwappte über mich, ohne dass ich es verhindern konnte. Ich sah mir selbst dabei zu, wie ich wieder sieben wurde, zwölf, fünfzehn, wie ich mit kindlichem Strahlen dastand und auf Noras Bestätigung wartete: Das hast du richtig gemacht. Ich hasste mich dafür, wie gut es sich anfühlte.

»Und jetzt?«, fragte ich.

»Ich weiß es nicht.«

Draußen rauschte die Stadt vorbei. Ich konnte die Feuchtigkeit in Noras Kleidung riechen.

»Das ist alles so scheiße.« Sie legte die Hände über ihr Gesicht.

Es kostete mich etwas Überwindung, mich zu ihr zu beugen, ihr die Hand auf den Rücken zu legen, langsam auf und ab zu streichen.

»Ich weiß.«

/06/

Nora blieb. Sie richtete sich im Gästezimmer ein, verteilte die wenigen Dinge, die sie besaß, so präzise, dass es immer unordentlich aussah. Amal ging sie aus dem Weg, blieb in ihrem Zimmer wie eine scheue Katze, bis Amal das Haus verließ, und schlich dann auf leisen Sohlen hinunter. Ich nahm mir immer öfter frei, meldete mich krank, blieb bei Nora, obwohl wir nichts unternahmen. Wir blieben zu Hause, saßen auf der Terrasse, sahen dem Frühling zu, der sich mit rasender Geschwindigkeit durch die Vorgärten fraß.

»Wie lange?«, fragte Amal regelmäßig, und ich zuckte nur mit den Schultern, konnte ihr nicht in die Augen sehen. »Regle das, bevor es zu spät ist.«

Ich erzählte Nora nicht, dass ich bei Eileen gewesen war. Auch nicht, wie ich sie gefunden hatte. »Zufall«, sagte ich, als sie mich fragte, und sie sagte nichts dazu. Wir mieden es, über das Kind zu sprechen, tasteten stattdessen vorsichtig Themen aus der Vergangenheit ab, Harmloses, Spiele im Hof, Erinnerungen an die Schulzeit, an die Urlaube, auf die meine Familie sie mitgenommen hatte, Costa del Sol, Bretagne, Cornwall. Wir tänzelten um alles Unangenehme herum, unterschlugen ihre Eltern, den Tod meiner Mutter, unsere Streits, ihre Kälte. Meine Kälte. Viel blieb nicht außer Small Talk, Anekdoten und dem angenehmen Schweigen unter alten Freundinnen, wenn wir stumm nebeneinander lasen und uns manchmal zulächelten wie ein altes Paar. Aber meine Gedanken rasten.

Es dauerte beinahe zwei Wochen, bis ich zum ersten Mal bemerkte, dass Noras Bauch sich wölbte. Wir standen in der Küche, ich war während der Mittagspause nach Hause gekommen, aber sie war gerade erst aufgestanden und ich machte ihr einen Kaffee. Sie trug eine schlabberige Hose und ein weites T-Shirt mit dem großen Superman-S darauf. Als sie sich streckte, ihre Arme weit über den Kopf reckte und das T-Shirt sich nach oben zog, sah ich das Bäuchlein, noch klein, aber unverkennbar, verräterisch an ihrem ansonsten hageren Körper.

»Warst du eigentlich jemals beim Arzt?«, fragte ich und deutete auf ihren Bauch.

Sie nahm die Arme runter. »Bei den Freebirthern gab es eine Hebamme.«

»Das ist wohl kaum dasselbe.« Ich streckte ihr die Tasse hin, sah hinab auf den Kaffee, dessen Oberfläche sich kräuselte, zog dann die Hand samt Tasse wieder zurück. »Du solltest doch gar keinen Kaffee trinken, oder?«

Sie lachte. »Das fällt dir jetzt auf?« Sie nahm sich ein Glas aus dem Schrank, füllte Wasser aus dem Hahn hinein und trank es in einem Zug aus. »Du kannst ja Decaf bestellen.«

Ich schüttete den Kaffee so energisch in den Ausguss, dass etwas davon auf die Arbeitsplatte spritzte. Nora ging zum Kühlschrank, nahm sich einen Joghurt und setzte sich an den Küchentisch, den einen Fuß auf dem Stuhl, sodass sie den Oberkörper an ihr Knie lehnen konnte. Das ging noch, bald würde das Kind zu groß dafür sein.

»Aber mal im Ernst«, sagte ich, während ich über die Arbeitsplatte wischte. »Du musst dich untersuchen lassen.«

»Du bist doch Ärztin.«

»Zahnärztin!«

»Gehört Schwangerschaft nicht irgendwie zu den Grundlagen im Studium?«

»Ich habe noch nicht mal ein Stethoskop.«

»Kauf dir eins.«

Ich warf den Lappen in die Spüle und drehte mich zu ihr um. »Nora, du brauchst eine Gynäkologin oder wenigstens eine Allgemeinmedizinerin.«

Mit einem Ruck schob sie den Stuhl vom Tisch weg und erhob sich. »Und wie soll das gehen? Glaubst du, ich latsche da einfach rein, hallo, ich bin illegal schwanger, können Sie mal bitte gucken, aber nicht weitersagen? Die müssen so was melden.«

»So kann es jedenfalls nicht weitergehen.«

Sie legte den Kopf schräg, verzog die Mundwinkel ein bisschen, als würde sie lächeln. »Darum geht es also. Du willst mich loswerden.«

»Wie kommst du denn jetzt darauf?«

»Dann ist es Amal.«

»Niemand will dich loswerden. Aber irgendwas müssen wir doch tun. Du kannst dich nicht ewig hier verstecken. Irgendwann werden wir notgedrungen Hilfe brauchen. Irgendwann wird dieses Baby geboren werden. Und dann? Was machen wir dann?«

Sie stand mit bebenden Schultern, schwieg, sah mich an, als könnte sie sich nicht entscheiden, ob sie mich angreifen oder weglaufen sollte.

»Und was ist, wenn etwas schiefgeht?«, fragte ich mit leiser Stimme. »Wir können das nicht alleine.«

»Frauen haben das über Jahrtausende allein gemacht, das hat Steven auch gesagt.«

»Und über Jahrtausende sind Frauen gestorben. Oder die Babys.« Ich hob eine Hand. »Nora, du bist zu mir gekommen, weil du weißt, dass du das nicht allein durchstehen kannst. Und jetzt sage ich dir, dass wir das auch zu zweit nicht durchstehen können.«

Ihre Schultern sackten ab. Einen Moment starrte sie mich an, dann senkte sie den Blick. »Und was sollen wir tun?«

»Das frage ich dich.«

Erschöpft setzten wir uns an den Tisch.

»Habt ihr nicht bei den Freebirthern irgendwelche Strategien für solche Situationen?«

Sie verzog den Mund beinahe verächtlich. »Was glaubst du, wieso die mich rausgeschmissen haben? Denen geht es nicht um Menschen, sondern nur um Politik.«

»Ist das nicht dasselbe?«

Sie legte mir eine Hand auf den Arm. »Manchmal bist du wirklich niedlich.«

Der Kommentar ärgerte mich, aber ich war zu erschöpft, um eine weitere Auseinandersetzung zu riskieren. »Wir brauchen jemanden, der die richtigen Leute kennt.«

»Was für Leute sollen das sein?«

Das Gespräch mit meinem Vater fiel mir ein. »Ich habe eine Idee.«

Eine Dreiviertelstunde später hielt der Wagen vor einem unscheinbaren Bürogebäude in einem Industrieviertel. Milski hatte mir die Adresse sofort gegeben, als ich ihn um ein persönliches Treffen gebeten hatte. Kein Thema fürs Telefon, hatte ich gesagt, und er hatte nicht nachgefragt, ganz Profi.

Die Gebäude hier waren weiße oder graue Kästen, vier bis fünf Stockwerke hoch, eines neben dem anderen. Die Hausnummern groß auf die Außenwand gesprüht – Effizienz überall. An der Tür viele Klingelschilder mit Firmennamen, alphabetisch sortiert, damit man schneller fand, wen man suchte. Milski stand nicht drauf, das hatte er mir gesagt, also klingelte ich wie gebeten bei Comtex GmbH. Nora stand neben mir und hatte die Arme um sich geschlungen, hielt den weiten Mantel zu, den sie sich von Amal geliehen hatte. Es war ihr sichtlich unangenehm, draußen zu sein.

Die Tür schwang auf, und wir stapften drei Stockwerke die Treppe hinauf. Oben erwartete uns ein junger Mann an der Tür.

»Frau Frohmut?«

Ich nickte.

»Mein Name ist Diego. Bitte kommen Sie herein, Milski erwartet Sie schon.«

Er führte uns durch einen winzigen Flur vorbei an einer Teeküche und einem kleinen Büro, das wahrscheinlich seines war, und klopfte an die Tür des dritten Zimmers.

»Jaja«, ertönte eine Stimme, dann schepperte etwas, und als Diego uns die Tür öffnete, kam Milski schon eifrig auf uns zugelaufen. »Emma, wie schön. Kommen Sie herein, kommen Sie herein.«

Er war kaum so groß wie ich, beinahe einen halben Kopf kleiner als Nora, etwas rundlich, was ich schon bei unserem Videocall vermutet hatte. Wieder strahlte er, schüttelte fest meine Hand, dann Noras, und führte uns ins Zimmer.

»Kaffee, die Damen?«

»Entkoffeiniert?«, fragte ich, bevor Nora Ja sagen konnte.

»Natürlich. Diego?«

Der junge Mann nickte, verbeugte sich dabei sogar ein wenig. »Sofort.« Er schloss die Tür.

Das Büro war vollgestopft mit Ordnern und Akten, Regalen und Schränken. So viel Papier war ungewöhnlich, aber dann fiel mir ein, dass Milski sicher kein Fan der digitalen Speicherung war, schon gar nicht bei den sensiblen Themen, mit denen seine Kunden zu ihm kamen. Wie er in diesem Chaos allerdings jemals etwas fand, war mir ein Rätsel.

Milski führte uns zu einer kleinen Sitzecke mit Sesseln in verschiedenen Farben. Ich wählte einen gelben, der mit dem Rücken zum Fenster stand. Nora setzte sich neben mich (blauer Sessel), Milski uns gegenüber (grün). Wir plauderten einen Moment, tauschten belanglose Höflichkeiten aus, bis Diego unseren Kaffee brachte, dazu eine kleine Schale mit Keksen, an denen Nora sich sofort bediente. Milski beobachtete sie neugierig, und ich fragte mich, was er noch über sie in Erfahrung gebracht hatte. Erst als Diego die Tür hinter sich geschlossen hatte, als Kaffee ausgeschenkt und erste Schlucke getrunken waren, lehnte Milski sich in seinem Sessel zurück und schaute uns an.

»Womit kann ich Ihnen denn helfen?«

Nora war von meiner Idee, einen Detektiv zu involvieren, nicht begeistert gewesen. Sie hatte Sorge gehabt, dass auch er ähnlich wie die Ärzteschaft verpflichtet war, einen Verstoß gegen die Anteilsgesetze zu melden, und ich musste gestehen, dass ich nicht wusste, ob das so war oder nicht. Also hatten wir uns auf eine vorsichtige Vorgehensweise geeinigt.

»Mein Vater hat mir erzählt«, begann ich, »dass es innerhalb der AVZ Personen gibt, die gegen eine bestimmte Summe die Verteilung von Anteilen beeinflussen können. Kennen Sie sich da aus?«

Milski grinste breit. »Der alte Advokat hat aus dem Nähkästchen geplaudert, was? Nun, die Regierung möchte nicht, dass so was in der Öffentlichkeit breitgetreten wird, aber natürlich gibt es überall bestechliche Personen. Ich hatte schon mit der einen oder anderen zu tun.« Er wartete, fragte nicht, machte keinen Druck, saß nur lächelnd da. Ganz wie ein guter Therapeut.

Ich musste mich konzentrieren, um meine Frage so wenig verfänglich wie möglich zu formulieren. »Und wäre es denkbar, über eine dieser Personen an einen Anteil zu kommen, auch wenn man noch gar nicht im System registriert ist, zum Beispiel über die Lotterie?«

»Prinzipiell ist alles denkbar. Wenn man nicht gemeldet ist, ist es sogar einfacher, weil ein ganz neuer Datensatz erstellt werden kann, der quasi unbelastet ist.«

»Und können diese Datensätze auch nachträglich erstellt werden?«

»Sie meinen für ein Kind, das bereits geboren ist?«

Ich musste lächeln. Es beruhigte mich, dass er mit solcher Nonchalance über einen so heftigen Gesetzesverstoß sprach. »Nein, für eine schon bestehende Schwangerschaft.«

Wenn er sich jetzt zusammenreimte, was hier los war – und ich war mir sicher, dass er uns durchschaut hatte –, ließ er sich nichts anmerken. Ich bewunderte ihn dafür.

»Es ist etwas schwerer, soweit ich weiß, aber nicht unmöglich. Eben alles eine Frage des Geldes. Je komplizierter die Aufgabe, desto fürstlicher lassen sich die Personen bezahlen.«

»Von welchem Betrag sprechen wir hier?«

Er wiegte den Kopf hin und her. »Ich kenne mich mit den aktuellen Marktpreisen nicht aus, aber sechsstellig wird es sicherlich sein.«

Das konnte vieles bedeuten, eine hohe Summe war es allemal. Nora würde das niemals bezahlen können. Beinahe war ich versucht, das Gespräch hier zu beenden, als sie das Wort ergriff.

»Können Sie uns mit einer solchen Person zusammenbringen?«

Jetzt hob Milski die Augenbrauen, fast unmerklich. Kaum eine Sekunde später hatte er sich wieder im Griff. »Sie müssen verstehen, dass ich den Grund für Ihre Bitte wissen muss, bevor ich zu- oder absage. Damit meine ich: Wollen Sie die Dienste dieser Person in Anspruch nehmen oder sie auffliegen lassen? Das sind zwei sehr unterschiedliche Szenarien, und ich habe einen Ruf zu verlieren.«

Ich sah zu Nora hinüber, doch sie starrte Milski an, knetete ihre Hände. »Wir wollen ihre Dienste in Anspruch nehmen.«

Er musterte sie einen Moment. »Ich muss Ihnen nicht sagen, denke ich, auf welches Parkett Sie sich damit begeben. Anteilsbetrug ist ein schweres Verbrechen und wird hart bestraft.«

»Wie hoch ist das Risiko, dass wir auffliegen?« Nora sprach weiterhin von »wir«, als wären wir beide schwanger, als wäre es unser gemeinsames Kind.

»Wenn in der Datenbank alles richtig hinterlegt ist, werden die Behörden es normalerweise nicht hinterfragen. Ich rate Ihnen aber zu einem Ortswechsel. Wenn ein Anteilsbetrug ans Licht kommt, dann meistens, weil jemand aus dem persönlichen Umfeld geplaudert hat. Sie wissen sicher, dass es keine Anzeigepflicht für Privatpersonen gibt. Der Gesetzgeber wollte damals verhindern, dass sich eine Spitzelkultur entwickelt, in der jeder jeden beobachtet. Aber es gibt genug Menschen, die es gerne sehr genau nehmen.«

»Das ist kein Problem«, sagte Nora, und ich fragte mich, was sie damit meinte. Dass sie weggehen würde, sobald wir hier fertig waren? Dass sie außer mir kein persönliches Umfeld mehr hatte?

Milski nickte. »Geben Sie mir ein paar Tage.«

Nora lehnte sich in ihrem Sessel zurück, schwieg, sah mich an, als hätte sie ihren Teil erledigt. Ich plauderte noch ein wenig mit Milski über meinen Vater, dann verabschiedete er uns, er habe noch einen anderen Termin.

Erst als wir wieder im Wagen saßen, fiel mir ein, dass wir nicht über die Kosten gesprochen hatten. Kurz war ich versucht, Nora darauf anzusprechen, sie zu fragen, woher sie das Geld für Milskis Hilfe nehmen wollte, doch ich schluckte es hinunter. Wem wollte ich etwas vormachen? Natürlich würde ich es bezahlen.

Nach zehn Minuten stiller Fahrt sagte Nora: »Das war eine gute Idee, diesen Milski einzuweihen. Ich mag ihn.«

»Mhm«, machte ich nur.

»Ich habe ein gutes Gefühl bei der Sache. Das wird sicher klappen.« Sie griff nach meiner Schulter. »Ich wusste doch, dass ich mich auf dich verlassen kann.«

»Noch ist nichts in trockenen Tüchern«, lenkte ich ein. »Und wie teuer es wird, wissen wir auch noch nicht.«

»Das kriegen wir schon hin.«

Ich schnaufte. »Wir?«

»Wie früher.« Sie zwinkerte mir zu. »Gemeinsam schaffen wir alles, oder nicht?«

Ich lachte kurz auf. »Nora, du kannst dir so einen Anteil doch gar nicht leisten.«

Sie rollte mit den Augen. »Wieso machst du mir das madig? Ich zahle es dir ja auch zurück.«

»Vielleicht kann ich es mir ja gar nicht leisten. Hast du darüber schon nachgedacht?«

Ihre Miene veränderte sich schlagartig. »Also geht es dir ums Geld.« Sie legte die Hand auf ihren Bauch. »Wie teuer darf mein Kind denn sein?«

»Das ist unfair«, sagte ich und kam mir dennoch kleinlich vor.

»Klar, ich bin unfair. Die wollen mir mein Kind wegnehmen und es irgendwelchen dahergelaufenen Leuten geben, und du beschwerst dich wegen Geld.«

»Ich bin nicht reich. Und es geht mir nicht nur ums Geld. Das ist einfach alles sehr viel.«

Sie schnaufte. »War ja klar. Sobald es unbequem wird, machst du einen Rückzieher. Tut mir leid, dass mein Leben zu kompliziert für dich ist. Aber so war es ja schon immer.«

Sofort musste ich an ihr Gesicht denken, blau und grün geschlagen, die Lippe dick und aufgeplatzt. Die Schuld überschwemmte mich und spülte alle Argumente aus meinem Kopf.

»Kommst du wenigstens mit, um den Mann zu treffen?«, fragte sie, ohne ich anzusehen.

»Natürlich«, antwortete ich.

/07/

Ich erzählte Amal nichts von unserem Treffen mit Milski. Manchmal, wenn wir abends im Bett lagen und Noras nackte Füße durch den Flur tapsen hörten auf dem Weg ins Bad oder in die Küche für einen Mitternachtssnack, dann spürte ich ihre Fragen im Raum schweben. Wie lange soll das gehen? Was willst du tun? Vielleicht dachte Amal, dass ich keine Antworten hätte, und wollte mich nicht drängen. Aber ein paar Tage nach dem Besuch bei Milski, als wir beide uns unruhig nebeneinander herumwälzten, konnte ich dann doch nicht anders.

»Ich will, dass du weißt, dass wir daran arbeiten.«

Sie lag mit dem Rücken zu mir, ihr langer Zopf schlängelte sich über ihr Kissen unter die Decke. »Woran?«

»Noras Situation.«

Jetzt drehte sie sich um, legte ihre Wange auf ihre Hände und sah mich an. »Und was genau wollt ihr tun?«

»Das kann ich dir nicht sagen.«

»Du kannst nicht?«

»Ich will nicht. Es ist mein Problem, und ich will dich nicht mit reinziehen.«

Sie schloss die Augen, öffnete sie wieder. »Emma, sie wohnt hier. Und langsam wird es offensichtlich, dass sie schwanger ist. Ich stecke schon mittendrin.«

»Du tust nichts Illegales«, erwiderte ich.

Langsam runzelte sie die Stirn. »Also habt ihr etwas Illegales vor.«

Ich schwieg.

»Schatz«, sie streckte die Hand aus, legte sie auf meine Wange, »wir machen so was gemeinsam, weißt du noch? Wenn du dich in Gefahr begibst, dann tue ich es auch. Keine Alleingänge.«

Ich legte meine Hand auf ihre, immer wieder verwundert, wie weich ihre Haut war. »Diesmal nicht. Das ist meine Sache.«

Fast erwartete ich, dass sie ihre Hand zurückziehen würde, aber sie tat es nicht, blickte mich nur traurig an. »Sie war schon weg. Wieso hast du sie zurückgeholt?«

Da war er, der Vorwurf, oder zumindest verstand ich ihre Worte so, als hätte ich uns das alles eingebrockt. Und vielleicht hatte ich das, damals in unserer Jugend, hatte dort den entscheidenden Fehler begangen, der mich jetzt einholte, sich festsetzte in unserem Leben wie der Gestank eines toten Tieres auf dem Dachboden.

»Sie hat sonst niemanden«, sagte ich.

Amal schnaufte. »Wie es scheint, ist sie daran selbst schuld.«

»Sie hatte es nicht leicht.«

»Du bist nicht ihr Vater, Emma. Oder ihre Mutter. Oder ihr bescheuerter Revoluzzer-Freund.«

»Ich habe sie schon mal im Stich gelassen. Das kann ich nicht noch mal tun.«

»Wenn das stimmt, was du mir erzählt hast, dann hat sie dich genauso im Stich gelassen. Außerdem: Ihr wart Kinder, Emma. Teenager. Das ist so lange her.«

Sie hatte recht und gleichzeitig unrecht. Auch wenn ich jung gewesen war, hatte ich genau gewusst, was ich tat. Und ich hatte gewusst, was es für Nora bedeutete.

»Du würdest dasselbe tun.«

Sie seufzte in die Dunkelheit, drehte sich auf den Rücken, schaute an die Decke. »Vielleicht. Vielleicht nicht. Ich bin müde. Lass uns schlafen.« Sie schloss die Augen.

Mit einem Mal wurde der Druck in meiner Brust so stark, dass ich unter der Decke zu ihr kroch und meinen Arm über sie legte. Sie bewegte sich nicht, als würde sie meine Berührung gar nicht spüren.

»Sei nicht sauer auf mich.«

Sie öffnete die Augen, drehte den Kopf zu mir. Ihre Pupillen glänzten leicht. »Ich bin nicht sauer. Ich bin nur überhaupt nicht einverstanden.« Dann lächelte sie. »Und ich liebe dich. Immer. Keine Sorge.«

Wir trafen den Mann vom AVZ drei Tage später. Milski hatte am Morgen angerufen, uns eine Uhrzeit und einen Ort genannt und mich gewarnt, was mich überraschte.

»Emma, ich mag Sie und ich verehre Ihren Vater. Deswegen möchte ich Ihnen eindringlich davon abraten, diese Person zu treffen. Das ist nicht meine Aufgabe, das weiß ich, Sie bezahlen mich dafür, dass ich Ihnen einen Kontakt vermittele, nicht dafür, dass ich Ihnen meine Meinung aufzwinge. Aber es ist eine Sache, Ihre Freundin zu beherbergen, eine ganz andere, ihr bei einem Betrug dieser Art zu helfen. Schon mit diesem Treffen begehen Sie eine Straftat.« Seine Stimme klang ehrlich besorgt.

Ich bedankte mich nur und legte auf.

Am Abend fuhren Nora und ich gemeinsam in den Park, in dem der Mann uns treffen wollte. Wir verließen den Wagen einige Blocks weit weg vor einem Kaufhaus, was natürlich keinen Sinn machte. Ich hatte mein Handy dabei, und überall waren Kameras angebracht. Wir hätten genauso gut mit einer Leuchtreklame unterwegs sein können.

Dennoch machten wir weite Umwege durch den Park auf dem Weg zu der Stelle, die Milski mir genannt hatte. Zwei Spaziergängerinnen im warmen April, ich nur im T-Shirt, Nora trotz der Temperatur in dem langen Mantel, der zum Glück weniger Aufmerksamkeit auf sich zog, als ich befürchtet hatte. Wir waren angespannt in unsere Gedanken versunken. Heute wüsste ich gerne, was ihr damals durch den Kopf ging. Doch in dem Moment war ich zu beschäftigt mit meinen eigenen Sorgen.

Ich sah ihn aus der Ferne auf einer Parkbank sitzen, direkt am Wasser eines kleinen Sees, abseits des Weges, und ich fragte mich, ob er sich immer hier traf mit seinen Kundinnen. War dies der Ort, an dem er über die Zukunft von Eltern und Kindern entschied?

Wir näherten uns von hinten, setzten uns neben ihn. Er war ein großer Mann, schlaksig, etwa in unserem Alter. Er nickte uns kurz zu.

Ich saß zwischen ihm und Nora, ärgerte mich kurz darüber, fühlte mich aber trotzdem genötigt, als Erste das Wort zu ergreifen. »Milski schickt uns.« Die unverfänglichste Art, herauszufinden, ob er derjenige war, auf den wir hofften.

»Dann sind Sie richtig«, sagte er und lächelte professionell wie ein Verkäufer in einem Matratzengeschäft.

»Mein Name ist …«

Er hob die Hand. »Namen erst, wenn wir uns geeinigt haben.«

Also verhielt auch er sich wie ein Gangster aus einem Vorabendkrimi. Ich fühlte mich bestätigt, beinahe stolz wegen des Wagens und der Umwege im Park.

»Wer von euch ist es?« Er blickte zwischen Nora und mir hin und her.

»Ist das wichtig?«, fragte ich.

»Ich bin es«, sagte Nora gleichzeitig.

»Was ist passiert?«, fragte der Mann. Sein Lächeln hatte einen leicht spöttischen Unterton. »Hat die Verhütung versagt? Irgendein One-Night-Stand? Und dann in der Lotterie nichts abbekommen?«

Ich beugte mich vor, um seinen Blick auf Nora zu blockieren. »Ich denke nicht, dass Sie das etwas angeht. Sagen Sie uns einfach, wie es läuft und was wir tun müssen.«

Das Lächeln verschwand aus seinem Gesicht. »Was Sie tun müssen, Lady, ist, sich mit mir gutzustellen. Sonst passiert hier gar nichts.«

Ich schluckte eine Erwiderung hinunter. »Okay.«

Er kaute auf seinen Lippen herum, saß mit angespannten Schultern da und sah mich wütend an. Nach einer halben Minute sagte er: »Hat sie sich schon mal für einen Anteil beworben?«

»Hat sie nicht.«

»Und sie hat noch keine Kinder?«

»Nein.«

»Das ist gut. Wie lange ist sie schon schwanger?«

»Etwa drei Monate.«

»Vater?«

»Nicht relevant.« Ich spürte, wie Nora hinter mir hin und her rutschte, reagierte aber nicht darauf.

»Gut«, sagte der Mann nach einer kurzen Pause. »Achthunderttausend.«

Ich sackte zusammen. Neben mir sog Nora scharf die Luft ein. »Was?«

»Achthunderttausend«, wiederholte er. »So viel wird es Sie kosten. Es ist zwar kein komplizierter Fall, aber die Sicherheitsvorkehrungen werden immer besser, was es für Leute wie mich immer schwieriger macht.«

Nora drängte sich über mich hinweg auf den Mann zu. »Sie verstehen nicht. Das ist ein Notfall.«

»Es ist immer ein Notfall, Lady.«

»Wir haben von ganz anderen Preisen gehört.« Mit den Händen stützte sie sich auf meinen Oberschenkel, grub ihre Nägel in den Stoff meiner Hose. »Wir können auch zu jemand anderem gehen. Es gibt sicher noch mehr Menschen wie Sie.«

Mit einem Ruck schob ich sie von mir, stand auf und zog sie hinter mir her. Ein paar Schritte von der Bank entfernt blieb ich stehen und packte sie bei den Schultern. Aus dem Augenwinkel sah ich ein Pärchen mit Hund über den Weg spazieren, das uns neugierig anschaute.

»Reiß dich zusammen!«

Sie wedelte mit den Armen. »Was soll das denn? Achthunderttausend? Was glaubt der, wer er ist?«

»Er ist der Typ mit den Anteilen.«

Sie schwieg.

»Bleib hier, den Rest regle ich.«

Ich ließ sie stehen, ging zurück zur Bank und setzte mich wieder. »Fünfhunderttausend«, sagte ich.

»Ich lasse nicht mit mir handeln, Lady.«

»Sechshunderttausend.«

Er schwieg.

»Sechshundertfünfzig.«

Er rieb sich die Stirn, schüttelte den Kopf. »Siebenhunderttausend.«

»Gut«, sagte ich.

Mit einem Seufzen zog er einen Umschlag aus seiner Jackentasche. »Das hier füllen Sie aus, jedes verdammte Kästchen. Wenn etwas fehlt, wird nichts aus dem Deal. Das alles brauche ich für die Datenbank. Sie besorgen das Geld, in bar, versteht sich, und melden sich unter der Nummer, die auf dem Fragebogen ganz oben steht, wenn Sie alles beisammen haben.«

Ich nickte und nahm den Umschlag entgegen.

»Und lassen Sie sich nicht zu viel Zeit. Es wird riskanter, wenn ich weiter rückdatieren muss.«

Ohne ein Wort des Abschieds stand er auf und ging.

Sekunden später saß Nora wieder an meiner Seite. »Was hat er gesagt?«

Ich seufzte. »Siebenhunderttausend.«

»Das ist toll!« Ihre Stimme klang gehetzt, sie atmete schnell, legte einen Arm um mich und zog mich an sich. »Das ist super. Hunderttausend weniger, das ist gut.«

Vorsichtig entzog ich mich ihrer Umarmung. »Es ist zu viel.«

»Was meinst du?«

»Es ist zu viel Geld. Wo sollen wir das herbekommen?«

»Lass uns doch erst mal nachdenken«, sagte sie, hob ihre Hand, als wollte sie sie auf meinen Schenkel legen oder meine Schulter, ließ sie aber wieder sinken.

Ich steckte den Umschlag ein und stand auf. Wir folgten den gewundenen Wegen zurück zur Straße. Es war dunkel geworden, aber die Wärme lockte immer noch Spaziergänger in den Park. Hier und da saßen junge Menschen zusammen auf den Grünflächen, Hunde liefen umher, dazwischen ein paar Hausschweine, die in den letzten Jahren populär geworden waren. Diese Welt strotzte vor Glück, vor Zufriedenheit. Ich fühlte mich wie ein Tumor. Dieses Problem war zu groß für mich, zu groß für eine Welt, in der es für jedes Problem eine Lösung gab. Ich hatte den geregelten Pfad verlassen, und prompt hatte ich Geldsorgen. Machte mich strafbar. Innerlich verfluchte ich Nora, weil sie mich da hineingezogen hatte. Weil sie immer vom Weg abkommen musste, immer etwas Besonderes sein wollte. Was hatte sie beweisen wollen mit dieser Schwangerschaft? Dass das System nicht funktionierte? Dabei tat es das, es funktionierte, wenn man sich an die Regeln hielt. Was wollte sie also? Sich über die Regeln hinwegsetzen und trotzdem alles bekommen? Eine Extrawurst? Meine Handflächen begannen zu schwitzen, und ich wischte sie hektisch an meiner Hose ab.

Für den Rest des Abends mieden wir das Thema, und auch am nächsten Tag. Pflichtschuldig spielte ich einige Szenarien im Kopf durch – Kredit, Freunde und Verwandte fragen, meinen Schmuck oder meine kleinen Goldreserven verkaufen –, aber wie ich es auch drehte, siebenhunderttausend war einfach zu viel, auch wenn wir ein sehr gutes Leben führten. Selbst unser Haus war nicht so viel wert. Es gab keinen Weg. Wir waren am Ende.

/08/

Nora wartete einen Tag lang, schlich auf leisen Sohlen durchs Haus, blieb weitgehend unsichtbar, machte unverfängliche Scherze, wenn wir uns über den Weg liefen. Tagsüber ließ ich sie allein, ging in die Praxis, arbeitete geistesabwesend. Sie räumte die Spülmaschine aus und ein, putzte das Gästezimmer und empfing mich und Amal am Abend mit einer selbst gekochten Mahlzeit. Ich war überrascht über die panierten Gemüsetaler aus dem Heißluftofen und die Dillsoße. In meinem Kopf konnte Nora nicht kochen. Aber in meinem Kopf war Nora auch nicht schwanger. In meinem Kopf war sie immer noch sechzehn.

Beim Essen schenkte sie Amal und mir Wein ein, stand auf und füllte unsere Teller nach. Ich erkannte, was sie tat, und es machte mich nur noch wütender, aber ich lächelte, sah ihren Babybauch an und wunderte mich, wie schnell er wuchs. Ich verzog die Mundwinkel nur leicht bei Noras Witzen, lobte das gute Essen nicht, bedankte mich nicht. Ich konnte keinen Schritt mehr auf sie zumachen. Ich war müde.

Doch am nächsten Morgen hielt sie es nicht mehr aus. Ich hatte es gehört seit dem Aufstehen, die trippelnden Schritte im Haus, hatte es gesehen in der Art, wie sie Amal eine Tasse Kaffee in die Hand schob und sie beinahe aus dem Haus bugsierte, nur um mich dann in der Küche zu stellen.

»Was ist jetzt?«

Ich stand mit dem Rücken zu ihr, drehte mich nicht um, las die Nachrichten auf meinem Handy. »Was soll sein?«

»Mit dem Geld.« Ihre Stimme klang schrill.

»Welches Geld?« Ich hörte selbst, wie idiotisch diese Aussage war, aber ich konnte nicht anders.

Doch Nora ließ nicht locker. »Für den Anteil.«

Ich atmete durch, nahm noch einen Schluck Kaffee und drehte mich langsam um. Nora hatte die blonde Mähne zu einem wilden Knoten gebunden. Sie trug ein Nachthemd, Pyjamahosen spannten angeblich zu sehr über dem Bauch, und darüber einen Bademantel. Sie sah unordentlich aus, ungepflegt, fettige Haut, geschwollene Knöchel. Ich fand sie abstoßend.

»Ich habe es dir doch gesagt. Es ist zu viel.«

Sie stand mit offenem Mund da. Ihre Hände öffneten und schlossen sich unbemerkt. Dann blinzelte sie hektisch. »Aber du hast ihn doch runtergehandelt.«

»Für dich, Nora. Das habe ich für dich getan, damit du vielleicht einen Weg findest. Ich habe so viel Geld nicht.«

»Was ist mit Mo?«

Ich dachte an Amal, rief sie mir vor Augen und tat, was sie immer tat: Augen schließen, einatmen, ausatmen. Mit ruhiger Stimme antwortete ich: »Auch Mo hat so viel Geld nicht rumliegen. Immerhin hat er sieben Kinder zu versorgen.«

»Und dein Vater? Wenn alle zusammenlegen, dann ...«

»Dann was?«, fragte ich. Ja, ich war laut geworden, erkannte es daran, wie Nora zusammenzuckte. »Dann kannst du meine ganze Familie mit reinziehen? Dann haben sich alle für dich strafbar gemacht?«

Ihre Stimme war leise, aber ihr Blick entschlossen. »Du musst ihnen ja nicht erzählen, wofür es ist.«

»Das ist meine Familie, Nora. Ich lüge sie nicht an, weil du dich von einem Mann hast bequatschen und schwängern lassen.«

Sie richtete sich auf, straffte die Schultern, und mit einem Mal sah sie wieder aus wie damals mit sechzehn. Menschgewordene Wut. »Natürlich! Deine Familie, dein Geld, deine verfickte heile Welt. Alles deins, immer alles deins. Gott bewahre, dass ich irgendwas davon abbekomme. Dass ich mit meinen Unannehmlichkeiten auftauche und deine gute Laune versaue. Alle sind willkommen, solange sie nichts durcheinanderbringen, richtig?«

»So meine ich das nicht«, sagte ich und wusste nicht, was das überhaupt bedeutete.

»Emma, die immer alles hat, die immer alles richtig macht, immer gute Noten, immer ist ein Vater da, an dessen Schulter sie sich ausheulen kann. Und was war ich? Dein verdammter Charity Case? Die arme Nora, die man nach Italien schleifen konnte? Hast du dich besser gefühlt, wenn dein Vater mich mit euch ins Kino genommen und mir ein Eis gekauft hat?«

»Du warst meine beste Freundin!«

»Ach ja? Und wo warst du, als ich dich brauchte? Wo warst du, als ich dir erzählen wollte, dass mein Vater die Scheiße aus mir rausprügelt? Verpisst hast du dich. Das war dir dann doch zu kompliziert, nicht wahr? Es war ja so viel einfacher, die blauen Flecken zu übersehen. Damit ja deine heile Welt nicht gestört wird.«

»Meine Welt war nicht heile. Meine Mutter ist gestorben.«

»Und wer war für dich da?«

Ich schwieg. Nora stand vor mir, hoch aufgebaut. Und sie hatte recht. Sie hatte auf der Beerdigung meine Hand gehalten, und ich hatte mich an sie geklammert, fest davon überzeugt, dass ich umfallen würde, wenn sie mich losließe. Ich hatte mich festgekrallt an ihre Hand, während ich auf die winzige Urne starrte, schlichtes Holz, wie meine Mutter es gemocht hatte, und mich fragte, wie ein ganzer Mensch darin Platz haben konnte. Ich stellte mir vor, dass sie als halb durchsichtiger Geist herauskommen würde, wenn man den Deckel öffnete, wie in den Märchenfilmen, obwohl ich schon zwölf war und lange nicht mehr an Märchen glaubte. Ich wollte hingehen, wollte in die Urne hineinsehen, aber ich konnte mich nicht bewegen, konnte kaum stehen, hielt mich an Nora fest.

Nora hatte eine Woche lang bei uns übernachtet, hatte sich neben mich ins Bett gelegt, wenn ich weinte, hatte mir tagsüber vorgelesen und mir Geschichten erzählt, wenn ich nur dasaß und ins Leere starrte. Und als sie sich eines Nachmittags so verschluckte, dass ihr Kirschsaft aus der Nase lief, lachte ich.

»Ich war immer da für dich«, sagte sie, »und du hast mich einfach fallen lassen.«

»Du hast mich zuerst fallen lassen.«

Sie warf die Arme in die Höhe. »Meine Güte! Weil ich andere Freunde hatte? Weil ich nicht so besessen von dir war wie du von mir?«

»Es reicht!«, schrie ich. »Ich mache das nicht mehr, hörst du? Das ist dein Problem, du musst selbst eine Lösung finden.« Ich griff meine Handtasche, zerrte den Umschlag heraus, den der Mann von der AVZ mir gegeben hatte, pfefferte ihn ihr vor die Füße und stürmte zur Tür. »Und bis heute Abend bist du ausgezogen.«

Ich verkürzte meinen Arbeitstag, schob einen familiären Notfall vor, was ja irgendwie stimmte, und ließ meinen Arzthelfer die Termine für den Nachmittag umlegen. Ich betete, dass Nora nicht da sein würde, als ich nach Hause kam, doch der Mantel, den sie immer trug, hing an der Garderobe. Als ich an ihre Zimmertür klopfte, hörte ich Bewegung, aber keine Antwort.

Stundenlang saß ich untätig im Wohnzimmer und wartete, trank einen Kaffee, dann noch einen, nahm die Einkäufe entgegen, als sie von der Drohne vor der Tür abgestellt wurden, wischte den Kühlschrank aus. Und immer wieder ertappte ich mich dabei, wie ich nach einer Lösung suchte. Vielleicht hatte Nora recht gehabt mit der Idee, das Geld aus verschiedenen Quellen zusammenzutragen. Vielleicht würden wir eine Bank finden, die uns ohne viele Fragen einen Kredit ausstellen würde. Vielleicht würden wir Mo dazu bewegen können, für uns zu bürgen, ohne uns Geld zu überlassen. Vielleicht hatte mein Vater irgendwas von Wert, das wir veräußern konnten. Siebenhunderttausend war eine enorme Summe, aber wenn wir es klug angingen, wäre es vielleicht zu schaffen.

Es kostete mich all meine Kraft, meine wirbelnden Gedanken zu besänftigen. Nein, ich war fertig. Ich würde niemanden in diese Sache reinziehen. Es war an der Zeit.

Schon von der Treppe aus konnte ich sehen, dass ihre Tür offen stand.

»Nora?«, rief ich.

Keine Antwort.

»Nora?«

Ich betrat ihr Zimmer, war kurz wütend über das Chaos, über die Tatsache, dass nichts gepackt war. Noch heute Morgen war alles ordentlich aufgeräumt gewesen. Doch ich atmete die Wut weg. Ich brauchte Ruhe, um standhaft zu bleiben.

»Nora?«

Aber sie war nicht da. Ich ging um das Bett herum, um das Fenster zu öffnen, und dabei fiel mein Blick auf die Blutlache in den Laken. Ich brauchte einen Moment, um zu verstehen, was ich sah. Es war viel Blut, oder vielleicht auch nicht, jedenfalls war es eine Lache, kein Fleck, feucht, tiefrot und glänzend.

»Nora?«, rief ich erneut, und ich hörte die Hysterie in meiner Stimme.

Ich stürzte aus dem Zimmer, wollte ins Bad gegenüber, doch die Tür war verschlossen. Mit der Faust schlug ich dagegen, dann klickte es kurz, als Nora von innen aufschloss, und ich riss die Tür auf.

Sie stand da in ihrem Nachthemd, die Haare zerzaust, Blut an den Händen, Blut an den Schenkeln, Blut zwischen den Füßen. Aber das Schrecklichste war ihr Gesicht, verzerrt von Tränen und Panik. Ihr Mund stand offen, ein Speichelfaden verband Ober- und Unterlippe.

»Emma«, stammelte sie.

/09/

Sie protestierte nicht, als ich den Krankenwagen rief, wehrte sich nicht, als die Notärztinnen sie auf die Trage schnallten und aus dem Haus rollten. Ich hielt ihre Hand, bis die Hydraulik sie in den Transporter hob, dann schob eine der Ärztinnen mich weg, zu wenig Platz, ich könne ja zum Krankenhaus nachkommen. Was ich tat. Vom Wagen aus rief ich Amal an, entschuldigte mich für das Chaos, das Blut, wir würden eine neue Matratze für das Gästebett kaufen müssen, neue Laken, sie solle alles so lassen, ich würde mich darum kümmern, wenn ich nach Hause käme. Doch sie machte nur leise »Schhhh!« in mein Ohr, und ich heulte, ungehalten und feucht und laut und sagte ihr trotzdem, sie solle nicht ins Krankenhaus kommen, ich würde das schon schaffen.

Als der Wagen vor dem Eingang hielt, hatte ich mich kaum wieder gefangen. Natürlich war Nora lange vor mir angekommen, immerhin musste der Krankenwagen sich nicht an die Geschwindigkeitsbegrenzungen halten, also marschierte ich eilig zum Empfang. Ich schwitzte und konnte kaum atmen. Ich trat auf die Frau am Tresen zu, stützte mich ab, musste mich kurz fangen.

»Kann ich Ihnen helfen?«, fragte sie mit eingeübter Anteilnahme.

»Nora Bernheim, sie ist gerade eingeliefert worden.«

Die Frau nahm ein Tablet hoch, scrollte kurz. »Ja, hier ist sie. Und Sie sind?«

»Eine Freundin.«

»Aber Sie sind nicht verwandt?«

»Sie wohnt bei mir.«

»Sind Sie ihr Notfallkontakt?«

»Ich weiß es nicht, verdammt!«

Sie legte den Kopf schräg, schaute mich einen Moment an. Dann legte sie das Tablet ab. »Frau Bernheim wird gerade behandelt, aber ich sage dem Arzt Bescheid, dass Sie da sind. Frau Bernheim muss leider persönlich entscheiden, ob sie Sie sehen will. Ihr Name?«

»Emma Frohmut.«

Sie tippte. »So, abgesendet. Sie können dort warten.« Sie deutete auf eine breite Doppeltür, die in einen Raum neben dem Eingangsbereich führte.

Im Warteraum saßen ein paar Leute, Angehörige offensichtlich, denn niemand schien Schmerzen zu haben oder krank zu sein. Es war sauber, die Stühle waren bequem und es gab eine Kaffeemaschine und einen kleinen Kühlschrank mit Getränken, einen Korb mit Obst, ein paar Schokoriegel. Ein stummer Bildschirm an der Decke zeigte Nachrichten mit Untertiteln.

Ich suchte mir einen Stuhl, von dem aus ich den Tresen und den Gang dahinter beobachten konnte. Die Frau an der Rezeption blickte wieder auf ihr Tablet, eine Ärztin kam, sie sprachen kurz, dann ging die Ärztin wieder. Ich hörte das Summen der Hydrauliktüren, beobachtete, wie ein Mann mit einem Kind auf dem Arm auf den Tresen zueilte. Die Rezeptionistin stand auf, winkte den Mann durch und sie verschwanden im Gang zu den Behandlungszimmern.

Kurz blickte ich mich um. Die anderen Wartenden sahen in ihre Smartphones oder auf den Bildschirm, ein Mann telefonierte leise. Vorsichtig stand ich auf, schlich durch die Tür zum Tresen und lehnte mich vor. Das Tablet lag noch da. Langsam streckte ich den Arm aus, drehte es zu mir, tippte einmal auf das Display. Sofort leuchtete es auf. Ich konnte nicht sofort erkennen, was ich vor mir sah. Eine Art Tabelle, viele Farben, Abkürzungen. Ich suchte Noras Namen, fand ihn, N. Bernheim. Die Zeile war violett hinterlegt, was mir nichts sagte, und auch aus den Abkürzungen in den anderen Feldern wurde ich nicht schlau. Ich war Ärztin und trotzdem nutzlos.

»Was machen Sie da?«

Die Frau vom Empfang war gerade um die Ecke gebogen und kam jetzt mit großen Schritten auf mich zu.

Ich trat zurück. »Es tut mir leid.« Ich hob die Hände. »Es ist nur, ich bin eine Kollegin.«

»Ich dachte, Sie sind eine Freundin.«

»Nein, ich bin auch Ärztin.«

Sie drehte das Tablet um. »Dann verstehen Sie doch umso besser, dass wir unsere Patientinnen und Patienten schützen müssen.«

»Natürlich«, sagte ich, trat wieder einen Schritt vor. »Aber sie ist schwanger und hat wirklich stark geblutet, und ich mache mir einfach schreckliche Sorgen.«

Die Frau entspannte sich ein wenig. Neben ihr kam ein älterer Herr aus dem Gang, ein Pfleger hielt ihn am Arm, um ihn zu stützen. Gemeinsam gingen sie zur Doppeltür des Warteraums. Die Empfangsfrau und ich folgten ihnen mit den Blicken. Sie blieben kurz in der Tür stehen, bis der Mann, der vorhin noch telefoniert hatte, herauskam und die Hände des älteren Herrn ergriff. Sein Sohn? Sein Partner? Die drei redeten kurz leise miteinander, dann verabschiedete der Pfleger sich, und die anderen beiden traten durch die Automatiktür nach draußen.

Ich drehte mich wieder um. Die andere hatte das Tablet genommen, tippte etwas ein, blickte mich dann an und seufzte.

»Ich kann Ihnen sagen, dass es ihr so weit gut geht.«

»Und dem Kind?«

Sie zögerte. »Dem auch«, sagte sie schließlich. »Haben Sie Geduld. Falls Frau Bernheim es erlaubt, werden wir Sie sofort zu ihr bringen, wenn sich eine Chance ergibt.«

»Danke«, sagte ich und ging zurück ins Wartezimmer. Ich suchte mir einen anderen Platz, weit weg von der Tür, lehnte mich zurück und starrte auf den stummen Bildschirm, ohne zu registrieren, was dort lief. Es ging ihr gut, das war das Wichtigste. Alles andere würde sich ergeben. Und dem Baby ging es gut.

Ich spürte tief in mir einen kleinen Funken Enttäuschung. Es wäre so einfach gewesen. Eine Blutung, ganz natürlich, ein Abgang, geradezu freiwillig, und das Problem wäre gelöst gewesen. Ein hässlicher Gedanke, für den ich mich schämte, der sich aber trotzdem nicht unterdrücken ließ. Denn wenn das Kind lebte, dann war dies das Ende. Unsere kleine Scharade war vorbei. Jetzt gab es Akten, Datensätze, bald würde das System die Abgleiche starten, Alarmsignale würden verschickt, Behörden eingeschaltet werden. Das war es also. Wie hatte ich nur glauben können, dass es einen anderen Weg geben konnte?

Es dauerte anderthalb Stunden, bis jemand kam und mich holte. Man führte mich durch die Notaufnahme, in einen anderen Trakt, ein paar Treppen hinauf und durch viele Flure. Ich achtete nicht auf den Weg, hätte das Zimmer niemals alleine gefunden. Wir passierten einen offenen Bereich mit Sofas und Kissen, wo ein paar sehr schwangere Menschen zusammensaßen und lasen oder sich unterhielten. Anscheinend waren wir auf der pränatalen Station.

Als wir den nächsten Flur betraten, sah ich bereits den Mann, der vor der Tür stand, dunkle Uniform, ein kleines Kabel führte vom Ohr in den Kragen. Polizei. Mein Magen krampfte sich zusammen. Er grüßte mich höflich, als ich das Zimmer betrat, und ich nickte und sah ihn nicht an. Wie unfassbar schnell es gegangen war.

Nora lag im Bett, allein auf dem Zimmer, wahrscheinlich hätte man keine Bettnachbarin erlaubt, selbst wenn sie sich eine gewünscht hätte. Sie war blass, hatte die Augen geschlossen und den Kopf in Richtung Fenster gedreht. Ein Pfleger las etwas von einer Maschine ab, fummelte kurz am Tropf und verließ dann mit einem Lächeln den Raum.

Sie bewegte sich nicht, lag nur da und sah unfassbar klein aus. Ich machte einen Schritt, meine Schuhe quietschten auf dem Linoleum, und sie zuckte zusammen, hatte wahrscheinlich geglaubt, dass sie allein war. Aber sie öffnete die Augen nicht.

»Nora«, sagte ich.

Sie kniff die Lider noch fester zu, presste die Lippen aufeinander, sagte aber nichts. Ihr Gesicht verfärbte sich, wurde dunkelrot, und Tränen quollen unter ihren Wimpern hervor.

Ich machte zwei schnelle Schritte, setzte mich aufs Bett und legte die Arme um sie.

»Es hat von alleine aufgehört«, presste sie hervor.

»Was?«, fragte ich.

Sie deutete auf ihren Schritt. »Es hatte schon aufgehört, zu bluten, als wir hier angekommen sind. Ich hätte nicht herkommen müssen. Es wäre von alleine weggegangen.« Sie weinte, ihre Schultern zuckten und sie presste das Gesicht gegen meine Brust.

Die Schuld stach einen Moment im Magen, aber ich drückte sie weg. Natürlich hatte ich das Richtige getan. So viel Blut. Jeder Mensch mit medizinischer Ausbildung hätte so gehandelt.

Nora schluchzte immer noch, als die Tür unvermittelt aufging und ein Arzt den Raum betrat. Sie fing sich sofort, wischte sich das Gesicht ab und schob mich vom Bett. Ich stand auf, schaute dem Mann zu, der uns keines Blickes würdigte, auf sein Tablet blickte, um das Bett herumging und wie der Pfleger eben am Tropf fummelte.

»Das sieht doch alles gut aus.« Endlich sah er Nora an, aber sein Lächeln wirkte hölzern. »Dem Kind geht es gut, Frau Bernheim. Ich denke, wir können offiziell Entwarnung geben. Dennoch geben wir ihnen weiter Nährstoffe, Kochsalzlösung und etwas, das mit der Blutgerinnung hilft. Und natürlich verschreibe ich Bettruhe.«

Er war bereits auf dem Weg zur Tür, als ich fragte: »Was hatte sie denn?«

Er blieb stehen und drehte sich zu mir um. »Und Sie sind?«

»Sie können ihr alles sagen«, flüsterte Nora.

Der Arzt nickte. »Nun gut. Sie hatte ein Hämatom in der Gebärmutter. Nichts Ungewöhnliches. Meist werden sie einfach vom Körper absorbiert, in manchen Fällen kann es allerdings zu Blutungen kommen. Es war richtig, herzukommen, mit Blutungen in der Schwangerschaft ist nicht zu spaßen. Aber diese ist erfreulich unkompliziert verlaufen.«

»Kann sie dann bald wieder nach Hause?« Ich wusste selbst, wie naiv die Frage war.

Er lachte. »Sie haben den Herrn vor der Tür gesehen?«

Ich nickte.

»Er wird dafür sorgen, dass Frau Bernheim bis zur Geburt nirgendwo hingeht. Sie ist eine Anteilsbetrügerin. Wussten Sie davon, Frau ...« Er hob die Augenbrauen.

»Lassen Sie sie in Ruhe. Sie muss Ihnen gar nichts sagen.« Nora hatte sich im Bett aufgerichtet und funkelte den Mann an.

Er hob die freie Hand. »Das ist sowieso nicht meine Aufgabe. Die Staatsanwaltschaft wird sich darum kümmern.« Mit einem süffisanten Lächeln auf den Lippen verließ er das Zimmer.

Ich sank neben Nora auf die Bettkante. »Ich werde meinen Vater anrufen. Der hat immer noch gute Beziehungen zur Staatsanwaltschaft, er wird dort respektiert. Vielleicht kann er etwas für dich tun.«

Sie drehte das Gesicht von mir weg, hob die Hand, und ich unterbrach mich. Langsam sank die Hand hinab auf ihren Bauch, blieb dort liegen, strich leicht hin und her.

»Nora«, sagte ich, stockte, fügte nichts hinzu. Ihr Name hing tatenlos im Zimmer.

Ein paar Minuten saßen wir so da, sie blickte nach draußen, ich blickte auf sie, und mein Gehirn war merkwürdig still.

»Sie werden es mir wegnehmen«, flüsterte sie schließlich. »All das, nur damit sie es mir am Ende doch wegnehmen. Dieses Scheißsystem!« Sie lachte bitter. »Ich bin so bescheuert.«

Ich legte meine Hand auf ihr Haar. »Dich trifft keine Schuld.«

»Ach nein?«

»Du hast getan, was du für richtig gehalten hast.«

Sie schniefte laut. »Schau, wo es mich hingebracht hat.«

Mein Blick folgte ihrem nach draußen. Wir waren im ersten Obergeschoss, unter dem Fenster erstreckte sich der Park des Krankenhauses. Laubbäume in frischem Grün, weiße Obstblüten, Vögel. Es wurde langsam Abend, und der Himmel färbte sich violett. Ich dachte an all das, was ich in der Schule gelernt hatte über die Zeit davor, die Arbeitslosigkeit, die Umweltverschmutzung, die Wohnungsnot. Natürlich konnten wir allein den Klimawandel nicht aufhalten, aber wir hatten aufgehört, der Natur Flächen abzujagen. Der Wald meines Vaters, die Moorlandschaft vor der Stadt, allein der Park dort draußen vor dem Fenster. Jeder konnte seinen Platz finden in dieser Gesellschaft. Stabilität statt Wachstum. Zumindest was die Population anging.

»Glaubst du es wirklich?«, fragte ich leise.

Endlich drehte sie mir ihr Gesicht zu. »Was?«

»Dass das Anteilssystem ein Fehler ist. Unmenschlich.«

Sie zuckte mit den Achseln. »Ich will nur mein Baby behalten.«

Wieder legte sie die Hand auf den Bauch, als könnte sie das Wesen in ihrem Inneren so von der Welt abschirmen.

Ich stand auf und trat ans Fenster. Unten verlief ein Weg direkt am Gebäude entlang, eine Zierkirsche blühte in kräftigem Rosa. Ein Storchenpaar stakste auf einen kleinen Teich zu, unbeeindruckt von dem Mann im Rollstuhl, der es aus nur wenigen Metern Entfernung beobachtete.

»Ich werde ihnen sagen, dass du nichts wusstest«, sagte Nora hinter mir. »Dass ich dich angelogen habe, dass du es nicht gemerkt hast. Du hast genug getan.«

Aber was hatte ich getan? Ich hatte mich von ihr mitreißen lassen, hatte ihr Hoffnung gemacht, wo keine Hoffnung war, hatte sie mit einem Kriminellen in Verbindung gebracht. Ich hatte mich geweigert, ihr das nötige Geld zu geben, es auch nur zu versuchen, und hatte sie stattdessen angeschrien und mich von ihr abgewendet.

Plötzlich fiel mir das Atmen schwer. Ich legte die Hände an die Scheibe, um das Gleichgewicht zu halten. Wie kalt das Glas unter meinen Fingern war. Die Welt verschwamm, und ich blinzelte heftig, schüttelte die Tränen weg. Als ich mich umdrehte, hoffte ich, dass sie mir nichts anmerken würde. Ihr Kopf lag schwer auf dem Kissen, die honigblonden Haare hingen stumpf und zerzaust herab, und sie sah so unendlich müde aus.

Ich machte zwei schnelle Schritte auf sie zu, beugte mich hinab, drückte ihr einen Kuss auf die Stirn. »Es ist noch nicht vorbei«, flüsterte ich.

Sie blickte mich verwirrt an, aber ich gab ihr keine Chance, nachzufragen, sondern marschierte aus dem Gebäude und rief mir einen Wagen. Ich war auf einer Mission.

/10/

Es war schon dunkel, als ich bei meinem Vater ankam. Der Wagen, den ich gemietet hatte, fuhr mich auf den Hof, und im Scheinwerferlicht kam Ragnar gemächlich auf mich zustolziert. Ich stieg aus, ging an ihm vorbei, bückte mich nur kurz, um seinen Kopf zu tätscheln, und er maunzte mir protestierend hinterher.

»Nicht jetzt, Dicker«, sagte ich, und er blieb sitzen, wo er war, schlang seinen buschigen Schwanz um die Pfoten, während der Wagen eigenständig den Hof verließ.

Ich trat ein, ohne zu klopfen, und blieb im Flur stehen. »Papa?« Ich hörte Rumoren aus dem Arbeitszimmer, also ging ich durch den Flur, vorbei an Küche und Wohnzimmer. Schummeriges Licht fiel aus der letzten Tür auf den alten Teppich, und dann stand mein Vater im Rahmen, drückte auf den Schalter an der Wand. Die Flurbeleuchtung ging an und blendete mich.

»Emma, was machst du hier? Ist alles in Ordnung?«

»Nora ist im Krankenhaus.« Ich winkte ab, als ich die Sorge in seinem Gesicht sah. »Nichts Ernstes, es geht ihr gut, aber sie wissen von dem Baby.«

Er senkte den Kopf. Sein Haar glänzte im Licht der LED-Leuchte, anscheinend benutzte er endlich das Öl, das ich ihm gekauft hatte. Er bat mich in sein Arbeitszimmer, nahm hinter seinem riesigen Schreibtisch Platz, deutete auf einen zweiten Stuhl, und ich setzte mich.

Kurz erinnerte ich mich, wie Nora sich über die vielen gedruckten Bücher bei mir zu Hause gewundert hatte. Was sie wohl zum

Arbeitszimmer meines Vaters sagen würde. Hier erstickte man beinahe in Papier.

Er faltete die Hände auf dem Tisch und sah mich ernst an. »Ich kann ein paar Anrufe machen, wenn es das ist, was du willst. Der Staatsanwalt ist ein alter Freund. Aber in Anbetracht dessen, was Nora sich hat zu Schulden kommen lassen …«

Ich hob die Hand. »Deswegen bin ich nicht hier.«

Er legte den Kopf schräg.

»Ich brauche deinen Pick-up.«

»Was willst du mit meinem …« Er stockte, richtete sich auf, starrte mich an. »Was hast du vor?«

Meine Beine zitterten vor Anspannung. »Papa, sie kann nicht hierbleiben. Sie werden ihr das Baby wegnehmen.«

»So sind nun mal die Regeln«, sagte er streng.

»So sind die Regeln hier.«

Er seufzte. »Du willst sie außer Landes bringen.«

Ich stand auf, konnte nicht mehr sitzen. Mein ganzer Körper forderte Bewegung, also ging ich durch das Zimmer. »Es ist das Einzige, was ich noch tun kann.«

Er warf die Hände in die Höhe. »Das ist doch Irrsinn. Niemand wird euch reinlassen. Sie ist eine gesuchte Kriminelle, mit allen Nachbarländern gibt es Auslieferungsabkommen. Ihr müsstet auch dort untertauchen, sie dürfte nicht ins Krankenhaus, müsste das Kind ohne Hilfe zur Welt bringen. Dann könnt ihr auch gleich hierbleiben.«

»Oder wir fahren ins Alte Land.«

Wie in Zeitlupe schüttelte er den Kopf, fixierte mich. »Nein«, sagte er und schüttelte weiter, immer heftiger. »Nein, da willst du nicht hin.«

»Sag mir eine andere Möglichkeit.«

Er schwieg.

»Ich weiß, dass es nicht optimal ist«, sagte ich, während ich vor seinem Tisch auf- und ablief. »Aber dort werden sie Nora nicht ausliefern. Ich muss sie nur über die Grenze bringen.«

»Und dann? Du verhilfst ihr zur Flucht.«

»Also soll ich sie einfach im Stich lassen? Schon wieder? Wäre dir das lieber?«

Er legte das Gesicht in die Hände, rieb sich die Augen, schnaufte, und auf einmal erinnerte er mich an meinen Großvater. Wie lange hatte ich nicht mehr an ihn gedacht? Er war mir so schrecklich alt vorgekommen während unseres letzten Besuchs bei ihm, kurz vor seinem Abschied, als Matthes noch ein Baby gewesen war und Mama noch gelebt hatte. Doch in diesem Augenblick war mein Vater beinahe so alt wie mein Großvater damals. So alt wie meine Großmutter, als sie sich töten ließ, damit ich leben durfte. Im besten Sterbealter.

»Was ist das nur zwischen euch?«, fragte er.

Ich seufzte und ließ mich wieder in den Stuhl fallen. »Weißt du noch, der Herbst, als sie sich geprügelt hat und von der Schule geflogen ist?«

Er nickte. »Natürlich erinnere ich mich. Das waren ein paar schlimme Monate für dich, als sie dich gemobbt hat.«

»Sie hat mich nicht gemobbt.«

»Hat sie dich nicht ignoriert und mit ihren anderen Freunden schlecht über dich geredet?«

»Wie waren Teenager. Wir hatten uns gestritten.«

Er zuckte nur mit den Schultern.

»Jedenfalls habe ich dir gesagt, dass ich nicht wusste, dass sie von ihrem Vater geschlagen wird. Aber das stimmte nicht. Ich wusste es. Irgendwie wusste ich es schon lange, aber ich wollte es nicht sehen. Doch ein paar Tage vor dieser Prügelei stand sie vor der Tür und hatte ein blaues Auge. Sie hat mir alles erzählt, hat mich angefleht, bei uns schlafen zu dürfen. Aber ich wollte nicht. Weil ich sauer war wegen des Streits, wegen Chrissy und Maxi. Also habe ich sie einfach weggeschickt.« Kurz blieb meine Stimme weg und ich musste mich räuspern. »Und es hat sich gut angefühlt. Das war das Schlimmste. Ich war so stolz auf mich, hab mich so stark gefühlt. Ich habe mir sogar eingeredet, dass sie lügt, dass ihr Vater nur Eileen schlägt, wie sie immer behauptet hat, dass sie sich geschminkt hatte. Weil ich wirklich geglaubt habe, sie wäre zu so was imstande.«

Er seufzte, streckte seine Hand über den Tisch, um meine zu greifen, doch ich zog mich zurück.

»Hätte ich sie reingelassen, dann hätte Ben sie nicht noch mal verprügelt. Sie wäre an dem Tag nicht mit ihrem geschwollenen Gesicht in die Schule gekommen, wäre nicht so wütend gewesen, wäre nicht in diese

Schlägerei geraten, nicht von der Schule geflogen, wäre nicht weggelaufen und ... ich meine, schau, wo sie jetzt ist.« Ich schaffte es nicht, ihn anzusehen.

»Das ist doch nicht deine Schuld.« Seine Stimme klang ehrlich erstaunt.

Ich zuckte mit den Schultern. »Es hätte mich so wenig gekostet.«

»Du warst ein Kind.«

»Eben«, erwiderte ich und sah ihm ins Gesicht. »Und jetzt bin ich erwachsen, und ich kann etwas tun. Nur diese eine Sache, damit es endlich vorbei ist.« Ich trat um den Tisch, kniete mich neben seinen Stuhl und nahm seine Hände in meine. »Papa, ich muss das tun. Ich weiß, dass es keinen Sinn ergibt. Und wahrscheinlich schaffen wir es nicht mal über die Grenze. Aber ich muss es zumindest versuchen.«

Er drückte meine Hände. »Du bringst dich in Teufels Küche, Kind.«

Ich lächelte, halbherzig, aber es reichte, denn er kramte kurz in seiner Hosentasche und holte den schweren Schlüssel des alten Pick-ups hervor.

»Er ist voll aufgeladen, damit kommt ihr bis zur Grenze. Aber mach ihn auf unserer Seite noch mal voll, drüben gibt es nicht viele Ladesäulen, und Strom ist teuer.« Er gab mir den Schlüssel, dann legte er seine Hand an meine Wange, und mit einem Mal war sein Blick eindringlich. »Milski kann dir einen Transitpass besorgen, dann lassen sie dich ohne Fragen ausreisen. Nora musst du an der Grenze verstecken, am besten in der Werkzeugtruhe auf der Ladefläche. Hoffentlich machen sie dir keinen Stress, weil du mit einem Nutzfahrzeug ausreisen willst. Manchmal sind sie penibel. Und du wirst Geld brauchen. Bargeld. Oder Wertsachen.«

Ich nickte, schluckte gegen die Enge in meine Hals an, als er aufstand, mich mit sich auf die Füße zog und mich eindringlich ansah.

»Versprich mir, dass du so schnell wie möglich zurückkommst«, sagte er.

»Ich bringe sie nur rüber und sehe zu, dass sie versorgt ist. Ein paar Tage, mehr nicht. Dann komme ich zurück, versprochen.«

Er drückte mich an sich und legte seine Hand auf meinen Hinterkopf. »Pass auf dich auf, Kleines.«

Ich nickte nur in seine Schulter, dann löste ich mich von ihm, küsste ihn und ging. Im Hof traf ich Ragnar, der sich nicht vom Platz bewegt hatte. Ich hockte mich vor ihn und er rieb seinen massigen Kopf an meinem Knie. Dann ging ich zur Garage, stieg in den Pick-up und fuhr los.

Das Haus war hell erleuchtet. Ich parkte den Wagen, stieg aus, und holte gerade meinen Schlüssel aus der Tasche, als Amal die Tür aufriss.

»Wo warst du?« Sie klang anders, fremd, ein Tonfall, den ich noch nie an ihr gehört hatte. Schrill und laut. Anklagend. »Ich habe tausendmal versucht, dich anzurufen. Wieso gehst du nicht ran?«

Ich schüttelte nur den Kopf. Keine Ahnung, wann ich zuletzt auf mein Handy geschaut hatte. Vielleicht war es leer. Vielleicht war es weg. Es war mir egal. Ich wollte an ihr vorbeigehen, doch sie versperrte mir die Tür.

»Was um Himmels willen ist los?«

»Nicht hier. Lass uns bitte reingehen.«

»Ist das das Auto von deinem Vater?«

»Amal«, sagte ich fest, schob sie ins Haus. Sie ließ es zu.

Ich ging sofort nach oben, holte eine Sporttasche aus dem Schrank und ging damit in Noras Zimmer. Das Bett war abgezogen, eine dicke Wolke Reinigungsschaum auf der Matratze.

»Danke«, sagte ich zu Amal, die mir gefolgt war. Sie fragte nicht mehr, stand mit verschränkten Armen im Türrahmen und beobachtete, wie ich Noras Kram ungeordnet in die Tasche warf.

»Ein ziemliches Schlachtfeld«, sagte sie. »Wahrscheinlich müssen wir wirklich eine neue Matratze kaufen.«

Ich schnaufte. »Hauptsache die Matratze, was?«

»Was soll das heißen?«

»Sie hätte sterben können!«, fauchte ich, drehte mich zu ihr um, das Kleid in der Hand, das Nora getragen hatte, als wir bei Mo gewesen waren.

»Ist sie aber nicht.«

Da war er wieder, Amals geschäftsmäßiger Ton, die unbeugsame Ruhe, und jetzt hasste ich sie dafür, wollte, dass sie mich anschrie, wollte sie beschimpfen, aber ich würde an ihr abprallen wie an einer Mauer. Also schwieg ich und räumte weiter.

»Wie geht es ihr denn?«

Ein Pullover, ein paar getragene Socken.

»Sie wollen sie dabehalten und ihr das Kind wegnehmen. Was glaubst du, wie es ihr geht?«

Ein BH, eine Trainingshose.

»Es war doch von vornherein klar, dass es so kommen würde.«

Ich ging an den Schrank, schob die wenigen gefalteten Kleidungsstücke einfach in die Tasche. »Das ist unmenschlich«, murmelte ich, bevor ich wusste, was ich sagte.

Amal sog hörbar den Atem ein. »Wirst du jetzt etwa zur Systemkritikerin?«

Ich schloss die Tasche, stellte sie auf dem Bett ab. »Findest du das nicht unmenschlich? Sie zu zwingen, ihr Kind wegzugeben? Kann man nicht einmal eine Ausnahme machen?«

Sie schüttelte langsam den Kopf, sah auf mich herab wie auf ein unartiges Kind. »So sind nun mal die Regeln. Nora hat sie absichtlich gebrochen. Jetzt muss sie mit den Konsequenzen leben.«

Ich nahm die Tasche, quetschte mich an Amal vorbei. »Du kennst sie nicht.«

»Das ist doch egal.«

»Ist es nicht. Es macht einen Unterschied, woher jemand kommt, was jemand erlebt hat. Das muss man doch berücksichtigen.« Genauso wie die Tatsache, dass Nora von ihrem Vater geschlagen und von ihrer Mutter vernachlässigt worden war. Dass ihre beste Freundin sie im Stich gelassen hatte. Dass sie sich immer allein hatte durchkämpfen müssen.

Ich ließ die Tasche im Flur fallen, ging in unser Schlafzimmer, nahm eine zweite Tasche und packte meine Sachen zusammen.

»Was tust du da?«, fragte Amal.

Ich antwortete nicht, suchte Pullover, Hosen, Funktionales, Praktisches. Und einen Arztkittel.

»Willst du bei ihr im Krankenhaus bleiben? Ist das erlaubt?«

In einem Fach im Schrank war der Safe. Ich hielt meinen Daumen auf die Fläche, und er öffnete sich mit einem Surren. Meinen Pass steckte ich in die Jackentasche, das bisschen Bargeld, das wir dort aufbewahrten, schob ich zwischen meine Klamotten. Dann nahm ich noch einen der zwei kleinen Goldbarren heraus, die Amal vor einigen Jahren für uns gekauft hatte. Ein Investment. Ich schob ihn in eine Socke.

»Was hast du vor?« Ihre Stimme war jetzt hart, angespannt.

»Sie wegbringen.«

»Ich verstehe nicht.«

Ich trat einen Schritt zurück, fummelte an der Tasche, um sie nicht ansehen zu müssen. »Ins Alte Land.«

Sie atmete scharf ein.

»Ich bringe sie nur über die Grenze«, sagte ich, bevor sie etwas sagen konnte. »Ich komme so schnell zurück, wie ich kann.«

»Das kann unmöglich dein Ernst sein.« Mit zwei Schritten war sie bei mir, packte mich an den Schultern und drehte mich so, dass ich sie ansehen musste. »Du machst dich strafbar.«

»Ich weiß.«

»Und wie willst du sie überhaupt aus dem Krankenhaus rausbekommen? Und aus dem Land? Die lassen dich doch nie über die Grenze.«

»Ich finde schon einen Weg.«

»Emma.« Sie wollte weiterreden, doch sie fand die richtigen Worte nicht. Ich sah es daran, wie ihre Augen hin und her huschten. »Emma«, sagte sie wieder.

»Ich komme so schnell wie möglich wieder, ich verspreche es. Aber bitte, lass mich gehen. Ich muss das tun.«

Einen Moment lang sahen wir uns in die Augen, und sie sagte nichts mehr, drückte nur fest mit den Händen meine Schultern, als wollte sie mich zusammenquetschen in ein handliches Format, damit sie mich unter den Arm klemmen und überallhin mitnehmen könnte. Ihre Lippe zitterte, aber ihr Blick war fest und präsent, und ich fühlte mich gesehen.

»Du musst?«, fragte sie.

Ich nickte, brachte kein Wort mehr heraus.

»Okay«, sagte sie, ließ mich los, und ich ergriff die Chance und verließ das Zimmer, packte die andere Tasche, die noch im Flur stand, und hastete nach draußen.

Ich warf die Taschen auf die Ladefläche des Pick-ups, eine Geste wie aus einem alten Hollywoodfilm aus den Zehnerjahren. Als ich gerade einsteigen wollte, kam Amal aus dem Haus gerannt, eine dunkle Silhouette vor den hell erleuchteten Fenstern. Ich wartete, eine Hand auf dem Griff. Sie blieb vor mir stehen, streckte ihre Hand aus und öffnete sie. Darin lag der zweite Goldbarren.

»Vielleicht brauchst du ihn.«

Ich nahm ihn, fühlte sein Gewicht, steckte ihn in die Jackentasche zu meinem Pass. Dann nahmen wir uns in den Arm, ihr Haar fiel mir ins Gesicht, und ich atmete ihren Duft ein.

»Komm zurück, so schnell du kannst«, sagte sie. Kein Vorwurf mehr, keine Härte.

»Das mache ich.«

/11/

Ich stellte den Wagen in einer kleinen Seitenstraße am Ende des Parks ab. Trotz der Dunkelheit war der Weg leicht zu finden, das Krankenhaus strahlte durch die Bäume. Kein Zaun, wieso auch, es war ein Krankenhaus, kein Gefängnis. Ein Problem weniger.

Der Park war verlassen. Ich ging an dem kleinen Teich vorbei, um den vor wenigen Stunden noch das Storchenpaar marschiert war. Das Schilf knisterte in der leichten Brise. Ich blieb stehen und suchte, fand den blühenden Kirschbaum. Noras Fenster darüber war dunkel, ebenso das Fenster darunter. Ein schmaler Vorsprung zog sich zwischen den Etagen am Gebäude entlang. Mit aller Macht brachte ich die warnende Stimme in meinem Kopf zum Verstummen. Sie klang nach Amal. Sie klang vernünftig.

Ich nahm den Vordereingang, wo auch zu so später Stunde Menschen aus- und eingingen, und niemand beachtete mich, niemand fragte mich etwas, keine Sirenen, keine Wachleute in Uniformen, obwohl ich beinahe damit gerechnet hatte. Mein Herz klopfte bis zum Hals, als ich in den Aufzug stieg und eine Etage nach oben fuhr. Ich fand den Weg nicht sofort, kam aber an einer Toilette vorbei, wo ich mir den Arztkittel, den ich von zu Hause mitgebracht hatte, überzog und mein Tablet in die Hand nahm. Ich hoffte, dass niemand auf das Display schauen und merken würde, dass ich nur mein E-Mail-Programm und nicht das Krankenhaus-Interface geöffnet hatte.

Endlich fand ich die Station. Der Gemeinschaftsbereich war leer, die Schwangeren schon in ihren Betten. In freudiger Erwartung – wie zynisch die Formulierung in meinem Kopf klang. Ich ging mit festen Schritten den Gang entlang auf Noras Tür zu, den Blick auf mein Tablet geklebt. Nur einmal sah ich kurz auf. Der Wachmann vor Noras Tür hatte jetzt einen Stuhl. Es war ein anderer Mann als am Vormittag. Gelangweilt schaute er auf sein Handy.

Er regte sich erst, als ich die Klinke schon auf der Tür hatte. Sein massiger Kopf drehte sich. Mir brach der Schweiß aus.

»'N Abend«, sagte er und lächelte freundlich.

Ich nickte, zwang meine Mundwinkel in ein Lächeln und betrat das Zimmer. Er hielt mich nicht auf.

Nora schien zu schlafen. Ich hastete zu ihrem Bett, machte die kleine Lampe auf ihrem Nachttisch an und schüttelte ihre Schulter.

»Nora!«

Sie drehte den Kopf und öffnete die Augen, kein Zögern, kein Aufwachen.

»Emma, was machst du hier?«

»Sei leise. Wir müssen hier weg.«

Sie verstand sofort, richtete sich auf, strampelte die Decke von sich. »Was ist damit?« Sie hielt mir ihren Arm mit dem Zugang hin, an dem noch immer der Tropf befestigt war.

Ich stand auf, ging um das Bett und besah mir den Beutel. »Das ist nur Kochsalz wegen des Blutverlusts.« Ich sah sie an, ihre Haut wirkte nicht blass, zumindest nicht mehr als sonst. »Mach mal den Mund auf.« Mit dem Finger drückte ich kurz auf ihr Zahnfleisch und beobachtete, wie das weiße Fleisch schnell wieder rosa wurde. »Das brauchst du nicht mehr.« Hastig sah ich mich um, zog zwei Taschentücher aus der Box, die an dieser Seite des Bettes stand. Nicht steril – Scheiß drauf! Vorsichtig löste ich das Klebeband, zog den Zugang aus ihrem Arm und presste die Taschentücher auf den winzigen Einstich. »Hier, drück da drauf.«

Sie tat es. Mit dem Kopf deutete sie auf einen Schrank. »Meine Klamotten.«

Ich nahm ihr Nachthemd heraus, ihren Bademantel, beides trocken, aber noch voller brauner Flecken. Mich wunderte, dass sie es nicht in die Wäsche gegeben hatten. Kein Schlüpfer – hatte Nora keinen getragen? Ich hielt ihr die Sachen hin. »Im Auto habe ich saubere Sachen.«

Sie behielt ihr Krankenhaushemd an, nahm nur den Bademantel, zog ihn fest, sodass man die blauen Rauten auf weißem Stoff darunter nicht sah. Keine Schuhe. Es musste ohne gehen.

»Was jetzt?«, fragte sie.

Ich ging hinüber zum Fenster, öffnete es so leise wie möglich und kletterte hinaus auf den schmalen Vorsprung. Er war gerade mal eine Fußlänge breit. Unten Rasen, der Baum war doch zu weit weg, um an ihm herunterklettern zu können. Ich fluchte. Das Erdgeschoss hatte hohe Decken. Das war ein tiefer Fall. Vor allem für eine Schwangere.

Nora war neben mir ans Fenster getreten, folgte meinem Blick. »Gibt es keinen anderen Weg?«

»Da sitzt ein Wachmann vor deiner Tür.«

»Aber du bist doch Ärztin.«

»Das Risiko ist zu groß. Wenn er irgendwas sehen will, Unterlagen oder so, allein schon wenn er fragt, zu was für einer Behandlung ich dich bringe. So spät noch. Und wir müssten durch das ganze Krankenhaus und ich müsste dich am Empfang vorbei nach draußen schmuggeln. Nein, das hier ist der sicherste Weg.«

Ich krallte mich am Fensterrahmen fest, drehte mich um und ließ mich wenig elegant runter, bis ich am Vorsprung hing. Dann ließ ich los. Der Boden kam früher als erwartet. Ich ging in die Knie, ließ mich auf den Hintern fallen. Ich war selbst überrascht, wie einfach es war.

»Ganz leicht«, sagte ich, während ich aufstand und mir die Hände an der Hose abklopfte. »Ich helfe dir.«

Sie sah zu mir herunter. In der Dunkelheit konnte ich ihr Gesicht nicht erkennen, aber ihre Stimme verriet ihre Angst. »Ich kann das nicht.«

»Ich sage dir, was du tun musst, und ich stütze dich von unten. Das wird ganz einfach, ich verspreche es.«

Sie zögerte noch einen Moment, dann kletterte sie hinaus. Ich leitete sie an, stützte sie, sobald ich sie in die Hände bekam.

»Lass los, ich hab dich.«

Nora ließ los und landete mit einem erstickten Quieken neben mir.

»Alles okay?«, fragte ich.

Sie drehte sich um und sah mich an. »Ja, glaub schon.«

»Gut, dann komm. Schnell!«

Wir eilten über die Wiese zurück, vorbei an dem kleinen Teich und zwischen die Bäume. Hier war der Weg im Dunkeln schwerer zu finden, und als wir die Straße erreichten, sah ich den Wagen nicht sofort. Ich geriet in Panik, fürchtete schon, man hätte mich verfolgt, hätte den Wagen abgeschleppt, doch dann sah ich ihn, groß und grün etwa sechzig Meter die Straße runter.

Ich nahm Noras Tasche von der Ladefläche, bevor wir einstiegen, und sie zog sich um, während wir fuhren.

»Wohin willst du eigentlich?«, fragte sie.

»Ins Alte Land.«

Sie schwieg, hielt die Luft an, und ich erwartete schon den Protest, aber dann sagte sie doch nichts, wischte notdürftig ihre schmutzigen Füße ab und zog dicke Socken an. »Hast du vielleicht etwas zu essen?«

»Mist!« Das hatte ich vollkommen vergessen. Noch nicht mal Wasser hatte ich dabei.

»Wie weit ist es bis zur Grenze?«

»Nicht weit, vier Stunden vielleicht. Aber vorher machen wir noch einen Zwischenstopp.«

Milski erwartete mich vor dem Gebäude. Ich parkte den Wagen, stieg aus, Nora wollte nicht mitkommen. Vielleicht schämte sie sich, vielleicht war sie zu müde, es war mir egal.

Der kleine Mann schüttelte den Kopf, als ich auf ihn zukam.

Ich hob die Hand. »Sagen Sie nichts. Ich weiß selbst, dass es eine schlechte Idee ist.«

»Das ist es nicht.« Er zuckte mit den Schultern. »Ich bewundere die Standfestigkeit, mit der Sie sich für Ihre Ideale einsetzen.«

Unwillkürlich musste ich lächeln.

Er reichte mir einen Umschlag. »Hier ist Ihr Transitpass.«

Ich nahm ihn entgegen. »Danke.«

»Ihre Freundin sollte dennoch beim Grenzübertritt nicht sichtbar schwanger sein. Sie könnten ihr einen großen Hund auf den Schoß setzen.«

Ich war dankbar für den Scherz. »Keine Sorge, wir haben eine Lösung.«

Er nickte. »Ich habe mir die Freiheit genommen, eine Bekannte anzurufen. Sie ist Beamtin an einem kleinen Grenzübergang.« Er holte eine Art Buch hervor, begann, es auseinanderzufalten, bis ich darauf Straßen und Städte erkennen konnte. Eine Karte. »Ich habe den Übergang markiert, er ist hier.« Er deutete mit dem Finger.

»Sie könnten mir auch einfach die Koordinaten geben.«

Er zog die Augenbrauen hoch. »Ich hoffe doch, dass Sie Ihre mobilen Geräte nicht dabeihaben.«

Verlegen schaute ich auf meine Schuhspitzen.

»Werden Sie sie schnell los. Ich empfehle Wasser, an einer Mikrowelle werden Sie wohl so schnell nicht vorbeikommen.« Er reichte mir die Karte.

»Sie haben sehr viel für mich getan.«

»Für Samuels Tochter immer.«

»Darf ich Sie vielleicht um einen letzten Gefallen bitten? Haben Sie vielleicht etwas zu essen oder zu trinken?«

»Warten Sie einen Moment.« Er verschwand im Gebäude. Wenig später ging das Licht hinter einigen Fenstern an, dann wieder aus, und keine drei Minuten später trat er mit einem Beutel aus dem Haus. »Mehr habe ich leider nicht hier.«

Drei Packungen Kekse, ein wenig Obst, vier Flaschen Wasser. »Ich schulde Ihnen etwas.«

Er winkte ab. »Die Schicht meiner Bekannten beginnt morgen um acht. Verbringen Sie die Nacht irgendwo im Grünen.«

Ich nickte.

Zögerlich hob Milski die Hand, dann legte er sie mir auf den Arm, drückte zu, als wollte er mich festhalten. »Viel Glück, Emma.«

»Danke.«

/12/

Ich wählte den langen Weg um die Stadt herum anstatt mitten hindurch. Auf einer kleinen Brücke hielt ich an, notierte mir schnell die wichtigsten Telefonnummern auf einem Zettel, den ich im Handschuhfach fand, und schmiss mein Telefon und mein Tablet in den Fluss. Es war ein sonderbarer Abschied, wie das Durchtrennen einer Nabelschnur, die mich mit meinem bisherigen Leben verband. Keine Nachrichten mehr, keine Chats, keine Anrufe von Freunden. Wenn sich jetzt jemand nach mit erkundigen wollte, käme nur Schweigen zurück. Nachricht nicht gelesen, Teilnehmer nicht erreichbar. Ich stand einen Moment am Geländer und schaute hinab auf das leise dahinfließende Wasser. Wieso fühlte sich dieser Moment an wie ein Scheideweg? Wieso nicht der Abschied von Amal oder der von meinem Vater oder die Flucht aus dem Krankenhaus? Mein Leben steckte in diesen Geräten. Und jetzt lagen sie auf dem Grund eines Flusses. Doch dies war nicht die Zeit für Kontemplation, also atmete ich noch einmal tief durch und löste mich vom Geländer.

Woher Milski die Karte hatte, blieb mir ein Rätsel. Jedenfalls machte es für mich keinen Unterschied, ob ich sie auf einem Display oder auf einem großen Bogen vor mir sah. Natürlich ersetzte es kein Navi, aber ich fand mich mühsam zurecht, suchte uns die Landstraßen raus und war erleichtert, dass kaum jemand außer uns unterwegs war.

»Lass es mich mal versuchen«, sagte Nora irgendwann, als ich mit einer Hand versuchte, die Karte auf meinem Schoß glattzustreichen.

Ich reichte sie ihr rüber. »Wir sind hier«, sagte ich, deutete auf einen Punkt, der ungefähr unserer Position entsprechen musste. »Und da ist die Grenze.«

Sie hielt die Karte dicht vor die Augen. »Gleich musst du rechts abbiegen.«

Ich tat es, erklärte ihr, während ich fuhr, was ich mir überlegt hatte, was mein Vater und Milski gesagt hatten, und sie hörte zu und nickte mit ernstem Gesicht und gab mir hin und wieder Anweisungen. Wir fuhren durch die immer dunkler werdende Landschaft, bis irgendwann nur noch die Scheinwerfer ein kurzes Stück Straße vor uns erleuchteten und wir zu zweit wie in einem Kokon durch das schwarze Nichts reisten.

»Ich bin dir sehr dankbar, weißt du?«, sagte sie, als ich mit meinen Erklärungen fertig war. »Ich glaube, deswegen bin ich zu dir gekommen. Weil es niemanden sonst gibt, der so was für mich tun würde.«

»Das stimmt nicht«, sagte ich, obwohl ich wusste, dass sie recht hatte.

»Doch, es ist wahr.« Sie lächelte mich an, und zum ersten Mal, seit sie vor meiner Tür gestanden hatte, sah ich Wärme in ihrem Blick, Ehrlichkeit und die alte Vertrautheit. »Pech und Schwefel, richtig?«

Ich lachte. »Pech und Schwefel.«

Gegen Mitternacht steuerte ich den Pick-up auf einen kleinen Waldweg. Nora hatte bereits eine Packung Kekse und einen Apfel verdrückt. Dennoch setzten wir uns auf die Ladefläche und breiteten alles für ein Dinner aus. Ich fand ein paar Decken in der großen Werkzeugtruhe, die an der Rückwand des Fahrerhauses montiert war. Papa war wie immer auf alles vorbereitet. Außerdem fand ich eine Axt, eine Spitzhacke, eine Kettensäge, einen Spaten und ein paar andere Gerätschaften, deren Nutzen mir nicht klar war. Ich würde all das hierlassen müssen, wenn ich Nora in der Truhe unterbringen wollte. Es tat mir leid. Ich hätte Papas Geräte gleich auf dem Hof ausladen sollen, aber jetzt war es zu spät. Ein schneidendes Gefühl der Schuld fuhr mir durch die Brust.

Wir aßen Kekse und tranken Wasser. Mein Körper verlangte nach etwas Herzhaftem, und kurz dachte ich an das Curry, das ich irgendwann in den nächsten Tagen hatte kochen wollen, die Kichererbsen, die ich nur für diesen Zweck bestellt hatte. Morgen würden sie kommen.

Amal würde sie reinbringen, sich vielleicht wundern, weil wir nicht oft welche im Haus hatten. Vielleicht würden sie noch da sein, wenn ich wiederkam.

»Steven hatte gute Verbindungen ins Alte Land«, sagte Nora und riss mich aus meinen Gedanken.

Ich schaute sie an. »Kennst du vielleicht jemanden, bei dem wir unterkommen können?«

»Nein, nur ein paar Leute hatten die Kontakte, ich nicht. Das war nicht meine Aufgabe.«

»Was war deine Aufgabe?«

»Alles Mögliche. Ich war vor allem Stevens rechte Hand. Praktisch war ich bei allem dabei, was er gemacht hat.«

»Wie hast du ihn kennengelernt?«

Sie seufzte, lehnte sich zurück an die Wand der Ladefläche und sah hinauf in die Bäume. Die Blätter zeichneten sich als dunkle Schatten vor dem Mond ab.

»Ich habe in einem Club ein paar Freebirther kennengelernt. Die haben mich mit zu einer Versammlung geschleppt, und ich fand es ganz cool, bin wieder und wieder hingegangen, und irgendwann war er auch da. Wir waren sofort fasziniert voneinander. Ist schon ein paar Jahre her.«

»Hast du wirklich daran geglaubt? An deren Ideale und so? Dass wir zurückkehren sollten zu unkontrolliertem Bevölkerungswachstum?«

Sie zuckte mit den Achseln, aber ihr Gesichtsausdruck verriet, was sie dachte. »Einer muss sterben, damit ein anderer leben kann. Das finde ich unmenschlich.«

»Na ja, niemand wird standrechtlich erschossen. Es ist immer freiwillig oder eben dann, wenn jemand ganz natürlich stirbt. Und das Ergebnis spricht doch für sich, oder nicht?«

»Findest du?« Sie sah mich mit leicht zusammengezogenen Augenbrauen an, forschend.

Ich nickte.

Sie legte den angebissenen Keks, den sie zwischen den Fingern hielt, weg, wischte sich die Hände an der Decke ab und lehnte sich vor. »Weißt du eigentlich, wieso mein Vater mich so gehasst hat?«

»Er hat dich nicht gehasst.«

Sie lachte bitter. »Oh doch. Er hat mich geschlagen, weil er mich gehasst hat. Und er hat mich gehasst, weil er seine Mutter geliebt hat. Und es war Eileen, die sie dazu überredet hat, mir ihren Anteil zu vermachen. Also war ich der Grund, wieso sie gestorben ist. Das hat er mir nie verziehen. Und Eileen übrigens auch nicht. Er hat uns gehasst und uns verprügelt, weil er seine Mutter vermisst hat. Weil er sich schuldig gefühlt hat. Das ist das System, an das du so fest glaubst.«

Ich schaute auf meine Hände. »Das tut mir leid«, murmelte ich.

»Ach, spar es dir. Erklär mir lieber, wie man an dieses System glauben kann.«

»Wieso seid ihr nie zu einer Trauerberatung gegangen? Die stehen doch allen zur Verfügung.«

Sie lachte wieder, ein kurzes, scharfes Geräusch, das beinahe auf der Haut wehtat. »Glaubst du, Ben hätte zugegeben, dass er seine Mutter vermisst? Dass er uns hasst, dass er sein eigenes Kind hasst? Wo alle doch Kinder lieben und ehren und sich ein Bein ausreißen, um welche bekommen zu dürfen?«

Ich schwieg. Ein Einzelfall, wollte ich sagen, eine Ausnahme, ein berechenbares Übel angesichts all der Vorteile, aber dann dachte ich an den Arzt, seinen Blick, seine abfälligen Kommentare, den Tonfall der Überlegenheit. Das System gab vor, sich um alle zu kümmern, alle Eventualitäten bedacht zu haben. Aber was war mit Nora? Was mit Ben? Das System funktionierte nur, wenn man sich ihm ergab, die Regeln blind befolgte, sich vor ihm nackt machte.

»Na ja.« Nora seufzte, streckte die Arme und lehnte sich wieder zurück. »Drüben werden wir das Problem nicht haben.«

»Weißt du, was uns erwartet?«

Ich war noch nicht geboren gewesen, als ein Teil des Landes sich abgespalten hatte, zu klein, um zu verstehen, was genau passierte. Im Geschichtsunterricht hatten wir gelernt, dass ein paar religiöse Fanatiker die Bevölkerung der konservativeren Landstriche überzeugt hatten, man müsse zum alten Weg zurückkehren. Das Anteilssystem sei Teufelswerk, seine Anhänger wollten die Natur bezwingen, sich der Alten entledigen. Die Abspaltung war dann recht friedlich verlaufen;

wieso jemanden an sich binden, der nicht mitmachen will? WRD hatte man sich getauft: Werterepublik Deutschland, aber hier nannten wir es abfällig das Alte Land, weil es rückständig war. Weil es an antiquierten Traditionen festhielt.

Seit der Abspaltung war das Verhältnis stetig schlechter geworden, Handelsbeziehungen waren abgebrochen, die Grenze nur noch mit Transitpass passierbar. Man hörte nicht mehr viel darüber, wie die Zustände im Alten Land inzwischen waren. Schauergeschichten über Massenarbeitslosigkeit und Armut waren in Umlauf.

»Ich weiß nur, dass man sich um Schwangere gut kümmert. Es ist vielleicht nicht alles so sauber und brav wie hier, aber dafür herrscht noch Menschlichkeit.«

Ich hörte Steven in ihren Worten, meinte sogar, mich an einen Nachrichtenmitschnitt von einer seiner Ansprachen zu erinnern, in der er genau diese Worte benutzt hatte.

»Ist es nicht auch menschlich, den kommenden Generationen einen Planeten hinterlassen zu wollen, auf dem man noch leben kann?«

Sie schüttelte den Kopf. »Es muss einen anderen Weg geben.«

»Welchen?«

»Was weiß ich?« Sie wedelte mit den Händen. »Technologien, Wohlstandsreduktion, effizienteres Management.«

»Aber all das ist doch nur ein Tropfen auf den heißen Stein, wenn die Bevölkerung immer weiterwächst. Schau dich doch um, immer mehr Länder adoptieren unser Prinzip oder fangen auf eigene Weise an, ihre Bevölkerung auf einem konstanten Level zu halten. Wir können also gar nicht so falsch liegen.«

»Und das hier?« Sie deutete auf ihren Bauch. »Willst du mir sagen, mein Kind ist ein Fehler?«

Ich schwieg.

»Sag schon!«

Mit zitternden Händen rieb ich mir das Gesicht. Wir hatten uns in Rage geredet, ich musste die Gemüter kühlen. »Nora, ich bin jetzt hier wegen dir und deinem Kind. Reicht dir das nicht?«

Sie schnaufte, ihr Brustkorb hob und senkte sich, eine Bewegung so ausladend, dass sie unecht wirkte. Aber sie sagte nichts mehr, legte die Hand auf den Bauch, nickte und aß den Rest ihres Kekses.

Nora schlief auf der Sitzbank im Fahrerhaus, ich auf der Ladefläche. Es wurde kalt in der Nacht, ich bekam kaum ein Auge zu, obwohl ich erschöpft war wie nie zuvor in meinem Leben. Ich starrte hinauf in die dunklen Baumkronen und die glitzernden Sterne dahinter und fragte mich, was Amal gerade tat. Ihr keine Nachricht schreiben zu können, ihre Stimme nicht hören zu können, verursachte mir körperliche Schmerzen. Hatte sie sich selbst den Zopf geflochten heute Abend?

Ich hätte ihr gerne erzählt, was Nora über ihren Vater gesagt hatte, hätte gerne Amals Einschätzung gehört. Bei jeder Anteilsüberschreibung gab es psychologische Beratung, damit genau das nicht passierte, was Nora beschrieben hatte. Man achtete penibel genau auf Vokabeln. Niemand starb, damit jemand anderes leben konnte, sondern die Alten machten freiwillig Platz. Die werdenden Eltern setzten sich zusammen mit ihren Eltern oder Großeltern oder Tanten oder Onkeln und ließen sich wieder und wieder versichern, dass es nichts brachte, eine Rechnung aufzumachen, dass sie nicht »einer für den anderen« denken sollten. Doch genau das hatte Noras Vater getan. Und vielleicht taten wir es alle heimlich.

Wie absurd, dass die Kinder gemessen wurden an Menschen, die sie selbst nie kennengelernt hatten. Und plötzlich fiel mir wieder ein, was mein Großvater bei seinem Abschied gesagt hatte.

»Sorge dafür, dass er sich an mich erinnert, so wie du dich an deine Oma erinnerst. In euren Erinnerungen leben wir weiter.«

Als ich acht oder neun gewesen war, hatten wir in der Schule zum ersten Mal über das Anteilssystem gesprochen. Alle Kinder mussten Fotos ihrer Anteilsgeber mitbringen und etwas über sie erzählen, also hatte ich am Mittagstisch gefragt, beinahe beiläufig, und mein Vater hatte von seinen Eltern erzählt, der klugen Journalistin und dem ruhigen Steuerberater, diesem ungleichen Paar, und ich hatte mit großen Augen zugehört, war begeistert gewesen von dem, was Oma alles erreicht hatte. Wie sie Leiterin ihres Ressorts geworden war, einen Wirtschaftsskandal nach dem anderen aufgedeckt hatte.

»Sie hat für das Gute gekämpft«, sagte Papa, und er hatte dabei keine Tränen in den Augen, sondern Stolz.

Genau das erzählte ich am nächsten Tag in der Schule, während ich das Bild von meinem Nachttisch in den Händen hielt, und die Lehrerin klatschte und gab mir eine Eins. Doch ich war nicht zufrieden. Und so schlich ich mich am Abend aus dem Bett ins Wohnzimmer, wo Mama fernsah, während Papa noch in seinem Arbeitszimmer hockte und Seminare vorbereitete. Ich kuschelte mich neben meine Mutter unter die Decke, spürte die besondere Wärme, die ihr Körper ausstrahlte, so eigen wie ein Geruch oder eine Stimme. Ich sagte nichts, weil ich nicht wusste, wie man so etwas sagte, doch Mama verstand.

»Denkst du noch über Oma nach?«

Ich nickte nur, fummelte an den Fransen der Decke. »Mochtest du Oma?«

»Ja, ich mochte sie sehr«, sagte Mama mit einer unbeeindruckten Selbstverständlichkeit, die es mir immer erlaubt hatte, alles zu sagen und zu fragen, was mir in den Sinn kam.

»Warum?«

Sie legte den Arm um mich und drückte mich an sich, während wir weiter zum Fernseher blickten, ohne mitzubekommen, was dort passierte.

»Die Wahrheit war ihr immer wichtig. Und sie hat sich für andere eingesetzt, für ihre Familie genauso wie für die Menschen, denen sie mit ihrer Arbeit geholfen hat. Sie hat gekämpft bis zum Ende. Sie hat mal gesagt: ›Wenn ich scheitere, will ich wissen, dass es nicht an mir lag. Ich will wissen, dass ich alles getan habe, was ich konnte.‹ Diese Art von Frau war sie.«

Ich hatte versucht, mir diese Frau vorzustellen, wie sie unermüdlich für ihre Familie einstand, kämpferisch und stark. Es hatte ein bisschen wehgetan, mir ihre Heldentaten auszumalen, das Werk einer Frau, die es nicht mehr gab, weil es mich gab, aber ich hatte es getan, als wäre es meine Pflicht. Ein enormes Gewicht hatte damals auf meiner Brust gelegen, und ich spürte es auch jetzt, auf der Ladefläche des Pick-ups, während über mir die Sterne langsam über den Himmel zogen. Merkwürdig, dass die Menschen immer nur in höchsten Tönen von den

Verstorbenen sprachen. Taten sie es für die Kinder oder für sich selbst? Was für ein Mensch meine Großmutter wirklich gewesen war, wusste ich nicht, würde es nie wissen. So lebten wir alle – meine Generation, unsere Eltern, alle Menschen in diesem Land – mit einem Mythos einer unbekannten Person, die Platz gemacht hatte, auf dem wir uns jetzt ausbreiteten. Es war eine Verantwortung, der man nicht gerecht werden konnte.

/13/

Wir wachten früh auf, mussten noch Zeit totschlagen, aßen den Rest der Kekse und tranken Wasser, erleichterten uns hinter zwei Bäumen. Nora sah wild aus. Ihr Haar war zerzaust, ihr Gesicht aufgedunsen und blass.

»Ich blute wieder ein kleines bisschen.«

»Wir fahren als Erstes in ein Krankenhaus, wenn wir auf der anderen Seite sind«, sagte ich, holte eine Slipeinlage und Taschentücher aus meiner Handtasche und reichte ihr beides.

Dann räumte ich die Werkzeugtruhe aus, hob mit dem Spaten ein Loch im lockeren Waldboden aus, wickelte die Werkzeuge in eine Decke und vergrub sie. Mit etwas Glück würde ich die Stelle auf dem Rückweg wiederfinden. Es war gutes Werkzeug. Die andere Decke legte ich in die Truhe, und Nora kletterte hinein. Es war erstaunlich geräumig. Sie musste zwar mit leicht angezogenen Knien liegen, aber sie hatte genug Platz, um sich umzudrehen. Zum Test schlossen wir die Klappe und warteten ein paar Minuten, aber Nora fühlte sich okay, hatte keine Angst und schien genug Luft zu bekommen. Wir verabredeten Klopfzeichen, sprachen alles durch wie Meisterkriminelle, dann schloss ich sie in der Truhe ein und wir fuhren los.

Nach einer halben Stunde näherten wir uns dem Grenzübergang. Es war eine winzige Straße außerhalb eines kleinen Ortes, in dem allem Anschein nach kaum noch Menschen lebten. Mausgraue Häuser moderten an zwei sich kreuzenden Straßen vor sich hin. Es gab ein Geschäft, das geschlossen war. Niemand war unterwegs. Dann ein paar Kilometer an Feldern vorbei, bevor die Grenze in Sicht kam: eine Schranke mit hängenden Gittern daran, kleine Gebäude zu beiden Seiten und daneben die Grenzmauer aus rotbraunen Stahlstreben, die sich zog, so weit ich sehen konnte. Dass beide Seiten mal ein Land gewesen sein sollten, war schwer zu glauben.

Ich klopfte zweimal gegen das Metall hinter meinem Sitz, und Nora antwortete mit einem einzigen Klopfen. Sie hatte verstanden. Ab jetzt musste sie mucksmäuschenstill sein. Mein Herz pochte bis in meine Schläfen.

Ich drosselte die Geschwindigkeit und blieb vor der verschlossenen Schranke stehen. Zwei Beamte traten aus einem Häuschen. Sie trugen dunkelblaue Uniformen, Gewehre über den Schultern, Pistolen an den Gürteln. Einer war schlaksig und groß, hatte unordentliches Haar und ein bubenhaftes Gesicht. Ich wünschte mir, dass er an mein Fenster kommen würde, aber es war die andere, der man durch die Kleidung ansehen konnte, wie durchtrainiert sie war. Ihre Haare waren zu einem strengen Dutt gebunden und sie trug eine Sonnenbrille, in der ich nur mein eigenes Gesicht sehen konnte. Ich bemühte mich, nicht nervös auszusehen.

»Transitpass«, sagte sie. Ihre Stimme war scharf.

Ich reichte ihr die Papiere und beobachtete im Rückspiegel, wie der andere um das Auto tigerte.

»Zweck des Transits?«

»Ich bin Ärztin. Man hat mich für eine Fachkonsultation angefordert.«

Sie nickte, starrte weiterhin auf die Papiere, während der andere durch das Beifahrerfenster auf den leeren Sitz linste.

»Und wie lange gedenken Sie, zu bleiben?« Jetzt blickte sie mich an. In den Gläsern der Sonnenbrille erkannte ich mein eigenes angespanntes Gesicht. Ich versuchte angestrengt, locker zu wirken.

»Nur ein paar Tage.«

Der andere beugte sich gerade von der Seite über den Werkzeugkasten und versuchte, den Deckel zu heben. Zum Glück hatte ich abgeschlossen.

Die Frau an meinem Fenster hob beinahe unmerklich einen

Mundwinkel. »Dann wünsche ich Ihnen eine gute Zeit bei Ihrer Konsultation.« Sie gab mir die Papiere zurück und trat nach hinten. »Alles sauber. Mach die Schranke auf, Stefan.«

Stefan hatte immer noch eine Hand an der Truhe, blieb einen Moment so, doch dann zuckte er mit den Schultern, tapste hinüber zum anderen Häuschen, verschwand darin, und Sekunden später hob sich die Schranke.

Ich wollte schon losfahren, als die Frau neben mir noch einmal die Hand in das geöffnete Fenster legte. »Viel Glück da drüben.« Sie hatte die Sonnenbrille auf die Nasenspitze geschoben und sah mich über den Rand hinweg an. Ihre Augen waren nussbraun.

»Danke«, sagte ich und fuhr los.

Etwa hundert Meter weiter wartete die nächste Schranke. Ich schlich im Schritttempo vorwärts, blickte nach rechts und links, wo sich das Niemandsland erstreckte, mittendrin der gigantische Zaun. Eine Zwischenwelt, weder hüben noch drüben.

Dann stand ich vor der nächsten Schranke. Erneut kamen zwei Beamte aus einem Häuschen, ebenfalls in Uniformen, auf dieser Seite allerdings dunkelgrau und mit einem anderen Emblem auf den Schultern. Auch sie waren bewaffnet. Ein Blondschopf trat ein mein Fenster.

»Grund für die Einreise?«

»Ich bin auf der Flucht und erbitte Asyl.«

Er machte große Augen.

»Im Werkzeugkasten hinten ist eine Freundin versteckt. Sie ist illegal schwanger und möchte ihr Baby in Ihrem Land bekommen.«

Seine ausgestreckte Hand hing bewegungslos in der Luft, wartete immer noch auf die Papiere, die ich ihm nicht reichen würde. Dann verfiel er in plötzliche Hektik, winkte dem anderen, die Schranke hochzufahren, und deutete über den Hof auf ein Seitengebäude. »Bleiben Sie dort stehen.«

Ich tat, wie geheißen, stieg aus und kletterte auf die Ladefläche. Der Blonde folgte mir. Als ich den Deckel hob, hielt Nora sich die Hand vor die Augen.

»Bist du in Ordnung?«

Sie nickte. »Nur ein bisschen steife Beine.«

Der Mann half mir, Nora aus dem Kasten zu ziehen, und stützte sie auf dem Weg in das Gebäude.

»Das ist ja mal was«, stammelte er immer wieder.

Wir gingen einen langen Flur hinab, an den unzählige kleine Zimmer grenzten. Alle Türen hatten Fensterscheiben, drinnen jeweils ein kleiner Tisch und zwei Stühle. Ob man hier diejenigen befragte, die raus wollten, oder diejenigen, die rein wollten, blieb unklar. Jetzt waren sie jedenfalls leer, niemand schien mehr irgendwohin zu wollen.

Auch wir landeten nicht in einem dieser Räume, sondern in einer Cafeteria am Ende des Flurs. Die Männer rückten uns ein paar Stühle zurecht, brachten Kaffee und Tee, Wasser und eine Packung Salzbrezeln, die wir verschlangen. Sie setzten sich zu uns, sahen uns zu wie Zootieren bei der Fütterung. Der Blonde hatte ein freundliches Gesicht. Er sah jung aus, vielleicht Mitte zwanzig, und lächelte so stolz, als hätte er uns persönlich über das Niemandsland getragen. Der andere war kaum älter, hatte sehr dunkle Haut und musterte uns nüchtern.

»Also«, sagte der Blonde schließlich, ruckelte dabei seinen Stuhl hin und her, »ich bin Polizeiobermeister Benno Rath, das ist Polizeiobermeister Philipp Schmitt.« Er deutete auf seinen Kollegen.

Wir nickten, nannten unsere Namen.

»Dann mal herzlich willkommen in der Werterepublik Deutschland.«

»Was passiert jetzt?«, fragte ich. Ein Brezelkrümel flog mir aus dem Mund und landete auf dem abgenutzten Linoleum. Polizeiobermeister Rath ignorierte es dankenswerterweise.

»Jetzt müssen Sie ein paar Formulare ausfüllen, dann wird Ihr Antrag geprüft, das kann ein wenig dauern, und dann müssen wir eine Unterkunft für Sie finden. Ich rufe gleich mal die passenden Stellen an und hole die Papiere.« Er stand auf.

»Meine Freundin muss in ein Krankenhaus.«

Er blieb stehen, drehte sich um.

»Sie hatte kürzlich starke Blutungen, das muss beobachtet werden.«

Er nickte. »Dann rufe ich auch gleich einen Krankenwagen.« Er lief eilig den Flur hinunter.

Wir blieben mit Polizeiobermeister Schmitt alleine. Niemand sagte etwas, nur das Knuspern der Brezeln in unseren Mündern war zu hören.

Irgendwann atmete Schmitt ein und lehnte sich vor. »Sie werden Geld brauchen. Haben Sie welches?«

Ich nickte.

»Gut. Informieren Sie sich vorher über Wechselkurse und all das. Man wird an jeder Ecke versuchen, Sie übers Ohr zu hauen. Geflüchtete wie Sie sind eine beliebte Einnahmequelle. Lassen Sie sich nicht verarschen.« Er musterte uns noch immer, blickte zwischen uns hin und her. Ich fragte mich, wie wir für ihn aussahen, wie erbärmlich wir wirkten, aber was auch immer er von uns hielt, es veranlasste ihn, einen Zettel aus seiner Brusttasche zu ziehen und etwas draufzuschreiben. Er faltete das Papier und gab es mir.

»Wenn Ihre Anträge angenommen sind und Sie nicht wissen, wo Sie hinsollen, rufen Sie diese Nummer an. Meine Schwester arbeitet da. Die anderen Unterkünfte sind scheiße.«

»Aber Ihr Kollege hat doch gesagt, man würde für unsere Unterbringung sorgen.«

Er lehnte sich wieder zurück. »Mag sein«, sagte er nur.

Ich wollte nachfragen, was er meinte, doch da kam Polizeiobermeister Rath wieder ins Zimmer stolziert. »Der Krankenwagen ist gleich da, und dies sind Ihre Papiere.« Er reichte mir einen dicken Umschlag. »Sie können das im Krankenhaus ausfüllen, jemand von der Einwanderungsbehörde wird kommen und Sie befragen, und dann können Sie in Ruhe und Sicherheit Ihr Kind bekommen.«

Ich nahm den Umschlag, während er Nora beim Aufstehen half und sie am Arm den Gang hinunterführte.

»Das muss wirklich schrecklich für Sie gewesen sein«, brabbelte er vor sich hin. »Ich kann mir das gar nicht vorstellen. Wie unmenschlich, Ihnen Ihr Kind wegnehmen zu wollen. Wir lesen manchmal darüber in der Zeitung. Wirklich ein Unding. Ich bin froh, dass Sie hergekommen sind. Hier wird Ihnen so was nicht passieren.«

Während er weiter auf Nora einredete, ließ ich mich zurückfallen, bis Polizeiobermeister Schmitt neben mir war.

»Wo kann ich Gold tauschen?«, fragte ich.

Er sah mich kurz aus dem Augenwinkel an. »Das Krankenhaus ist in der Nähe vom Bahnhofsviertel, da gibt es zig Wechselstuben und Goldankäufer. Nehmen Sie nicht weniger als zweitausend für die Feinunze.«

»Nur zweitausend?«

Er zuckte mit den Schultern. »Sie können natürlich auch zu einer Bank gehen, aber dann wird es kompliziert.«

Ich nickte. »Woher wissen Sie das alles?«

Ein Lächeln schob sich auf sein Gesicht, und mit einem Mal war alle Härte verflogen. »Meine Schwester und ich, wir helfen einfach gerne.«

Eine Sekunde lang sahen wir uns an, dann blickte er wieder auf den Boden.

»Danke«, sagte ich.

Als wir auf den Hof traten, konnten wir den Krankenwagen schon sehen, der sich entspannt über die Landstraße näherte. Ich blickte an ihm vorbei über Felder und Wiesen. Es sah nicht anders aus als auf der anderen Seite der Grenze. Derselbe Himmel, dieselben Wolken, derselbe Weizen in langen, ordentlichen Reihen, wahrscheinlich gesät mit denselben Gerätschaften. Ein paar Tage würde ich es hier aushalten, dachte ich und roch die Luft, die auch hier nur Luft war.

Erst als der Krankenwagen auf den Hof fuhr, fiel mir auf, dass er nicht allein war. In seinem Schlepptau hing eine dunkle Limousine. Beinahe gleichzeitig stiegen drei Menschen aus den Wagen, vorne zwei Frauen und hinten ein Mann. Die beiden Notärztinnen kümmerten sich gleich um Nora, halfen ihr in den hinteren Bereich des Wagens und begannen, ihre Werte abzunehmen. Der Mann aus der Limousine kam auf mich zu. Er nickte den Grenzbeamten zu, die sich mit einem letzten Blick abwendeten und zurück auf ihre Posten gingen.

»Mein Name ist Pausch, ich bin von der Einwanderungshilfe«, sagte er und griff nach meiner Hand, umfasste sie fest und schüttelte eifrig. »Könnte ich Ihren Ausweis sehen?«

Ich kramte in meiner Tasche, zog ihn heraus und reichte ihn dem Mann.

Er las kurz. »Frau Frohmut, es freut mich sehr, Sie offiziell in der Werterepublik Deutschland begrüßen zu dürfen. Sie haben das Richtige getan, als Sie sich entschieden haben, hierherzukommen. Bei uns wird das ungeborene Leben geehrt, und wir würden uns niemals in die heilige Verbindung zwischen Mutter und Kind einmischen. Für Ihre Freundin wird bestens gesorgt werden.«

Er war ein eifriger Mann, klein, aber aufrecht, ordentlich gekleidet in schwarzem Anzug und polierten Schuhen. Ich wusste nicht, was ich mit seiner überschwänglichen Freundlichkeit anfangen sollte. Also nickte ich und schaute ihn an.

»Und Ihre ... Freundin, Partnerin, Schwester?«

»Freundin.«

Er nickte. »Sie heißt?«

»Nora Bernheim.«

Endlich ließ er meine Hand los, zog ein Handy aus der Tasche und machte sich ein paar Notizen. Dann fiel sein Blick auf den dicken Umschlag, den ich mir an die Brust drückte. »Wie ich sehe, haben Sie alle Unterlagen schon erhalten. Aber jetzt fahren wir erst mal ins Krankenhaus, damit wir sichergehen können, dass es Mutter und Kind gut geht, nicht wahr? Wenn Sie dem Krankenwagen bitte folgen wollen? Ich folge dann Ihnen.«

Er drehte sich um, ohne eine Antwort abzuwarten, also stapfte ich zurück zum Pick-up, stieg ein und wendete. Ich erhaschte einen kurzen Blick über die Schranke, über das Niemandsland zurück in meine Heimat, und für einen Moment sah ich mich durch die Schranke preschen, vorbei an Rath und Schmitt, vorbei an dem Schlaksigen und dem Typen mit der Sonnenbrille, nach Hause, einfach nur nach Hause, aber es gab Dinge zu regeln und Gold zu verkaufen, also ließ ich die Grenze doch hinter mir, reihte mich hinter dem Krankenwagen ein und folgte ihm, während die Morgensonne mir von rechts ins Gesicht schlug.

/14/

Wir fuhren bei normalem Tempo und ohne Blaulicht erst durch Felder, dann vorbei an kleinen Ortschaften, in denen schon zu so früher Stunde viele Menschen auf den Straßen waren. Einige standen in Gruppen zusammen, andere führten ihre Kinder an den Händen, vielleicht zur Schule oder zum Kindergarten. Transporter fuhren umher, Autos, alle ein wenig älter als bei uns, beinahe alle mit Benzinmotor. Anscheinend gab es hier noch keine Elektropflicht. Mir fiel ein, dass mein Vater mich ermahnt hatte, den Pick-up noch vor der Grenze aufzuladen, was ich natürlich nicht getan hatte. Die Batterie war noch zu einem Viertel voll. Ich hatte keine Ahnung, ob das bis zum Krankenhaus reichen würde. Ich hatte nie ein eigenes Auto besessen, hatte mir also nie Gedanken darüber machen müssen, wie weit man mit einer vollen Batterie kam.

Wir passierten ein Industriegebiet, Fabriken mit rauchenden Schornsteinen, riesige Asphaltflächen, auf denen Massen von Autos standen. Dann wieder Felder, schließlich Häuser, die Ausläufer einer Stadt. Ich fragte mich, ob es hier keinen Wald gab, und antwortete mir in Gedanken selbst. Wald würde es nur dort geben, wo die Fläche nicht für den Anbau von Getreide oder Futtermais oder was auch immer genutzt werden konnte. Hier gab es viele Mäuler zu stopfen.

Die Stadt war gräulich, Hochhäuser in den Randbezirken, dazwischen kleine Viertel mit Einfamilienhäusern und kleinen Gärten. Es sah nicht so anders aus als in meiner Heimatstadt, vielleicht etwas weniger gepflegt, vielleicht nicht ganz so modern, aber das Leben brodelte.

Menschen standen an den Straßen, sprachen und gestikulierten miteinander. Wir kamen an einem kleinen Markt vorbei, der aus Bretterbuden und Wohnwagen bestand: Gemüse, Obst, Kleidung, Töpferwaren, elektronische Geräte, Krimskrams. Im umzäunten Hof einer Schule spielten Kinder dicht an dicht. Es war ein elektrisierender Anblick. Überall gab es etwas zu entdecken, überall passierte etwas. Die Eindrücke machten mich beinahe euphorisch, wie am Anfang eines Urlaubs, wenn man zum ersten Mal die neue Umgebung hautnah erlebt.

Kaum zehn Minuten später bogen wir in die Auffahrt des Krankenhauses ein. Der Krankenwagen blieb vor der Notaufnahme stehen, und ich lenkte den Pick-up auf den nahen Parkplatz. Im hinteren Ende fand ich zwei Ladesäulen. Sie waren leer. Ich parkte dort, stieg aus und versuchte, den Stecker aus der Säule zu ziehen. Ein blinkendes Licht auf dem Display mahnte mich, dass ich erste bezahlen müsse. Fahrig griff ich mir in die Taschen, als hätte sich dort durch ein Wunder Geld in der hiesigen Währung materialisiert, aber natürlich war da nichts. Später!

Ich eilte Nora hinterher, die inzwischen auf einer Trage lag und in das Gebäude gerollt wurde. Als die elektrischen Türen sich für mich öffneten, stolperte ich beinahe in eine der Notärztinnen hinein. Der Konvoi war zum Stehen gekommen, und ich sah sofort, was sie aufgehalten hatte. Der Wartebereich war voll. Es gab einen breiten Gang, der geradeaus am Tresen vorbei zu den Behandlungsräumen führte. Rechts davon öffnete sich ein großer Bereich mit Sitzreihen, dicht an dicht und so nah aneinander, dass genau eine Person zwischen den Knien der Wartenden hindurchgehen konnte. Jeder Platz war belegt. Und nicht nur das, die Menschen standen im Gang, einige redeten wütend auf das Pflegepersonal hinter dem Tresen ein. Ich sah einen älteren Mann, der aschfahl auf einem Stuhl hing, den Kopf an die Wand hinter sich gelehnt, die Augen geschlossen. Eine Frau wiegte ihr schreiendes Baby auf dem Arm und weinte, ein Junge hielt sich die Hand, einige Finger standen in einem unnatürlichen Winkel ab. So viele Menschen.

»Entschuldigung«, rief eine der Notärztinnen, die versuchten, Noras Trage durch die Menge zu ziehen. »Wir haben hier eine Schwangere. Gehen Sie doch mal aus dem Weg.«

Langsam öffnete sich eine Schneise, die Menschen drückten sich zu beiden Seiten eng aneinander und machten uns so Platz. Ich folgte, ging an blutenden Wunden vorbei, an entzündeten Augen, aus denen man uns musterte. Ob sie uns ansahen, dass wir geflüchtet waren?

Dann waren wir am Tresen vorbei, umrundeten eine Ecke, und die Menschen verschwanden hinter uns. Hier war es ruhiger. Es gab keine Zimmer, sondern nur einen langen Gang, an dem einzelne Behandlungsbereiche mit Vorhängen abgetrennt werden konnten. Nora wurde in eine dieser Nischen geschoben, an einen Vitalmonitor angeschlossen, und dann verabschiedeten die Notärztinnen sich. Ich wunderte mich, dass kein Arzt sich uns annahm. Ich wollte durch den Vorhang zu Nora gehen, doch eine Hand griff mich am Arm. Ich drehte mich um. Es war Pausch, der kleine Mann von der Einwanderungshilfe.

»Eine Minute«, sagte er und zog mich in eine Ecke, wo ein paar Stühle standen. Er drückte mich auf einen, nahm auf einem anderen Platz. »Dies ist natürlich ein Notfall, ich verstehe das. Ich gebe Ihnen ein paar Stunden Zeit, um die Formulare auszufüllen. Ich komme dann wieder um«, er schaute auf sein Handy, »drei Uhr am Nachmittag?«

Ich nickte.

»Noch eine Sache.« Er lehnte sich vor, sah mir in die Augen, hob die Augenbrauen. »Sie dürfen das Krankenhaus nicht verlassen. Noch haben Sie keinen Asylstatus, den bekommen Sie erst, wenn wir Sie ins System aufgenommen haben. Ich muss Sie also bitten, hierzubleiben, bis ich Sie später aufsuche.«

Ich nickte erneut, wo sollte ich schon hingehen.

Er lächelte breit und seine Augen blitzten. »Sehr schön. Dann wünsche ich Frau Bernheim gute Besserung und besuche Sie in ein paar Stunden. Bitte füllen Sie die Formulare bis dahin aus.« Er griff erneut meine Hand, schüttelte sie wieder eifrig. »Und noch mal: herzlich willkommen.«

Als er endlich weg war, schob ich mich durch den Vorhang und trat an Noras Bett. Sie war blass, sah aber entspannt aus. Ich legte meine Hand auf ihren Arm.

»Wie war die Fahrt?«

»Nett. Sie waren ganz fürsorglich, haben gleich die Herztöne des Babys abgehört. Mit ihm ist alles in Ordnung.« Sie legte die Hand auf ihren Bauch und lächelte. »Ich glaube, jetzt wird alles gut.«

Auch ich lächelte, betrachtete meine Hand auf ihrer milchweißen Haut. Ich hatte noch Dreck unter den Fingernägeln vom Vergraben der Werkzeuge. Es kam mir vor, als wäre das schon Jahre her, dabei war es heute gewesen. Heute. Unfassbar.

»Hast du die vielen Menschen gesehen?«

Sie lachte kurz auf. »Zum Glück haben sie uns sofort reingelassen.«

»Ja«, sagte ich, aber das Wort schmeckte herb auf meiner Zunge. Ich dachte an die Frau und das Baby, den alten Mann. »Vielleicht kann ich helfen.«

»Du bist doch Zahnärztin.«

»Eine Wunde kann ich nähen.«

Sie griff nach meinem Arm. »Hilf erst mal mir.« Sie lächelte, aber plötzlich war eine Bestimmtheit in ihrem Blick, die ich nicht kannte, oder doch kannte, aber vergessen hatte, weil ich sie so lange nicht gesehen hatte, sicherlich nicht in den letzten Wochen.

Ich löste mich aus ihrem Griff und schob mich durch den Vorhang auf den Gang. Gerade eilte eine Frau in einem Kittel vorbei. Ob sie Ärztin oder Pflegerin war, konnte ich nicht erkennen. »Entschuldigung«, sagte ich. »Könnten Sie ...«

»Es kommt gleich jemand.« Sie sah noch nicht mal von ihrem Tablet auf, als sie an mir vorbeirauschte und hinter einem anderen Vorhang verschwand.

Ich stand noch ein paar Minuten da, blickte den Leuten hinterher, die an mir vorbeigingen, aber ich sprach niemanden mehr an, versuchte höchstens, Blickkontakt herzustellen, aber man wich mir aus. Irgendwann ging ich wieder zu Nora, sagte ihr, dass bald jemand kommen werde, und setzte mich auf einen klapprigen Stuhl neben dem Bett. Ich fühlte mich einsam, musste ununterbrochen an Amal denken, fragte mich, was sie gerade tat, ob es ihr gut ging.

»Ich habe Durst«, sagte Nora schließlich.

Ich sprang auf, dankbar, etwas tun zu dürfen, und wollte gerade durch den Vorhang schlüpfen, als er mit Schwung aufgezogen wurde.

Vor mir stand ein großer Mann, Brille, dunkler Bart, der genauso zusammenzuckte wie ich. Dann lächelte er.

»Da haben Sie mich aber erschreckt.«

Wir sahen uns an, ein Moment der Verbundenheit, dann machte ich Platz und er trat an Noras Bett.

»Frau Bernheim, ich höre, Sie kommen als verfolgte Mutter zu uns.« Er schüttelte den Kopf, während er ihre Hand nahm. »Ich mag mir gar nicht vorstellen, was Sie durchgemacht haben. Sehr mutig von Ihnen, zu fliehen. Und eine gute Wahl, wenn ich das so sagen darf.« Er zwinkerte, fühlte ihren Puls, nickte. »Wir machen jetzt ein paar Untersuchungen, und dann sehen wir weiter, in Ordnung?« Er drehte sich zu mir. »Wenn Sie draußen warten könnten?«

»Sie kann hierbleiben«, sagte Nora, aber ich winkte ab.

»Ich organisiere dir etwas zu trinken und zu essen, okay?«

Sie nickte zögerlich, und ich ging und ließ die beiden allein.

Auf dem Flur blieb ich stehen und sah mich um. Eine Schwester führte gerade die Frau mit dem Kind an mir vorbei. Ich sah ihnen hinterher, bis auch sie hinter einem der vielen Vorhänge verschwanden. Das Kind weinte noch immer lauthals. Erst jetzt fiel mir auf, wie laut es hier war, überall piepsten, pumpten und zischten Maschinen, Menschen redeten energisch aufeinander ein, zwischendrin Schmerzensschreie. Ich sah ein Waschbecken in einer Nische, ging hinüber und drehte das Wasser auf. Eiskalt lief es mir über die Haut, und ich wusch mir den Dreck von den Fingern. Dann trank ich aus der hohlen Hand, spritzte mir etwas Wasser ins Gesicht und trocknete mich mit einem Papiertuch aus einem Spender ab, das sich bei der ersten Berührung aufzulösen begann. Es gab keine Gläser, sonst hätte ich Nora eines gebracht.

Ich lief den Gang auf und ab, von der Tür an einem Ende bis zur Tür am anderen. Einmal musste ich einem Bett ausweichen, dass eilig hinaus in Richtung der Aufzüge geschoben wurde. Ein Arzt beatmete den Patienten. Ich meinte, dass es der fahle Mann war, den ich im Wartezimmer gesehen hatte, aber ich war mir nicht sicher.

Ich fand keine Gläser, nichts zu trinken, nichts zu essen. Also ging ich zum Empfang zurück, wo zwei junge Männer saßen und mit den

Wartenden sprachen. Ein dritter kam, blieb stehen, beugte sich über einen Bildschirm. Ich blieb auf meiner Seite hinter dem Tresen, im Rücken der Männer.

»Entschuldigung«, sagte ich.

Niemand reagierte.

»Entschuldigung!« Etwas lauter.

Immer noch nichts.

»Entsch...«

»Jetzt sagen Sie doch einfach, was Sie wollen!«

Ich wusste nicht, welcher gesprochen hatte, denn keiner drehte sich zu mir um.

»Etwas zu essen und zu trinken?«

»Cafeteria!« Es war der dritte. Jetzt richtete er sich auf und ging an mir vorbei den Gang entlang.

Ich hastete ihm hinterher. »Es ist für eine Patientin.«

»Verpflegung gibts erst bei stationärer Aufnahme.«

»Aber ...«

»Cafeteria.« Er deutete in die entgegengesetzte Richtung.

Ich blieb stehen. Meine Hände fühlten sich sehr schwer an. Der Mann ging weiter im Stechschritt den Gang hinunter und verschwand durch die Glastür. Natürlich, dies war eine Notaufnahme, kein Hotel. Diese Menschen hatten Wichtigeres zu tun, als Noras Hunger zu stillen. Vor allem bei dem Andrang. War es hier immer so geschäftig?

Ich folgte dem Gang, verließ die Notaufnahme und stand in einem tristen Treppenhaus. Ein paar Schilder an der Wand wiesen den Weg. Radiologie, Onkologie, Ausgang, Cafeteria. Ich ließ mich von den Schildern führen, kam an Vorratsräumen, Behandlungszimmern und Büros vorbei. Der Linoleumboden quietschte unter meinen Sohlen. Im Eingangsbereich gab es eine Reihe kleiner Geschäfte, was mich wunderte. Nicht nur Blumen und Süßigkeiten, wie ich es von zu Hause kannte, sondern auch Kleidung, Elektronik, einen Minisupermarkt. Direkt daneben ging es in die Cafeteria. Runde Tische, Schalenstühle aus Plastik, speckig und abgegriffen. Ein paar Menschen saßen hier und tranken Kaffee aus Pappbechern. Hinter der Theke stand niemand, es gab nur ein paar Kühlregale mit abgepackten Sandwiches.

Eines kostete fünf Credits. Getränke gab es nur aus Automaten. Man konnte nur in bar zahlen.

Ich wühlte in meinen Taschen, aber natürlich hatte ich keine WRD-Credits. Wann hätte ich Geld wechseln sollen? Doch ohne Geld kam ich nicht weiter. Kurz fiel mir das Wartezimmer im Krankenhaus auf der anderen Seite der Grenze ein. Kaffee, Wasser und Obst kostenlos. Sogar Schokoriegel. War das erst gestern gewesen? Ich rieb mir die Augen so fest, dass ich für einen Moment nicht klar sehen konnte.

Durch den Eingangsbereich trat ich nach draußen. Die Sonne stand inzwischen hoch am Himmel und wärmte mein Gesicht. Es roch bleiern und staubig. Auch auf dem Krankenhausvorplatz war viel los, überall Menschen mit unklaren Zielen, Autos verstopften die Straße, eine Tram ratterte vorbei. Gegenüber eine Häuserfront, kleine Geschäfte, ein Obstladen, eine Apotheke. Ich blickte die Straße hinunter, sah in der Ferne ein Schild mit der Aufschrift »Bahnhof«. Dort entlang also. Doch zuerst wandte ich mich ab, ging um das Haus herum zum Parkplatz, der noch voller geworden war. Ich musste den Pick-up suchen, fand ihn schließlich und nahm die letzte Flasche Wasser und den letzten Apfel heraus.

Im Wartebereich vor der Notaufnahme hatte sich die Stimmung etwas beruhigt. Voll war es immer noch. Ich schob mich durch die Leute, wollte am Tresen vorbei nach hinten gehen, als einer der Pfleger mich anfuhr.

»Was glauben Sie, was Sie da tun?«

Ich deutete den Gang hinunter. »Meine Freundin ist schon hier. Wir sind mit dem Krankenwagen gekommen.«

Er blickte mich mürrisch an.

»Die Schwangere.«

Er reagierte nicht.

»Nora Bernheim.«

Er starrte mich weiterhin an, doch ich blieb stehen, starrte zurück, bis er widerwillig in seine Unterlagen schaute. Er ließ sich Zeit, nickte irgendwann und ignorierte mich dann einfach.

Als ich an Noras Bett ankam, war der Vorhang leicht aufgezogen und der Arzt war weg.

»Wo warst du?«, fragte sie. Ihr Gesichtsausdruck verriet mir, dass sie sich tatsächlich Sorgen gemacht hatte.

Ich reichte ihr die Flasche Wasser und den Apfel. »Was sagt der Arzt?«

Sie trank gierig, musste wieder zu Atem kommen, als sie abgesetzt hatte.

»Will mich ein paar Tage hierbehalten zur Beobachtung. Aber er meint, es wäre nicht so schlimm. Ich muss mich nur schonen, viel liegen und so.«

»Und wo ist er jetzt?«

»Holt irgendwas. Er wollte über die Kosten sprechen. Ich hab ihm gesagt, dass er mit dir reden soll.« Sie biss herzhaft in den Apfel, mied meinen Blick.

Ich atmete tief ein, dachte an Amal, ihre bedachte Ruhe. Dann setzte ich mich auf den Stuhl neben das Bett, schaute auf meine Hände und hörte zu, wie Nora den Apfel aß. Sie sagte nichts mehr, ließ alles stehen, manifestierte so ihre Realität, und ich spielte mit, wie immer. Denn natürlich hatte sie recht. Ich war diejenige mit dem Geld. Warum diskutieren?

Als der Arzt zurückkam, trug er einen Stapel Papiere bei sich. Er winkte mich zu sich. »Vielleicht sprechen wir hier drüben?«

Wir traten in die Nische, wo das Waschbecken war, und er reichte mir die Papiere. Ich blätterte, erkannte erst auf der dritten Seite, dass es eine Rechnung war. Zehn Seiten lang. Ich sah ihn verwirrt an.

»Dies sind die Kosten, mit denen Sie bei einer stationären Aufnahme Ihrer Freundin rechnen müssen.«

Auf der letzten Seite stand die Zahl. Es waren über 10.000 Credits. Es sah nach viel aus, aber ich kannte die Wechselkurse nicht, konnte nicht sagen, ob es viel oder wenig war. Dass es überhaupt etwas kostete, überraschte mich.

»Aber sie muss nicht operiert werden, richtig? Sie wollen Sie nur beobachten?«

Er nickte. »Mindestens drei Tage. Ich würde auch gerne noch ein paar Untersuchungen machen, um sicherzugehen, dass es doch nichts Gravierenderes ist als das Hämatom. Aber das finden Sie alles hier.«

Ich blickte wieder auf das Papier, dann zu ihm.

Anscheinend sah er an meinem Blick, dass ich nicht verstand, also schlug er noch einmal die letzte Seite auf und deutete auf einen Satz am Ende der Seite. »Fünfzig Prozent zahlbar als Vorschuss, das geht auch in bar. Sie müssen verstehen, dass wir hier nicht kostenlos arbeiten. Und da Sie und Ihre Freundin Geflüchtete sind, verlangen wir einen Vorschuss, um sicherzugehen, dass Sie für die Kosten aufkommen können.«

Ich nickte.

»Wenn Ihre Asylanfrage positiv beantwortet ist, können Sie das Geld von der Einwanderungshilfe zurückbekommen. Oder zumindest einen Teil.«

»Was passiert, wenn ich nicht zahlen kann?«

Er streckte den Rücken. »Dann müssen Sie leider gehen. Aber Ihre Freundin hat natürlich bereits Kosten verursacht. Zumindest für die müssen Sie aufkommen.« Er fuhr mit dem Finger über ein paar Zeilen auf der ersten Seite. Die Zahlen tanzten vor meinen Augen.

Fieberhaft dachte ich nach.

»Mir wurde gesagt, ich dürfte das Krankenhaus nicht verlassen. Und ich habe vor der Einreise kein Geld gewechselt. Ich weiß also nicht, wie ich das organisieren soll.«

»Das müssen Sie mit den Leuten von der Einwanderungshilfe klären. Ich weiß nur, dass mir die Hände gebunden sind. Wenn Sie nicht zahlen, können wir nicht helfen.«

Er machte einen Schritt zurück, schaute mich abwartend an. Wie sagte man im Englischen? Damned if you do, damned if you don't. So ging es also nahtlos weiter: Kaum war ich hier, musste ich die Regeln brechen.

»Ich brauche ein wenig Zeit, bitte.«

Mit einem Ruck nahm er mir die Papiere aus der Hand. »Wie viel?«

»Ich weiß es nicht. Aber ich werde das Geld auftreiben.«

»Wir können Frau Bernheim noch eine, höchstens zwei Stunden hierbehalten. Wenn Sie dann nicht zurück sind und wenigstens die Kosten für die Notaufnahme mitbringen, muss ich die Polizei rufen.« Er ging.

Ich lehnte mich an die Wand hinter mir und schloss die Augen. Meine Glieder schmerzten, ich war unendlich müde, und ich brauchte eine Dusche. Dann ging ich los, blickte kurz nach rechts zu dem Vorhang, hinter dem Nora lag, drehte mich aber dann nach links und verließ das Krankenhaus durch den Haupteingang.

/15/

Aus dem Wagen holte ich die Goldbarren und das Bargeld, das ich zu Hause eingesteckt hatte, verstaute das Gold in meinem Stiefel. Dann folgte ich der Straße Richtung Bahnhof. Obwohl der Bürgersteig voll von Menschen war, ging man sich höflich aus dem Weg. Niemand beachtete mich, niemand sprach mich an. Ich kam an kleinen Geschäften vorbei, Kleidung, Gemüse, Elektrowaren, Tabak. Dazwischen Schnellrestaurants, aus denen es verführerisch duftete. Mein Magen antwortete lautstark.

Ich merkte mir den Weg, auch wenn die vielen Eindrücke auf mich einstürmten. Wie lange war ich nicht mehr in einem Geschäft gewesen? Ich kaufte online, immer. Kleine Läden gab es kaum noch in meiner Heimat, zu hoch die Auflagen für den Energieaufwand. Es war ökologischer, online zu shoppen. Hier hingegen gab es alles, was man brauchte, direkt an der Straße, und wahrscheinlich konnte man überall bar zahlen. Erst jetzt wurde mir bewusst, was für ein Vorteil das für uns war.

Ich kam an einer Bank vorbei, und auf einmal fiel mir meine Kreditkarte ein. Einen Versuch war es wert, also trat ich durch die gläserne Flügeltür in den klimatisierten Vorraum und stellte mich vor einen Geldautomaten. Mit zittrigen Fingern, ob vor Hunger oder Aufregung wusste ich nicht, schob ich die Karte in den Schlitz. Die Maschine fragte sogar höflich nach meiner Pin, aber kaum, dass ich sie eingegeben hatte, ratterte es unschön und das Display sagte: »Ihre Karte wurde eingezogen.« Natürlich hatten die Behörden zu Hause nach Noras Verschwinden eins und eins zusammengezählt, hatten mich als diejenige identifiziert, die ihr bei der Flucht geholfen hatte, und meine Konten gesperrt sowie meine Karten deaktiviert. Sie hatten erstaunlich schnell gehandelt. Beinahe bewunderte ich ihre Effizienz. Wahrscheinlich waren sie sogar schon bei Amal gewesen, hatten sie aus dem Bett geklingelt, falls sie überhaupt geschlafen hatte, und sie ausgefragt. Ich sah es so deutlich vor mir wie eine Fotografie: Menschen in Uniform in unserem Wohnzimmer, Amal im Morgenmantel mit ihrem geflochtenen Zopf, der ihr über die Schulter hing. Mir wurde schlagartig schlecht. Ich hoffte, dass sie nicht für mich gelogen hatte.

Ich marschierte auf den Bahnhof zu, ein breites Gebäude aus rotem Klinker mit einer großen Uhr über dem Eingang, als ich in eine Seitenstraße blickte und mehrere Schilder entdeckte, auf denen »Goldankauf« stand. Endlich. Ich ging an den Läden vorbei, in deren Auslagen Schmuck und Uhren lagen. Feine Drähte im Glas verrieten die Alarmanlagen. Über die Vitrinen hinweg schielte ich auf die Menschen hinter dem Tresen. Keine Ahnung, wonach ich suchte, vielleicht nach einem Anzeichen von Freundlichkeit. Vielleicht glaubte ich, in ihren Gesichtern erkennen zu können, wer mich übers Ohr hauen würde. Schließlich entschied ich mich für einen älteren Herren, der mir freundlich erschien, sich aber als missgelaunt herausstellte und mein Gold nicht annehmen wollte. Im nächsten Laden bot man mir für meine acht Feinunzen nur 10.000 Credits. Eilig überschlug ich im Kopf, erinnerte mich an das, was der Grenzbeamte Schmitt zu mir gesagt hatte. Nicht weniger als zweitausend pro Feinunze. Also lehnte ich ab und ging weiter. Doch in keinem Laden bot man mir mehr als 13.000. Vielleicht sahen sie mir die Verzweiflung an, vielleicht hatte sich der Preis geändert, ich wusste es nicht. Ich wollte standhaft bleiben, mich nicht übervorteilen lassen, doch mit jedem Angebot wuchs die Verzweiflung. Außerdem lief mir die Zeit davon.

Schließlich landete ich im Laden einer älteren Dame, deren rundes Gesicht und Schlupflider auf ostasiatische Vorfahren hindeuteten. Sie trug das ergraute Haar kurz und modisch. Als ich eintrat, klimperte ein Windspiel, und die Frau lächelte mich freundlich an.

Im Laden war es weniger schummrig, als es von außen den Eindruck gemacht hatte. Die Auslagen waren gut sortiert, hier Ketten, dort Armbänder, hier Gold, dort Silber, dazwischen ein paar antiquarische Stücke. Es roch nach Möbelpolitur.

»Wie kann ich helfen, Schätzchen?« Sie lehnte mit dem Ellenbogen auf dem Tresen und sah mich mit offenem Blick an.

Ich drehte mich um, um sicherzugehen, dass wir allein waren, dann bückte ich mich und zog die Goldbarren aus meinem Stiefelschaft. Sie sagte nichts, schaute nur beiläufig auf das Gold, behielt mein Gesicht im Auge. Ich hielt das für ein gutes Zeichen, also trat ich an den Tresen und legte die Barren hin.

»Da braucht wohl jemand Bares, was?« Sie lächelte ermutigend.

Ich nickte.

Sie nahm das Gold in die Hand und legte es auf eine kleine Waage. »Frisch im Land, nicht wahr?«

Ich nickte erneut, obwohl sie mich nicht ansah.

»Bisschen mehr als acht Feinunzen.« Sie untersuchte die Stempel, legte die Barren dann wieder zwischen uns. »Ich kann Ihnen 14.000 dafür geben.«

»Das scheint mir zu wenig zu sein«, sagte ich und versuchte, selbstsicher zu klingen.

Sie wiegte den Kopf hin und her. »Ich weiß nicht, wo das Gold herkommt. Ich trage also auch ein gewisses Risiko. Und, mal ehrlich, Sie werden nirgendwo mehr bekommen, das können Sie mir glauben.«

Ich starrte auf den Barren. Sie hatte recht, niemand hatte mehr geboten. Mit 14.000 Credits konnte ich den Krankenhausaufenthalt bezahlen und mir eine Unterkunft suchen, bis Nora aus dem Krankenhaus kam und das System sich um sie kümmern würde. Bis dahin wollte ich noch an ihrer Seite bleiben. Und wenn sie tatsächlich eine Erstattung für die Krankenhauskosten bekam, wäre sie quasi aus dem Schneider.

Ich zuckte zusammen, als die Frau ihre Hand auf meine legte. »Wissen Sie was, ich gebe Ihnen 15.000, weil Sie aussehen, als könnten Sie es brauchen. Was meinen Sie?«

Auf einmal stiegen mir Tränen in die Augen. Ihre Hand war warm und freundlich, und ich wollte mich an ihre Schulter lehnen und weinen, aber ich schluckte, wischte mir energisch über die Augen und nickte. Wahrscheinlich ließ ich mich hier gerade übers Ohr hauen, aber ich war so müde.

Sie holte eine Kassette aus einem Fach unter dem Tresen hervor und öffnete sie. Während sie Scheine abzählte, fragte ich: »Wechseln Sie auch Geld?«

»Was haben Sie denn?«

Ich holte mein restliches Bargeld heraus.

Sie zog die Brauen hoch, als sie die Scheine sah. Ich bemerkte, dass sie mir kurz auf den Bauch blickte, bevor sie mir in die Augen sah. »Babyflucht?«

»Meine Freundin.«

Sie nickte, nahm das Geld und zählte. »Das macht noch mal 2.563 obendrauf. Hübsches Sümmchen. Da gebe ich Ihnen ein Etui dazu.« Sie holte eine kleine Ledertasche mit Reißverschluss von hinten, verstaute das Geld und reichte es mir. »Viel Glück Ihnen und Ihrer Freundin.« Sie lächelte breit, legte mir noch einmal die Hand auf den Arm, und ich wäre gerne geblieben, hätte mich zu ihr gesetzt und ihr alles erzählt, Kaffee getrunken und geplaudert wie mit einer alten Freundin.

»Danke«, sagte ich und ging.

Auf dem Rückweg kaufte ich mir ein Stück Pizza und ein Handy mit Prepaid-Karte. Ich widerstand dem Bedürfnis, sofort Amal anzurufen, ich musste zurück zum Krankenhaus, bevor jemand bemerkte, dass ich überhaupt weg gewesen war, aber ich ging mit geradem Rücken. Das Geld in meiner Tasche beflügelte mich. Natürlich, das meiste würde für die Krankenhausrechnung draufgehen, aber zumindest konnte ich die Batterie des Pick-ups laden, etwas essen und die dringendsten Probleme lösen. Nur ein paar Tage, dann konnte ich endlich wieder nach Hause fahren. Wir würden es schaffen, da war ich mir sicher.

/16/

Im Krankenhaus ging alles sehr schnell. Sobald ich dem Arzt das Geld in die Hand gedrückt und einen Wisch unterschrieben hatte, wurde Nora in ein Mehrbettzimmer mit fünf anderen Frauen geschoben. Es war eng und laut, drei der Frauen hatten ihre Kinder dabei. Nora schnatterte sofort aufgeregt mir ihrer Bettnachbarin, die begeistert war von der spannenden Fluchtgeschichte und sich bei jedem Satz aufs Neue die Hand vor den Mund hielt. Ein paar Minuten blieb ich stumm an Noras Bett stehen, hörte ihrem Bericht zu. Es klang dramatischer, als ich es erlebt hatte, obwohl sie nicht viel ausschmückte. Dann verließ ich das Zimmer, zog mich in eine Ecke des Flurs zurück, wo ein paar Stühle standen. Es tat gut, zu sitzen. Ich legte das Gesicht in die Hände, schloss die Augen. Ich war unfassbar müde. Dennoch riss ich mich zusammen, wühlte die Unterlagen, die der Grenzbeamte mir in die Hand gedrückt hatte, aus meiner Tasche und begann, sie auszufüllen.

Es waren zwei Anträge auf Asyl, einer für Nora, einer für mich. Ich füllte zuerst Noras aus, musste viele Kästchen frei lassen, weil ich die Informationen nicht hatte: Haftstrafen, Versicherungssituation, Familienmitglieder im Ausland, Vermögenssituation. Auf der letzten Seite gab es nur einen großen Kasten, über dem die Frage stand: »Warum wollen Sie Asyl in der WRD beantragen?«

Ich schrieb nur einen Satz: »Ich bin schwanger und müsste in meiner Heimat mein Kind zur Adoption freigeben.«

Dann kam ich zu meinem Antrag, schrieb meinen Namen und

mein Geburtsdatum in die dafür vorgesehenen Kästchen, stoppte dann aber. Ich wollte kein Asyl beantragen. Ich wollte nicht hierbleiben, ich wollte nach Hause, sobald ich konnte, auch wenn ich dort die Konsequenzen für mein Handeln würde tragen müssen.

Genau das sagte ich Pausch, als er mich eine halbe Stunde später an derselben Stelle im Gang fand. Ich war beinahe eingenickt, obwohl ich mir an einem Automaten einen bitteren Kaffee geholt hatte. Seine übereifrige Stimme riss mich aus meiner Lethargie.

»Frau Frohmut, da sind Sie ja. Ich hatte Sie im Zimmer bei Frau Bernheim vermutet.«

Ich stand auf. Mein Rücken schmerzte. »Es tut mir leid. Ich brauchte etwas Ruhe für die Formulare.« Ich reichte ihm Noras.

Er blätterte es schnell durch, nickte, dann stockte er. »Da ist einiges nicht ausgefüllt.« Er sah mich kurz mahnend an, lächelte dann aber sofort. »Das kann ich Frau Bernheim ja gleich nachtragen lassen. Sie muss sowieso persönlich unterschreiben. Und Ihr Antrag?«

Ich umklammerte die Papiere in meiner Hand. »Um ehrlich zu sein, hatte ich vor, zurückzugehen, sobald Frau Bernheim aus dem Krankenhaus entlassen und irgendwo untergebracht ist.«

Er legte den Kopf schräg wie ein Hund. »Sie wollen kein Asyl beantragen?«

»Eigentlich nicht.« Wieso schämte ich mich?

Wir schauten uns einen Moment an, bis ich seinem Blick auswich.

»Nun, Sie können ohne Antrag nicht bleiben. Sie haben kein Visum, keine Aufenthaltsgenehmigung, nichts. Wenn Sie den Antrag nicht einreichen, muss ich Sie sofort abschieben lassen.«

»Kann ich ein Visum beantragen?«

»Nur in Ihrem Heimatland.«

»Und es gibt keine andere Möglichkeit?«

Er legte die Stirn in Falten. »Nun, ich schlage das nicht gerne vor, aber wenn Sie den Asylantrag ausfüllen und einreichen, dürfen Sie zumindest für die Bearbeitungszeit bleiben. Er wird höchstwahrscheinlich abgelehnt werden, wenn Sie jetzt schon sagen, dass Sie wieder in Ihre Heimat zurückkehren wollen. Und Sie machen uns natürlich unnötige Arbeit, wenn Sie vor dem Entschluss wieder abreisen. Aber

Sie haben eine Heldentat begangen, als Sie Ihre Freundin hergebracht haben. Das sollte belohnt werden. Und vielleicht wären Sie so freundlich, mich zu informieren, wenn Sie das Land verlassen. Dann kann ich unserer Behörde unnötige Arbeit ersparen. Was meinen Sie?«

Ich seufzte. »Gut, ich fülle ihn aus.«

Pausch strahlte mich an. »Ganz wunderbar. Ich gehe schnell zu Frau Bernheim, und dann komme ich wieder. Wissen Sie schon, wo Sie unterkommen werden?«

Ich schüttelte den Kopf. »Gibt es nicht so etwas wie Heime für Geflüchtete?«

»Sie meinen kostenlos?«

»Das wäre meine Hoffnung gewesen.«

»Leider nur für die absoluten Notfälle. Bei dem Andrang heutzutage kann es sich der Staat nicht mehr leisten, alle Geflüchteten kostenlos zu versorgen, vor allem nicht diejenigen, die bereits einiges an finanziellen Mitteln mitbringen. Ich gebe Ihnen die Adresse eines Hotels ganz in der Nähe. Es ist kein Hilton, aber günstig. Dort können Sie unterkommen, bis Sie was Besseres gefunden haben.«

»Was Besseres?«

»Lassen Sie uns nur immer wissen, so Sie wohnen. Falls Sie Ihre Adresse ändern, ohne es uns mitzuteilen, wird Ihr Antrag automatisch abgelehnt. Haben Sie ein Telefon?«

Wie in Trance suchte ich in meinem neuen Smartphone meine eigene Nummer, zeigte sie ihm, als ich sie gefunden hatte. »Was wäre denn, wenn wir kein Geld für das Hotel hätten?«

Er tippte die Nummer sorgfältig in sein eigenes Telefon. »Haben Sie aber doch, oder? Immerhin haben Sie die Anzahlung für die Krankenhausrechnung schon geleistet.« Er blickte auf, zog die Augenbrauen hoch.

»Der Arzt hat gesagt, die wird uns erstattet.«

»Natürlich«, zwitscherte Pausch. »Sobald die Asylanträge bestätigt sind.« Dann schob er sein Handy in die Tasche und drehte sich um. »Bin gleich wieder da.«

Ich lehnte mich in meinem Stuhl zurück. In meinem Kopf hämmerte ein dumpfer Schmerz. Ein Hotel also. Das war vielleicht gar nicht so schlecht. Man hörte Schlimmes von den großen Geflüchtetenlagern um das Mittelmeer. Wenigstens konnten wir hier selbst entscheiden, wo wir wohnten und wohin wir gingen. Eine unerwartete Freiheit. Wir waren selbstbestimmt. Eine gute Sache.

Ich nahm meinen Antrag zur Hand und füllte penibel jedes Feld aus. Einen weiteren tadelnden Blick von Pausch wollte ich mir ersparen. Schließlich setzte ich mit vor Müdigkeit zitternder Hand meine Unterschrift auf das Papier. Es war offiziell: Ich war jetzt eine Geflüchtete.

/17/

Ich ließ den Pick-up auf dem Parkplatz des Krankenhauses stehen, brachte Nora ihre Sachen und lief mit meiner Tasche durch die Straßen des Bahnhofsviertels. Inzwischen war es später Nachmittag, und es schienen noch mehr Menschen unterwegs zu sein als zuvor. Ich registrierte sie kaum, musste meine volle Konzentration dafür aufbringen, den Weg zu finden und mich trotz der Karten-App auf meinem Handy nicht zu verlaufen.

Vor dem Haus stand eine kleine Traube von Menschen. Ich schob mich durch sie hindurch, sah niemandem ins Gesicht und fand mich im winzigen Eingangsbereich des Hotels wieder. Der Tresen war nicht mehr als ein kleines Fenster in der Wand neben der Treppe. Ein breiter Mann mit Halbglatze und knubbeliger Nase saß dahinter und unterhielt sich mit einem zweiten Mann, der neben der Öffnung lehnte. Sie schenkten mir erst Aufmerksamkeit, als ich lautstark meine Tasche auf den Boden fallen ließ und mich räusperte.

»Kann ich helfen?«, sagte der Typ hinter der Öffnung.

Ich warf dem anderen einen fragenden Blick zu. Er hob die Hände und verschwand die Treppe hinauf.

»Herr Pausch von der Einwanderungshilfe schickt mich. Ich brauche ein Zimmer.«

Der Mann grinste schief. »Pausch schon wieder, der eifrige Schweinehund.« Er schüttelte den Kopf, während er auf einen Bildschirm schaute. »Single oder Double?«

»Double.«

Er fragte nicht nach, bat nicht um Identifizierung, ließ mich nichts ausfüllen, schob einfach eine Schlüsselkarte über den Tresen und verlangte die Miete für die erste Woche im Voraus, auch wenn ich sagte, dass wir vielleicht nicht so lange bleiben würden. Siebenhundert Credits. Ich gab ihm das Geld und ging nach oben.

Auf den Fluren saßen und standen Menschen, die Türen zu den Zimmern waren offen und es roch nach Essen. Im zweiten Stock spielten ein paar Kinder Fußball, eines rannte in mich hinein, entschuldigte sich in einer Sprache, die ich nicht verstand. Im vierten Stock ging ich nach rechts, eine Gruppe junger Männer öffnete eine Schneise für mich. Am Ende des Gangs fand ich das Zimmer. Ich musste die Karte mehrmals vor das Schloss halten, bevor die Tür aufsprang. Drinnen warf ich die Tasche auf einen Stuhl, zog mir die Schuhe von den Füßen, ließ mich auf das nächstbeste Bett fallen und schlief sofort ein.

Ein Rumpeln im Nachbarzimmer weckte mich. Laute Stimmen, ob wütend oder spaßend oder betrunken, konnte ich nicht sagen. Ich richtete mich auf, mein Rücken schmerzte immer noch. Draußen war es dunkel geworden. Durch das Fenster sah ich beleuchtete Zimmer im Haus gegenüber, einen Turm in der Ferne. Der Himmel war wolkenverhangen.

Wieder rumpelte es nebenan, eine Tür wurde zugeworfen und die Stimmen entfernten sich. Ich schaltete das Licht an, betrachtete mich im Spiegel. Meine Haare waren zerzaust und auf einer Seite plattgelegen. Ich holte einen Kamm aus meiner Handtasche, kämmte das Haar nach oben und band ein Haargummi darum. Das wirkte ein wenig ordentlicher. Dann packte ich meine Sachen aus, sortierte sie in die Kommode, auf der ein alter Fernseher stand, legte den Seidenschal für meine Haare aufs Kissen, damit ich nicht noch mal ohne Schutz schlief. Ich würde ihn später selbst binden müssen.

Ich sah mich um, suchte nach einer weiteren Aufgabe, einem letzten Teil, das man aufräumen, wegräumen, einräumen konnte, aber es gab nichts mehr. Also griff ich zum Telefon und rief Amal an.

»Babe?«, sagte sie. Ihre Stimme klang wie eine weiche Decke, in die ich mich einrollen wollte.

Ich wollte etwas sagen, doch die Worte blieben mir in der Kehle stecken.

»Bist du da?«

»Ich bin hier«, presste ich heraus, schluckte ein paarmal hastig.

»Bist du in Ordnung?« Kein Vorwurf, keine Wut, nur Mitgefühl. Gott, ich liebte sie.

»Uns geht es gut. Wir sind heil angekommen.«

»Wie habt ihr ...« Sie unterbrach sich. Natürlich würde ich ihr am Telefon keine Details verraten. »Und jetzt?«

»Nora ist zur Sicherheit im Krankenhaus, aber es geht ihr gut. Ich habe ein Hotelzimmer. In ein paar Tagen wird sie entlassen, dann sehen wir weiter.«

Wir schwiegen einen Moment. Ich stellte sie mir vor, wie sie auf dem Sofa saß, der Rücken gegen die Armlehne, die nackten Füße auf dem Sitzkissen, die Knie leicht angewinkelt. Sie saß gerne so. Vielleicht hatte sie gelesen.

»Wie geht es dir?«, fragte ich.

Sie seufzte. »Ich mache mir Sorgen. Die Polizei war natürlich schon da.«

»Du musst ihnen alles sagen, was du weißt. Ich will nicht, dass du Schwierigkeiten bekommst.«

»Ich weiß.« Wieder schwieg sie kurz. »Und ich habe mit Silvy gesprochen. Sie übernimmt die Praxis, bis du wieder da bist. Sie freut sich sogar auf die Arbeit.«

Ich stellte mir vor, wie ich meine Hand an ihre Wangen legte. »Danke dir tausendmal.«

Etwas knackte in der Leitung, und obwohl ich nicht glaubte, dass man uns abhörte, erschreckte es mich.

»Ich muss los.«

»Pass auf dich auf, okay?«

»Natürlich.«

»Ich liebe dich.«

»Ich liebe dich auch.«

Dann legten wir auf.

Meine Handtasche fest unter den Arm gepresst ging ich hinaus.

Auf den Fluren war es stickig, auch wenn jetzt weniger Menschen hier in Gruppen zusammenstanden und sich unterhielten. Man beäugte mich, also beeilte ich mich, rauszukommen.

Auf dem Bürgersteig wollte ich aufatmen, doch die Nachtluft war warm und dick. Sofort begann ich zu schwitzen. Ich blickte die Straße hinauf und hinab, versuchte, mich zu erinnern, von wo ich gekommen war, was ich auf dem Weg gesehen hatte, als ein großer Schatten neben mir stehen blieb.

»Kann ich dir helfen?«

Automatisch machte ich einen Schritt von ihm weg, blickte hinauf in ein dunkles Gesicht, in dem das Weiß der Augen und Zähne freundlich leuchtete.

»Supermarkt?«, fragte ich, räusperte mich und versuchte es noch mal. »Gibt es hier in der Nähe einen Supermarkt?«

»Der hat schon zu.« Er sprach mit Akzent, rollte das R, zog die Vokale in die Länge. »Hast du Hunger?«

Ich nickte.

»Mein Name ist Tulu.« Er streckte mir die Hand entgegen. Sie war groß, lange Finger, ausgeprägte Knöchel. Künstlerhände.

Ich ergriff sie. »Emma.«

Er lächelte noch breiter. »Du bist neu hier, richtig?«

Ich nickte wieder.

»Dann erlaube mir, dich zum Essen einzuladen.«

Tulu führte mich in den dritten Stock, in ein Zimmer, das schräg unter meinem liegen musste. Auch hier gab es zwei Betten. Auf einem saßen zwei Jungs, die Tulu als Buruk und Berhane vorstellte. Allem Anschein nach Zwillinge, etwa sieben Jahre alt. Am Tisch unter dem offenen Fenster saß eine Frau und rührte in einem großen Topf, der auf einer elektrischen Kochplatte stand. Ein krudes Stück, das, so verrieten mir die Schweißperlen auf ihrer Stirn, tatsächlich noch mit Hitze und nicht mit Induktion arbeitete.

»Senait«, sagte sie und reichte mir die Hand.

»Das ist Emma«, verkündete Tulu. »Sie wird mit uns essen.«

Alle lächelten mich an, und ich spürte, wie meine Schultern sich entspannten.

Es gab einen Eintopf mit Linsen und viel Gemüse, dazu Teigfladen. Tulu bot mir sogar ein Bier an, aber ich lehnte ab, kam mir wie ein Schmarotzer vor, doch gleichzeitig schaufelte ich das Essen in mich hinein. Es war köstlich.

Die Familie unterhielt sich auf Deutsch, nur die Kinder rutschten zwischendurch in ihre Muttersprache Amharisch. Wahrscheinlich hatte Senait mein Erstaunen bemerkt, denn irgendwann sagte sie mit einem stolzen Lächeln: »Tulu war Professor für deutsche Sprache und Literatur in Addis Abeba.«

»Und Senait war Professorin für Mathematik«, erwiderte er, nicht weniger stolz.

»Was führt euch dann hierher?«, fragte ich.

»Die Politik«, sagte Tulu. »Wir haben uns für das Anteilssystem in unserem Land eingesetzt.«

Ich ließ meinen Löffel sinken. »Ihr seid für das Anteilssystem?«

»Natürlich«, sagte Senait. »Ehrlich gesagt, verstehe ich nicht, wie man nicht dafür sein kann, wenn man sich die Welt ansieht. Die Dürren, die Überflutungen an den Küsten, die Insektenschwärme, die Ausbeutung der Natur. Die Armut, gerade in Ländern des globalen Südens.« Tulu wollte etwas hinzufügen, doch sie wedelte wild mit der Hand vor seinem Gesicht. »Natürlich ist es komplizierter, es ist immer komplizierter. Aber das Anteilssystem wäre ein Anfang. Eine Selbstermächtigung. Es geht ja nicht nur um das Bevölkerungswachstum, es geht um das Allgemeinwohl, um ein Bewusstsein für die Gemeinschaft und ihre Position in der Natur. Es geht um unsere Ressourcen. Es geht darum, als Menschheit erwachsen zu werden, vernünftig zu handeln, Verantwortung zu übernehmen, sich nicht mehr gängeln zu lassen.«

Sie hatte sich aufgerichtet, gestikulierte wild, und ich konnte sie mir vorstellen vor einer Gruppe von Studierenden, denen sie Wellenfunktionen erklärte. Oder auf einer Kundgebung, auf der sie die Menschen zum Kampf gegen die Regierung mobilisierte.

»Aber unsere Bewegung wurde ausgedörrt«, sagte Tulu. »Wir verloren unsere Arbeit und fanden keine neue. Unsere Namen sind verbrannt, wir sind dort nicht mehr erwünscht.«

»Das tut mir leid«, sagte ich, und ich fühlte es wirklich. Ich stellte mir vor, was sie eingebüßt hatten: Karrieren, wahrscheinlich ein wunderschönes Heim, Freunde, Familie, ein Land, das sie hatten besser machen wollen.

»Wir wollten nicht hierherkommen«, sagte Senait. »Wir wollten ins Nachbarland. Aber vier Anteile, das ist aussichtslos. Unsere Anträge laufen trotzdem noch. Vielleicht klappt es irgendwann.«

»Da komme ich her«, sagte ich, wagte es nicht, aufzublicken. Ich hörte das Raunen, die eingezogene Luft, dann eine Stille. Spürte ihre Blicke auf meiner Haut.

»Wieso bist du gegangen?«, fragte Senait schließlich.

»Meine Freundin ist schwanger geworden, ohne Anteil.«

»Oh.«

Ich blickte auf, lächelte entschuldigend. »Auch unser System hat seine Grenzen.«

Tulu zuckte mit den Schultern. »Natürlich, die hat jedes System. Das macht es nicht schlechter als andere.«

Ich dachte an meinen Großvater, an Louise, an Mo und seine sieben Kinder, an das, was Nora mir über ihren Vater erzählt hatte. Vielleicht hatte Tulu recht, aber es fiel mir schwer, die Übel gegeneinander aufzuwiegen. Wie maß man Noras illegale Schwangerschaft gegen die Klimakrise? Wie wog man den Verlust des Alters gegen den Verlust von Lebensqualität? Wer hatte diese Rechnung aufgemacht?

»Sie hätten ihr das Kind weggenommen«, sagte ich und hoffte auf Senaits und Tulus Entrüstung, doch die beiden sahen mich mit tiefem Gleichmut an.

»Weil sie gegen das Gesetz verstoßen hat. Dank eures Systems ist das einer der wenigen Gründe, die geblieben sind, warum Kinder aus ihren Familien genommen werden. Es gibt keine übermäßige Armut mehr, wegen er Eltern ihre Kinder nicht ausreichend versorgen können, oder nicht?«, sagte Tulu. »Alle Eltern sind gebildet und informiert, werden an jeder Stelle unterstützt, niemand ist mehr so sozial abgehängt, wie es früher der Fall war.«

»Vielleicht.« Es war ein müder Versuch, ich hörte es an meiner Stimme.

»Wie viele Kinder müssen heutzutage noch aus ihren Familien

geholt werden in deinem Land?«, fragte Senait, und ich sah den Kampfgeist in ihrem Gesicht. »Weißt du es?«

Ich schüttelte den Kopf.

»Fünfundneunzig Prozent weniger als vor dem Anteilssystem. Weil die Leute nicht mehr ungewollt schwanger werden. Weil sie informiert genug sind, um zu verstehen, was sie tun. Weil sie nicht mehr arm sind und ihren Kindern das geben können, was sie brauchen. Weil genug Unterstützung vorhanden ist, um allen angemessen zu helfen, die Hilfe brauchen. Ja, die Sache mit deiner Freundin ist schlimm. Aber das System funktioniert. Vielleicht nicht für sie, aber für den Großteil der Menschen.«

Ich lächelte, nickte, schob mir einen weiteren Löffel Eintopf in den Mund. Sie hatte recht, das wusste ich. Noch vor wenigen Wochen hätte ich dasselbe gesagt, hätte mich mit derselben Leidenschaft in jede Diskussion gestürzt. Aber tief in meinem Inneren saß ein Widerstand, hart und kalt und unnachgiebig. Und er ließ sich nicht mehr ignorieren.

/18/

Zwei Tage später holte ich Nora aus dem Krankenhaus. Ich beglich den Rest der horrenden Rechnung, blätterte die Scheine auf den Tisch des Arztes, unterschrieb die Quittung. Er versicherte, Nora und dem Baby gehe es gut, sie solle sich nicht zu sehr anstrengen und ausgewogen essen. Mir trug er auf, eine Woche auf sie aufzupassen, dafür zu sorgen, dass sie sich nicht überanstrengte, und damit hatte ich ein Datum, ein Ziel. Eine Woche, dann konnte ich Nora sich selbst überlassen und endlich nach Hause fahren.

Sie verabschiedete sich herzlich von ihren Zimmernachbarinnen, küsste die Kinder auf die Köpfe und hakte sich dann bei mir unter. Sie lächelte, während wir durch die Krankenhausflure gingen. Sogar auf dem lauten Vorplatz des Krankenhauses lächelte sie, streckte ihr Gesicht in die Sonne und atmete tief ein.

»Du strahlst ja richtig«, sagte ich.

»Der Duft der Freiheit«, antwortete sie, und ihr Anblick ließ auch mich lächeln. Ja, es war nicht hübsch hier, aber wir waren frei.

Ich zeigte ihr das Zimmer, stellte sie Tulu und Senait vor. Sie begegneten ihr reservierter, überspielten das aber mit Freundlichkeit. Senait schenkte Nora ein Öl für ihren Bauch, das gegen Schwangerschaftsstreifen helfen sollte, und die beiden luden uns in den nächsten Tagen oft zum Essen ein. Die Jungs stellten viele Fragen über das Baby in Noras Bauch, legten ihre Ohren auf die kleine Wölbung und flüsterten dem Ungeborenen Geheimnisse zu. Tulu flocht mir die Haare zu Cornrows, damit ich weniger Arbeit mit ihnen haben würde. »Zwei kleine Schwestern«, sagt er lachend bei meinem bewundernden Blick auf seine flinken Finger.

Auch mit den anderen Bewohnern des Hotels knüpfte Nora schnell Kontakt. Bald ging ein junges Paar aus Russland, Sergey und Petja, bei uns ein und aus. Wir kannten die beiden kaum zwei Tage, als ihre Asylanträge angenommen wurden und sie in eine kleine Wohnung in einer anderen Stadt umzogen.

Schnell wurde klar, dass alle Bewohner des Hotels Asylsuchende waren. Sie kamen aus allen Ländern der Welt, flohen vor Krieg, Unterdrückung, Diskriminierung. Doch die meisten waren wegen des Klimas gekommen. Wir lernten eine Familie aus Bangladesch kennen, deren Dorf vom Meer weggefressen worden war. Ein ehemaliger Plantagenarbeiter aus Ghana erzählte von den Dürren, die herrschten, seit die trockenen Winde des Harmattan sich immer weiter nach Süden schoben und immer länger anhielten. Viele Geflüchtete waren aus der Karibik gekommen, weil sie keinen weiteren Hurrikan ertragen konnten.

Wann immer wir erzählten, wo wir herkamen, ernteten wir ähnliche Reaktionen wie von Tulu und Senait. Ungläubig schaute man uns an, wie wir einen solchen Ort hatten verlassen können. Ein Paradies auf Erden, eine vernünftige Gesellschaft, die sich nicht erpressen ließ von der wirtschaftlichen Ideologie des ewigen Wachstums – mehr Produktion, mehr Gewinn, mehr Arbeitskräfte. Immerhin habe dieses Streben nur wenige Menschen reicher und viele ärmer gemacht. Stattdessen praktiziere man in unserer Heimat Wohlstand für alle durch Maßhalten und Verzicht. Wenn die ganze Welt so wäre, sagte immer wieder jemand, dann wären wir alle nicht hier.

Außer Nora und mir. Wenn die ganze Welt so wäre wie unsere Heimat, hätten wir nirgends hingehen können.

Auch wir statteten unser kleines Zimmer aus, kauften einen Minikühlschrank, eine elektrische Kochplatte, ein paar Töpfe, Teller und Besteck. Frisches Gemüse und Obst waren teuer, aber wir besorgten es trotzdem, denn Nora musste sich gesund ernähren. Sie aß viel, wurde immer runder und strahlte jeden Tag ein wenig mehr. Ich konnte den Druck von ihr abblättern sehen. Sie störte sich nicht an der Kargheit des Zimmers, beschwerte sich nicht über nächtlichen Lärm, stattdessen hängte sie bunt bedruckte Tücher an die Wände und sprach ein ernstes Wort mit den jungen Leuten, die nachts betrunken durch die Flure polterten. Sie war offen, freundlich, geduldig. Es erinnerte mich an die Zeit, als meine Mutter gestorben war. Damals hatte sie sich ähnlich verhalten. Und genau wie damals hängte ich mich an ihr Strahlen, ließ mich von ihrer Ruhe einlullen, konzentrierte mich auf ihren Humor und schwamm in ihrer Strömung mit. Sie übernahm das Ruder, entschied, was wir einkauften und kochten und wen wir nach dem Essen zum Kartenspielen trafen. Es tat gut, die Kontrolle abzugeben.

Ich merkte erst, dass ihre gute Laune eine Fassade war, als wir eines Abends im Bett lagen und uns unterhielten. Das Licht war schon aus, nur die vorbeifahrenden Autos warfen wandernde Lichtkegel an die Zimmerdecke. Ich erzählte Nora von Amal, davon, wie sie eines Tages zu mir in die Praxis gekommen war, völlig überflüssigerweise, denn ihre Zähne waren makellos. Sie hatte noch am selben Tag kurz vor Feierabend angerufen und gefragt, ob sie mich auf einen Cocktail einladen dürfe. Wie geehrt ich mich gefühlt hatte, dass, eine Frau wie sie, sich für mich interessierte.

»Sie hat mir den ganzen Abend zugehört, verstehst du? So richtig zugehört. Und sie hat die besten Fragen gestellt.« Vorsichtig zupfte ich mein Seidentuch zurecht. »Sie wollte mich wirklich kennenlernen, und ich sie. Sie hat niemals von mir verlangt, etwas an mir zu ändern. Ich durfte immer einfach ich sein.«

»Das ist wirklich besonders«, flüsterte Nora.

»Na ja«, erwiderte ich und lachte bitter, »jetzt vergelte ich es ihr, indem ich sie alleinlasse und mit meiner lang verschollenen Freundin in ein fremdes Land flüchte. Das hat sie sich sicher anders vorgestellt.«

Das Bett quietschte, als Nora sich auf die Seite drehte. »Glaubst du, sie wird dir verzeihen?«

»Ich kann es nur hoffen.«

Ich malte mir bereits aus, wie ich Amal um Vergebung anflehen würde, als ich Nora weinen hörte. Hastig drehte ich mich zu ihr und legte eine Hand auf ihren Arm.

»Was ist?«

»Es tut mir so leid«, schluchzte sie.

Ich rückte an sie heran, nahm sie in den Arm und sie schmiegte den Kopf an meine Schulter.

»Wenn ich nicht gewesen wäre, dann hättet ihr euer Leben noch, dann wäre alles okay. Ich bringe allen Pech, ich mache allen das Leben schwer. Dir, Steven, Chrissy, deinen Eltern, sogar meinen Eltern.«

»Hey«, erwiderte ich, »deine Eltern haben dich im Stich gelassen, nicht andersrum.«

»Vielleicht hatten sie recht damit. Vielleicht habe ich es verdient, dass alle mich alleinlassen.«

»Das stimmt doch nicht«, sagte ich, aber sie hörte mir gar nicht zu.

»Übermorgen bist auch du wieder weg, und dann muss ich dieses Baby ganz allein auf die Welt bringen, in einem fremden Land, in dem ich niemanden kenne.« Sie weinte jetzt so stark, dass ich sie kaum noch verstand. »Ich weiß nicht, wie ich das schaffen soll, Em, ich weiß es einfach nicht. Wie soll das gehen? Ich weiß nicht, was ich machen soll. Was soll ich machen, Em, was?«

Sie redete und weinte immer weiter, wiederholte ihre letzten Worte wieder und wieder und wurde immer weicher in meinen Armen, während ich sie fest drückte, als müsste ich sie zusammenhalten, als wäre ihr Körper kurz davor, in seine Einzelteile zu zerfallen. Ich streichelte ihr über die Haare, spürte, wie ihre Tränen langsam mein Schlafshirt durchnässten, und schaffte es kaum, meine eigenen Tränen zurückzuhalten, so roh war Noras Schmerz, so echt.

»Schhhhh!«, machte ich und drückte sie noch ein wenig fester. »Schhhhh! Ich lasse dich nicht allein, keine Sorge, ich lasse dich nicht allein. Wir machen das gemeinsam, okay? Wir bringen dieses Baby gemeinsam auf die Welt.«

Erst als ich am nächsten Tag Amal anrief, verstand ich, was ich versprochen hatte.

»Bis zur Geburt also«, sagte sie nüchtern. »Wie lange ist das noch?«

»Viereinhalb Monate.«

Ich hörte ihren rauschenden Atem, stark und gleichmäßig. »Sie hat dich also wieder rumgekriegt?«

»So ist es nicht«, erwiderte ich. »Sie hat niemanden hier. Sie braucht mich.«

»Ich brauche dich!« Sie war laut geworden, und ich zuckte zusammen.

»Es tut mir unendlich leid«, flüsterte ich, schloss die Augen und presste das Telefon gegen mein Ohr.

»Ich weiß«, antwortete sie kühl und seufzte. »Emma, ich werde nicht so tun, als könnte ich dich verstehen, aber ich weiß, dass du mir nicht wehtun willst. Ich verzeihe dir das, wenn du mir eine Sache versprichst.«

»Alles«, sagte ich.

»Wenn dieses Baby auf der Welt ist, dann akzeptierst du, dass du Nora nichts mehr schuldig bist, okay? Dann kommst du nach Hause, und sie wird dich nie wieder zu irgendwas überreden, das du nicht tun willst.«

»Sie hat mich nicht überredet.«

»Stopp!« Sie schnaufte, sprach dann betont langsam weiter. »Du weißt, was ich meine.«

»Ja«, sagte ich.

»Ja, du weißt, was ich meine, oder ja, du versprichst es?«

Unwillkürlich musste ich lächeln. Es hatte keinen Sinn, Amal austricksen zu wollen. »Ja zu beidem.«

Wir wohnten bereits seit zwei Wochen in dem Hotel, als Pausch eines Nachmittags vor unserer Tür stand. Er hatte sein freundlichstes Lächeln aufgelegt, ließ sich von uns hereinbitten und trank den Tee, den wir ihm anboten. Er erkundigte sich nach Noras Gesundheitszustand und lobte die Dekoration, die dem Raum etwas Heimeliges gebe. Im Kopf stolperte ich über das Wort heimelig. Es klang wie aus einem anderen Jahrhundert.

»Jetzt aber zum offiziellen Teil«, sagte er und stellte die Tasse auf der Kommode ab. Er zog eine Mappe aus seiner Tasche und faltete sie auf. »Ihr Antrag, Frau Bernheim, ist angenommen. Sie dürfen in unserem schönen Land bleiben. Hier ist Ihr Ausweis.« Er reichte ihr ein kleines Plastikkärtchen. »Mit dem können Sie sich frei im ganzen

Land bewegen. Tragen Sie ihn immer bei sich und melden Sie sich beim zuständigen Amt, falls Sie umziehen.«

»Wird uns keine Unterbringung gestellt?«, fragte ich.

Er sah mich mit zusammengekniffenen Lippen an. Anscheinend schätzte er die Unterbrechung seines Vortrags nicht. »Leider haben unsere Unterkünfte begrenzte Kapazitäten und sind den Bedürftigsten vorbehalten. Sie haben ja bereits bewiesen, dass Sie einiges an finanziellen Mitteln mitbringen. Ich denke, Sie werden klarkommen.« Er wandte sich wieder Nora zu. »Und außerdem bekommen Sie jetzt Eingliederungshilfe. Dies ist Ihre Bankkarte.« Er reichte ihr ein weiteres Kärtchen. »Wir haben ein Konto für Sie eingerichtet, alle Unterlagen dazu finden Sie hier in der Mappe. Darauf überweisen wir monatlich fünfhundert Credits.« Er strahlte, als er die Summe nannte.

»Das Zimmer kostet schon siebenhundert in der Woche«, fuhr ich dazwischen.

»Dreihundertfünfzig pro Person, wenn ich mich nicht irre.« Er winkte ab, bevor ich antworten konnte. »In der Mappe finden Sie auch eine Liste mit kommerziellen Unterkünften für anerkannte Geflüchtete und Bedürftige. Und sobald Ihr Kind geboren ist, gibt es natürlich auch für ihn oder sie etwas Geld.«

Ich horchte auf, als Pausch die Unterkünfte erwähnte, erinnerte mich an den Grenzbeamten Schmitti. Hatte ich die Telefonnummer noch, die er mir gegeben hatte?

»Was ist mit den Krankenhauskosten?«, fragte Nora beinahe schüchtern, als spräche sie mit einem Lehrer. Ich war dankbar, dass sie sich daran erinnerte.

»Die Krankenhauskosten?«, fragte Pausch und zog die Augenbrauen hoch.

»Sie haben gesagt, die würden erstattet, wenn mein Antrag angenommen wird.«

»Sagte ich das?« Er nahm eine andere Mappe heraus und blätterte darin. Dann nickte er heftig. »Ja, hier haben wir es. Wir können die Kosten nicht erstatten, weil Sie, Frau Frohmut, die Quittungen unterschrieben haben. Offiziell hat Frau Bernheim das Geld gar nicht ausgegeben.«

»Aber es waren ihre Kosten. Sie war doch im Krankenhaus«, erwiderte ich.

Er zuckte mit den Achseln. »So könnte sich ja jeder Gelder erschleichen. Wir müssen schon vorsichtig sein. Es gibt da Regeln, über die ich mich nicht hinwegsetzen kann. Sie verstehen.«

Es fiel mir schwer, mich zurückzuhalten, aber ich atmete langsam ein und aus, starrte den kleinen Mann an, der völlig entspannt vor uns saß. Die fleischgewordene Machtposition.

»Bekommen wir das Geld denn, wenn Emmas Antrag angenommen wird?«, fragte Nora.

Bedächtig wiegte er den Kopf hin und her. »Darüber wollte ich auch noch mit Ihnen beiden reden.« Er sah von Nora zu mir, legte die Stirn in Falten und beugte sich vor. »Es sieht derzeit nicht so aus, als würde Ihr Antrag angenommen werden, Frau Frohmut.«

»Was?«, fragte Nora. Ich hörte ein Zittern in ihrer Stimme, sah sie aber nicht an.

»Frau Frohmut hat klargemacht, dass sie eigentlich nicht hier sein möchte. Sie will in ihr Heimatland zurückkehren. Der Antrag diente ja nur als Übergangslösung.« Er sprach in der dritten Person über mich, als säße ich nicht vor ihm, als wäre ich nur eine theoretische Größe. Dann wendete er sich Nora zu. »Außerdem sind Sie beide nicht verwandt oder verschwägert, sie steht also auch in keiner Beziehung zu dem Kind.«

»Sie ist meine beste Freundin. Ich brauche sie hier«, flüsterte Nora.

»Es tut mir leid, da kann ich leider nichts tun. Sonst könnten die Asylsuchenden ja jeden und seinen Hund mitbringen. Sie verstehen.«

»Ja, ich verstehe«, sagte ich laut. »War's das dann?«

Pausch fuhr herum und blitzte mich an. Er schnaufte, nahm die Mappe und reichte sie Nora. »Hier finden Sie alles, was Sie brauchen. Auf der letzten Seite steht meine Nummer, falls Sie Fragen haben. Und Sie«, dabei sah er wieder mich an, »Sie halten sich besser bereit. Sobald Ihr Antrag offiziell abgelehnt ist, komme ich mit einem Beamten, der Sie zur Grenze bringt. Ist ja zum Glück nicht weit.« Damit stand er auf und marschierte aus dem Zimmer.

Wir standen einen Augenblick stumm da, Nora mit der Mappe in den Händen, ich mit gesenktem Kopf. Ich traute mich nicht, mich zu bewegen, wollte das, was kommen würde, hinauszögern, aber es kam natürlich doch.

»Du hast ihm gesagt, dass du wieder nach Hause willst?« Ihre Stimme zitterte, und ich fürchtete, dass sie gleich zu weinen anfangen würde.

»Es war die Wahrheit. Er hat mir geraten, Asyl zu beantragen, damit ich wenigstens ein paar Tage bleiben kann.«

»Und was sollen wir jetzt machen?« Sie ließ die Mappe auf ihr Bett fallen. »Hättest du nicht lügen können?«

»Es war doch gar nicht nötig, zumindest damals nicht.«

»Aber du hast mir versprochen, zu bleiben.« Sie kam einen Schritt auf mich zu.

»Ich weiß.«

»Oder war das gelogen? Willst du doch nach Hause? Ist es das? Willst du dich abschieben lassen?« Sie musterte mich aus schmalen Augen.

»Nein, natürlich nicht.« Kurz legte ich ihr die Hand auf die Schulter, doch sie schüttelte sie ab. »Nora, wirklich nicht. Ich bleibe hier.«

»Und wie willst du das jetzt noch anstellen?« Ihr Ton war bitter und kalt.

Angestrengt dachte ich nach. »Warte hier.«

Ich stürmte aus dem Zimmer, wühlte mich durch die Körper, die den Flur verstopften, antwortete nicht auf die Grüße, hielt den Kopf gesenkt. Auf der Treppe stolperte ich beinahe über meine eigenen Füße. Das Atmen fiel mir schwer. Sie hatte recht. Ich hatte die Erleichterung gespürt wie eine Welle, als Pausch gesagt hatte, mein Antrag würde abgelehnt. Jetzt schämte ich mich. Dabei lag es nicht in meiner Hand, ich traf hier nicht die Entscheidung. Hätte ich die Wahl, würde ich bleiben, oder nicht? Konnte man mich verurteilen für ein Gefühl?

Auf dem letzten Treppenabsatz blieb ich abrupt stehen. Ich hörte Pauschs Stimme. Er stand außer Sichtweite am Tresen und unterhielt sich mit dem Besitzer, den alle nur Hermann nannten, wie ich inzwischen mitbekommen hatte. Ob das sein Vorname oder Nachname war, wusste ich nicht.

»... musst mir vorher Bescheid sagen, wenn du voll bist, dann schicke ich die Leute woandershin«, sagte Pausch gerade.

Ich drückte mich an die Wand und blieb, wo ich war.

»Darum geht es nicht. Die Letzten konnten nicht zahlen. Haben nachts ihre Sachen gepackt und sind abgehauen. Drei Tage Ausfall. So was ist nicht drin, Pausch. Wenn das die Runde macht, versaut es mir das Geschäft.«

Ich ging ein paar Stufen hinunter und linste um die Ecke. Pausch hatte sich weit durch die Öffnung in der Wand gelehnt, wofür er auf die Zehenspitzen hatte gehen müssen. Seine weißbesockten Fersen waren aus den Slippern gerutscht.

»Keine Sorge, das war sicher nur ein Einzelfall. Ich passe schon auf, dass ich dir vernünftige Leute schicke, die ein bisschen Geld mitbringen.«

Sie verstummten, als ein Bewohner durch die Tür kam. Er war voll bepackt mit Einkaufstüten. Ohne einen weiteren Blick auf die Männer oder mich zu werfen, ging er an uns vorbei. Ein Neuer. Man sah es an seinem Gesicht, am gesenkten Blick, der allumfassenden Verunsicherung.

»Du kannst deinen Verlust von meinen Prozenten abziehen«, sagte Pausch, als der Neue verschwunden war.

»Habe ich schon«, antwortete Hermann und legte einen Umschlag auf den Tresen. Selbst aus der Distanz konnte ich sehen, dass er mit Geldscheinen gefüllt war. »Ich sag dir Bescheid, wenn wieder Zimmer frei werden.«

Hastig steckte Pausch den Umschlag ein. »Tu das. Immer schön, Geschäfte mit dir zu machen. Und vielleicht muss ich die Tage mit Beamten vorbeikommen. Die eine, die die Schwangere begleitet, wird mit Sicherheit abgeschoben.«

»Alles klar«, sagte Hermann ungerührt.

Sie verabschiedeten sich und Pausch ging. Als die Tür hinter ihm ins Schloss gefallen war, hastete ich über den Flur und hinaus auf die Straße. Ich schaute mich schnell um, entdeckte Pausch zu meiner Rechten, wo er gerade in seinen am Straßenrand geparkten Wagen steigen wollte.

»Herr Pausch«, rief ich.

Er drehte sich um. Sein Gesicht verfinsterte sich, als er mich erkannte. »Was kann ich noch für Sie tun, Frau Frohmut?«

»Ich habe meine Meinung geändert. Ich möchte nicht mehr in mein Heimatland zurückkehren.«

»Soso.« Er musterte mich von oben bis unten. »Und woher kommt der plötzliche Sinneswandel?«

Ich schaute mich um, als könnte ich den Grund irgendwo entdecken. »Es ist unmenschlich, was sie meiner Freundin dort angetan hätten. Ich will dieses System nicht mehr unterstützen.«

Er lächelte schwach. »Verzeihen Sie mir, wenn mich das nicht überzeugt.«

Angestrengt presste ich die Lippen aufeinander. »Also gut«, sagte ich schließlich, öffnete meine Tasche und kramte das Lederetui hervor. »Wie viel?«

»Was meinen Sie?«

»Tun Sie nicht so. Ich habe Sie gerade mit Hermann gehört. Wie viel, damit mein Antrag genehmigt wird?«

Er schüttelte entrüstet den Kopf. »Mein Arrangement mit Hermann ist zum Wohle aller Beteiligten. Glauben Sie mir, es gibt weitaus schäbigere Unterkünfte, in denen Sie hätten landen können. Seien Sie besser dankbar für diese Zusammenarbeit. Und was Ihren Antrag betrifft, darauf habe ich keinen Einfluss mehr.«

Wir starrten uns noch einen Moment an, doch mir fiel nichts mehr ein, also wandte ich mich ab und schob das Etui wieder in meine Handtasche.

»Ich kann Ihnen aber vielleicht etwas mehr Zeit verschaffen«, sagte Pausch hinter mir.

Zögernd drehte ich mich ihm wieder zu. »Wie viel Zeit?«

Er zuckte mit den Schultern. »Ein paar Wochen vielleicht.«

»Für wie viel?«

»Tausend.«

»Fünfhundert.«

»Achthundert. Mein letztes Angebot.«

Ich schloss für einen Moment die Augen. »Okay.« Hastig kramte ich das Geld aus der Tasche, reichte es ihm und ging ohne ein weiteres Wort zurück ins Hotel.

Nora lag auf dem Bett, hatte den Fernseher angeschaltet und schaute einen Cartoon. Ich sah sie nicht an, als ich hereinkam. Mit Schwung leerte ich den gesamten Inhalt meiner Handtasche auf meiner Bettdecke aus. Ich wühlte mich durch Taschentücher, vergessenen Lipgloss, Handcremetuben und Quittungen, bis ich den zusammengeknüllten Zettel fand. Ich strich ihn auf meinem Oberschenkel glatt. Die Nummer war noch gut lesbar.

»Was ist los?«, fragte Nora. »Hat Pausch noch was gesagt?«

Ich blickte auf. Sie hatte sich aufgesetzt, den Fernseher ausgeschaltet, was mir nicht aufgefallen war, und sah mich mit großen Augen an.

»Ich habe mir nur ein bisschen Zeit erkauft.«

»Und was jetzt?«

»Wir müssen hier weg«, sagte ich und wählte die Nummer.

/19/

Drei Tage später packten wir unsere Sachen in den Pick-up und verabschiedeten uns von den anderen Bewohnern. Alles, was wir nicht brauchen würden, verschenkten wir. Den Kühlschrank überließen wir dem Neuen, der mir auf der Treppe über den Weg gelaufen war. Die Kochplatten bekam eine kleine Familie aus Palästina. Die Lebensmittel nahmen wir mit, Schmitti hatte gesagt, wir würden sie dort brauchen können.

Ja, die Schwester des Grenzbeamten Schmitt nannte sich Schmitti. Sie war eine fröhliche Frau, klein, breite Schultern, blonde Haare, die ihr bis zum Kinn reichten, was ihr eine beinahe jugendliche Ausstrahlung verlieh. Sie plauderte mit uns, nannte Hermann einen Halsabschneider, sogar in seiner Gegenwart, und half uns, unsere Taschen zum Auto zu tragen. Tulu und Senait begleiteten uns bis zum Parkplatz. Wir tauschten Nummern aus, umarmten uns, und dann ließen Nora und ich uns von Schmitti durch die Stadt lotsen. Sie fuhr mit einem winzigen Elektroauto vor uns her, hupte viel, achtete aber penibel darauf, dass wir ihr folgen konnten, sich niemand zwischen uns schob und wir nicht an plötzlich umschaltenden Ampeln getrennt wurden. Ihre ganze Art beruhigte mich. Es war, als müsste ich nicht mehr alleine auf alles achtgeben.

Wir verließen das Bahnhofsviertel, durchquerten eine Wohngegend, dreistöckige Reihenhäuser, Wohnblöcke, alles nah beieinander, dazwischen Parkplätze. Endlich fiel mir auf, was in dieser Stadt fehlte: Es gab kaum Grün. Hier und da entdeckte ich einen Spielplatz mit Rasenfläche, der vor Kindern überquoll, gelegentlich einen Baum oder Busch in einem Vorgarten. Dafür überall Autos und Menschen und Menschen in Autos. Alles war konstant in Bewegung. Das Auge fand nur wenige Punkte, an denen es sich festhalten konnte. Sobald ich etwas entdeckte, ein interessantes Gesicht, einen Hund, einen Karren mit Obst, war es auch schon wieder im ständigen Auf und Ab der Straße untergegangen. Eine Stadt wie das Meer. Mein Blut rauschte in meinen Ohren.

Wir fuhren sicher anderthalb Stunden durch zähen Verkehr, kamen an hohen Bürotürmen und Einkaufszentren vorbei, bis der kleine Wagen vor uns plötzlich abbog und durch ein schmiedeeisernes Tor auf einen Hof fuhr. Ich folgte, parkte den Pick-up neben Schmittis Auto und stieg aus. Der Hof war auf drei Seiten von Backsteingebäuden eingefasst. Auf einer Seite deuteten große, zweiflügelige Tore auf eine Art Scheune hin, aber der Rest schien bewohnbar. Fenster über drei Stockwerke, darüber ein hohes Giebeldach mit dunkelbraunen Ziegeln. An der Stirnseite führten drei Stufen hinauf zu einer hölzernen Flügeltür, aus der jetzt eine große, hagere Frau trat. Sie trug ein Hemd, bis zum Hals zugeknöpft, einen Rock und eine Schürze, an der sie sich die Hände abwischte. Ich fühlte mich wie im falschen Jahrtausend.

»Schmitti«, rief sie, »bringst du unseren neuen Gast?« Sie hatte einen schweren englischen Akzent.

Schmitti trat vor. »Emma, Nora, das ist Mary. Sie leitet den Laden hier. Wir nennen sie gerne Mother Mary.«

Mary schlug spielerisch mit der flachen Hand gegen Schmittis Arm. »Setz den beiden keine Flausen in den Kopf.« Dann reichte sie uns die Hände. »Herzlich willkommen im Schwangerenhaus Ludwigsfeld. Kommt erst mal rein. Ich mache uns einen Tee.«

Sie führte uns die Stufen hinauf und durch die Tür, Schmitti folgte uns. Drinnen war es kühl und schummrig. Die kleine Eingangshalle war schwarz und weiß gefliest. Eine breite Treppe führte in die oberen Stockwerke. Geradeaus konnte man durch eine verglaste Tür in einen Aufenthaltsraum blicken, Tische und Stühle dicht an dicht. An einem saßen zwei Frauen und unterhielten sich. Auch rechts und links waren Türen. Mary führte uns nach rechts, an ein paar Kammern und kleinen

Zimmern vorbei in eine große Küche, in der ein paar Frauen die Reste vom Frühstück wegräumten. Die meisten waren sichtbar schwanger und bewegten sich behäbig. Neben mir legte Nora eine Hand auf ihren Bauch und nickte den Frauen zu. Sofort fühlte ich mich ausgeschlossen.

Während Mary Tee kochte, erzählte sie uns vom Haus, von seiner Geschichte als Gutshof, als Krankenhaus für Kriegsversehrte im Ersten und als SS-Stützpunkt im Zweiten Weltkrieg. Sie selbst war vor zwanzig Jahren hergekommen wegen einer Liebe, die nicht gehalten hatte, und geblieben, um Gutes zu tun. Sie stellte federleichtes Teegeschirr mit Blumenmuster auf ein silbernes Tablett – Überbleibsel aus alter Zeit, wie sie sagte –, drückte es Schmitti in die Hand und führte uns raus aus der Küche und ans Ende des Ganges, wo sie ihr Büro hatte.

Wir setzten uns um ihren Schreibtisch, der erstaunlich aufgeräumt war. Ihren Laptop stellte sie zur Seite, holte eine Dose mit Plätzchen aus dem Regal, und natürlich griff Nora sofort zu.

»Dann erzählen Sie mal«, sagte Mary, blickte Nora an, doch die kaute demonstrativ und deutete mit der krümeligen Hand auf mich. Hatte sie den Keks nur genommen, um nicht reden zu müssen?

Also erzählte ich von Noras Schwangerschaft, der Blutung, der Flucht, berichtete sogar von ihrer Zeit bei den Freebirthern, worauf sie zustimmendes Nicken erntete. Steven Krauss unterschlug ich, aber ich erzählte von dem Kontakt zum AVZ, dem Bestechungsversuch. Als ich Pausch erwähnte, stöhnte Mary hörbar auf.

»Halsabschneider«, murmelte sie, und ich musste grinsen. Diese beiden Frauen waren mir sympathisch.

Irgendwann kam ich zum Ende, verstummte und nahm einen Schluck Tee, der in dem feinen Porzellan kalt geworden war.

»Nun denn«, sagte Mary und straffte die Schultern. »Jetzt seid ihr hier. Ich erkläre euch mal, wie das hier läuft. Nora bekommt ein Bett, drei Mahlzeiten am Tag und die Vitamine, die sie jetzt braucht. Drei unserer Mitarbeiterinnen sind Hebammen, ein Arzt kommt einmal in der Woche oder bei Notfällen natürlich auch sofort. Wir haben zwei Kreißsäle, gut ausgestattet, zur Not können wir eine Geburt auch sehr gut ohne Arzt durchführen. Allerdings ist das kein Hotel. Wir verlangen einen Unkostenbeitrag von zehn Credits pro Nacht, und alle werdenden Mütter müssen mithelfen und kochen, sauber machen, Wäsche waschen und so weiter. Natürlich nur, sofern sie können. Momentan leben 27 Schwangere hier, du wärst Nummer 28.«

Ich überschlug die Zahlen in meinem Kopf. »Darf ich fragen, Mary, wie Sie sich finanzieren? Die Beiträge reichen doch niemals aus, um alle zu versorgen.«

Sie zwinkerte mir zu. »Sie denken schnell, Emma, das gefällt mir. Dass wir ein kommerzielles Schwangerenhaus sind, heißt lediglich, dass wir keine Gelder vom Staat erhalten. Wir bekommen Unterstützung von ein paar Privatleuten, ohne die wir niemals über die Runden kommen würden.« Sie wandte sich wieder Nora zu. »Sind Sie damit so weit einverstanden?«

Sie nickte »Was ist mit Emma?«

Die drei sahen mich an. »Wenn Sie etwas in der Nähe wüssten, wo ich unterkommen kann, wäre ich dankbar.«

»Du kannst bei mir pennen«, sagte Schmitti.

»Das ist sehr großzügig.«

»Ach was!« Sie machte eine wegwerfende Handbewegung. »Dieselben Konditionen. Wird das gehen?«

Ich überschlug es im Kopf und nickte.

»Sehr gut.« Mary klatschte in die Hände. »Dann zeige ich euch mal alles.«

Sie führte uns durch die Küche in den kleinen Saal, der als Essensraum diente. Runde Tische, die Wände bemalt mit alten Jagdszenen. Durch eine breite Glastür ging es hinaus auf eine Terrasse, dahinter lag ein weiter Garten. Schmitti setzte sich zu zwei Frauen an einen Tisch und ließ uns allein weiterziehen.

Dahinter folgten zwei weitere Säle von ähnlicher Größe. Einer diente als Fernsehraum, der andere als Bibliothek - papierne Bücher bis zur Decke, viele waren wahrscheinlich schon hier gewesen, bevor die Frauen gekommen waren. Oder die Nazis. Oder die Kriegsversehrten. Auch hier bemalte Wände, Wälder, Tiere, Hügel mit Dörfern. Romantische Idylle.

Überall saßen oder gingen Frauen mit unterschiedlich großen Bäuchen. Sie trugen Umstandskleider, Nachthemden, Bademäntel,

Hausschuhe und wirkten entspannt und fröhlich. Uns nickten sie zu, lächelten, suchten unsere Bäuche ab, lächelten etwas mehr, wenn sie Noras Schwangerschaft bemerkten. Mary stellte uns vor, wenn gefragt wurde, erklärte knapp die Regeln: Bücher durften nicht aus der Bibliothek entfernt werden, was im Fernsehen lief, wurde demokratisch entschieden.

Im Seitentrakt waren die Kreißsäle, ein paar Behandlungszimmer, Wäscheraum und die Unterkünfte der Angestellten, die hier wohnten. Das medizinische Equipment war nicht das Neueste, aber ausreichend und gut gepflegt. Die Kreißsäle durften wir nicht betreten wegen der Hygiene, was mir sofort sympathisch war. Ich hatte wenig Ahnung von Gynäkologie außerhalb meiner eigenen Besuche bei meinem Frauenarzt, aber der Anblick der Geräte, Stühle und Schränke voller Medikamente beruhigte mich.

Oben waren die Zimmer. Wir linsten durch offen stehende Türen in helle, ordentliche Räume mit vier oder fünf Betten. Frauen waren keine da, Mary vermutete sie im Garten oder bei ihren Tagespflichten. Es gab ein Gemeinschaftsbad, aus dem warmer Dunst und das Rauschen von Wasser quollen.

Dann bog Mary in ein Zimmer ab und blieb vor einem leeren Bett stehen. »Und das hier ist deins«, sagte sie zu Nora.

Es war ein einfaches Bett, weißer Holzrahmen, helle Bettwäsche mit kleinen blauen Pünktchen. Daneben ein kleiner Nachttisch, eine Kommode. Nora stand beinahe schüchtern da, streckte die Hand aus, zog sie dann wieder zurück. »Das ist hübsch«, murmelte sie.

Mary beugte sich runter und zog einen breiten Kasten unter dem Bett hervor. »Hier ist zusätzlicher Stauraum, und in meinem Büro haben wir einen Safe, falls du etwas einschließen möchtest.«

Während sie weitererklärte, trat ich ans Fenster und blickte hinunter in den Garten. Es war eine Szene wie aus einem Historienfilm. Ein paar Frauen hängten Wäsche auf ein paar lange Leinen, die zwischen zwei Stangen gespannt waren. Unter einer alten Buche saßen ein paar Schwangere auf einer Decke und unterhielten sich, andere kamen mit vollen Körben von einem großen Gewächshaus, das im hinteren Teil des Gartens stand.

»Wieso gibt es dieses Haus eigentlich?«, fragte ich gegen die Scheibe.

»Wie?«

Ich drehte mich um. Nora hatte sich aufs Bett gesetzt, Mary stand vor ihr, doch jetzt sahen beide mich an.

»Wieso gibt es Häuser speziell für Schwangere?«

Die Frau lächelte, strich sich eine graue Strähne aus der Stirn, die sich aus ihrem Haarknoten gelöst hatte. »Sie sind nach der Abspaltung entstanden. Damals gab es eine Welle von schwangeren Frauen, die aus eurem Heimatland hierher geflüchtet sind, und die mussten irgendwo untergebracht werden. Viele Menschen waren stolz darauf, diesen Frauen helfen zu können. Die meisten dieser Häuser sind irgendwann wieder geschlossen worden, als der Andrang nachließ, aber dieses hat sich gehalten. Wir sind eine Anlaufstelle für Schwangere in Not. Manche sind arm, andere haben keine Familien, ein paar sind Geflüchtete wie ihr, wenn auch nicht aus demselben Land. Anteilsflüchtende wie Nora gibt es kaum noch. In meiner Zeit hier bist du die erste.« Sie legte Nora eine Hand auf die Schulter. »Dann leb dich erst mal ein. Komm später zu mir, damit wir den Papierkram erledigen können.«

Ich holte Noras Sachen aus dem Pick-up und trug sie die Treppe hinauf. Das Holz knarzte unter meinen Füßen. Ich war dankbar, niemandem zu begegnen, doch gleichzeitig berührten mich die Stimmen, die aus den Gängen und aus dem Garten zu mir herüberwehten, wärmten etwas in mir, das seit Wochen kalt gewesen war.

Als ich im Zimmer ankam, stand Nora am Fenster und blickte hinab auf dieselbe Szene, die ich vorhin gesehen hatte. Ich warf ihre Taschen aufs Bett und trat neben sie.

»Es wirkt beinahe unecht, findest du nicht?«, fragte ich.

»Du bist so zynisch.«

Ich versteifte mich, schaute sie von der Seite an, doch ihre Miene veränderte sich nicht.

»Sie sehen glücklich aus. Dies ist ein guter Ort, Em. Hier wird es uns gut gehen.« Sie legte einen Arm um meine Taille.

Draußen breitete Schmitti gerade eine weitere Decke unter der Buche aus, und ein paar Schwangere kamen hinzu, setzten sich zu einer

Art Meeting zusammen. Eine hatte ein Buch vor sich und notierte etwas.

»Das denke ich auch«, sagte ich, obwohl ich mir nicht sicher war, ob sie von uns beiden sprach oder nur von sich und dem Baby.

Schmitti lebte in einem Häuschen am Stadtrand, in Laufweite zum Heim. Der kleine Garten war wild und idyllisch, überall Blumen und Beerensträucher. Hinter dem Haus lag ein Feld, der Weizen stand schon hoch. Sie gab mir ein Zimmer im oberen Stock.

»Philipps Zimmer«, sagte sie. »Mein Bruder.«

»Ihr seid hier aufgewachsen?«

Sie nickte, blickte sich um, beinahe stolz.

»Und wo sind eure Eltern?«

»Ausgewandert. Konnten von ihrer Rente hier nicht leben. Sind in Vietnam und lassen es sich gut gehen.«

Schmitti lebte noch in ihrem Kinderzimmer, im ehemaligen Elternschlafzimmer wohnte ein Mann, der Freund einer der werdenden Mütter. Schmitti erzählte, dass sie oft die Angehörigen aufnahm, vor allem wenn sie geflüchtet waren, denn es gab kaum Unterkünfte, die sicher und halbwegs erschwinglich waren.

»So ist das«, sagte sie, während wir in der Küche standen und gemeinsam ein paar Nudeln kochten. »Wenn der Staat nicht liefern kann, dann springen die Kapitalisten ein, und die wollen Geld verdienen.«

»Aber es gibt doch auch gute Kapitalisten«, warf ich ein, »wie den Gönner vom Schwangerenheim.«

Sie schnaufte. »Manchmal kommt er vorbei mit Geschäftspartnern oder reichen Freunden aus Übersee und führt sie durch das Heim, als hätte er es mit seinen eigenen Händen gebaut. Dann tut er so, als würde er jede Frau persönlich kennen. Glaub mir, uns zu finanzieren, tut ihm nicht weh. Wenn er wollte, könnte das Heim doppelt so groß sein.«

Ich betrachtete sie von der Seite, zählte die Piercings in ihrem Ohr. Es waren sieben. Auf dieser Seite. Sie hatte eine Stupsnase, rosige Wangen. Ein Gesicht, hinter dem man keinen solchen Zynismus vermutete.

Zum Essen setzten wir uns in den Garten an einen kleinen Holztisch unter einen Fliederstrauch. Ich hörte einen vereinzelten Vogel. Ein paar Krähen kreisten über dem Feld, ansonsten war es still bis auf gelegentliche Motorengeräusche, wenn ein Auto am Haus vorbeifuhr.

»Also«, sagte Schmitti mit soßenverschmiertem Mund, »erzähl mal was von da drüben. Wie ist das Leben unter dem Zepter des Anteilsystems?«

»Du weißt, dass bei uns alles freiwillig ist, oder? Niemand wird gegen seinen Willen getötet. Und beinahe jeder, der ein Kind kriegen möchte, kann das auch. Sogar Nora hätte die Chance gehabt, nachträglich einen Anteil zu bekommen, wenn sie sich rechtzeitig darum gekümmert hätte.«

Sie wedelte mit dem Zeigefinger. »Aber wenn nicht, hätte sie abtreiben müssen. Das ist schon krass.«

Ich zuckte nur mit den Schultern. »Wir haben uns für dieses System entschieden, und für die allermeisten Menschen bringt es Vorteile. Du kennst ja Hermanns Hotel. So was wäre bei uns nicht möglich. Wenn wir Menschen aufnehmen, dann bekommen sie von Anfang an eine gute Unterkunft und ausreichend Unterstützung.«

Schmitti runzelte die Stirn. »Aber euer Bevölkerungsniveau haltet ihr nur, weil ihr kaum jemanden reinlasst. Ihr schottet euch nach außen ab und holt euch nur die Elite an Geflüchteten und Einwanderern ins Land. Den Rest ignoriert ihr, und der landet dann bei uns.«

»Wir schicken die Leute doch nicht auf die Flucht. Wir sind nicht dafür verantwortlich, dass sie keine Lebensgrundlage mehr haben. Im Gegenteil, mit dem System versuchen wir doch, weniger Ressourcen zu verbrauchen und das Klima weniger zu schädigen.«

»Aber dass ihr mit all eurem Reichtum dem Rest der Welt helfen könntet, interessiert euch nicht, solange euer kleines System funktioniert.«

Ich schnappte nach Luft, doch mir fielen keine passenden Argumente ein. Hieß das, dass ich ihr zustimmte? Langsam ließ ich die Gabel neben den Teller sinken.

Sie schaute mich herausfordernd an, hatte immer noch den Zeigefinger auf mich gerichtet, als wäre ich ein unartiges Kind. Schließlich senkte sie die Hand. »Tut mir leid, ich will nicht streiten. Ihr zwei habt genug durchgemacht. Ich werde manchmal zu leidenschaftlich bei so was, hat schon meine Mutter immer gesagt.«

Sie lächelte, und ich sah die Unsicherheit in ihrem Blick, also lächelte ich zurück, nickte. Meine Gabel ließ ich allerdings liegen.

»Und du und Nora, ihr kennt euch schon seit der Kindheit?«, fragte Schmitti.

»Ja«, antwortete ich knapp.

»Ist wohl eine ziemlich besondere Freundschaft, oder? Du hast wahrscheinlich viel aufgegeben, um sie hierherzubegleiten.«

Eine Wespe landete auf einer Nudel und begann, ein Stück herauszuschneiden. Erst jetzt fiel nur auf, dass sie das erste Insekt war, das ich hier sah.

»Als Kinder waren wir besten Freundinnen«, sagte ich. »Danach nicht mehr. Vor ein paar Monaten kam sie zu mir, weil sie nicht wusste, an wen sie sich wenden sollte.«

Schmitti schob sich ihre letzte Nudel in den Mund. »Cool, dass du ihr geholfen hast.«

Ich nickte, lächelte schwach, griff wieder nach der Gabel, verscheuchte die Wespe und aß pflichtschuldig meinen Teller leer. Ich hörte kaum zu, während Schmitti von ihrer Arbeit erzählte. Stattdessen gingen mir ihre Worte über das Anteilssystem nicht aus dem Kopf. Stimmte es? Ruhten wir uns in unserem wohlhabenden Kokon aus? Gab es eine Verantwortung, der wir nicht nachkamen? Hieß es nicht immer, dass unser System der ganzen Welt diente, dass unser Weg der einzige war, um Verantwortung gegenüber dem Planeten und den kommenden Generationen zu übernehmen? Alles war so kompliziert geworden. Nichts war mehr nur richtig oder falsch, überall taten sich Falltüren auf, und ich wusste nicht mehr, was ich glauben sollte. Alles fühlte sich falsch an.

/20/

Gleich am nächsten Tag gab ich Nora das restliche Geld. So wollte ich sicherstellen, dass sie es hatte, falls Pausch mit seinen Leuten kam, um mich abzuschieben.

»Wer weiß, vielleicht haben wir ja Glück«, sagte sie und legte mir die Hand auf den Arm.

Sie verstaute das Lederetui unter ihrem Bett, und wir tauchten ein in das Leben des Hauses. Schnell sprach sich unsere Geschichte herum, und Nora war praktisch ununterbrochen in Gespräche vertieft, erzählte wieder und wieder, was geschehen war, und wurde schnell zum Mittelpunkt. Wie damals in unserer Jugend scharten sich die Frauen um sie, suchten ihre Nähe. Immer, wenn ich sie besuchte, war sie von Menschen umgeben, und nachdem ich zum zigsten Mal gehört hatte, wie sie todesmutig aus dem Krankenhausfenster gesprungen war, begann ich, mir Aufgaben im Haus zu suchen. Ich half bei der Wäsche, beim Putzen und Kochen, und kam mir dennoch unnütz vor.

Eines Nachmittags fand ich sie im Gewächshaus, in dem sie Unkraut jätete. Sie trug eine Latzhose, hatte sich ein Tuch um ihre honigblonden Haare gebunden und schon eine Schmutzschliere auf der Stirn. Ich bewunderte sie dafür, wie schnell sie ankam, wo auch immer man sie hinbrachte. In meinem Gästezimmer, im Hotel, jetzt hier: Es war, als erspürte sie binnen Minuten, wie sie in diesem Umfeld zu sein hatte, damit sie klarkam.

Sie pflückte eine Tomate von einem Strauch und reichte sie mir. »Probier mal.«

Ich biss hinein. Sie war saftig und süß und schmeckte nach Meer.

»Toll, nicht wahr? Das kommt vom Kaffeesatz, den wir in die Erde tun.«

Wir. Nur ein paar Tage waren vergangen, und sie gehörte schon zu diesen Frauen. Wohin gehörte ich dann? Ich hatte schreckliches Heimweh, und auf einmal fiel mir ein, dass ich Amal noch nicht angerufen hatte, dass sie nicht wusste, wo ich war, wo ich schlief, dass sie die Menschen um mich nicht kannte. Ich würde es heute Abend nachholen.

Mit einem Knarren ging die Tür zum Gewächshaus auf und wir drehten uns um.

»Emma, gut, dass du hier bist.« Es war Mary. »Du bist Zahnärztin, richtig?«

Ich nickte, schluckte das halb gekaute Stück Tomate hinunter, versteckte den Rest der Frucht hinter meinem Rücken.

»Komm bitte mit.«

Sie ging. Schnell drückte ich Nora die Tomate in die Hand und folgte Mary. Mit großen Schritten marschierte sie über die Wiese zum Haupthaus. Schon im Flur konnte ich das Wimmern hören, schwach, aber schmerzerfüllt. Mary schob mich in einen der Behandlungsräume. Auf der Liege saß eine der werdenden Mütter, eine junge Frau, vielleicht zwanzig Jahre alt. Ihr Bäuchlein hob sich nur leicht unter dem Sommerkleid ab. Sie hielt sich die Wange.

Sofort setzte der Ärztinnenmodus ein.

»Mein Name ist Emma, ich bin Zahnärztin.« Ich schob eine der Hebammen zur Seite, reichte dem Mädchen die Hand und lächelte warm.

»Karla.« Ihr Händedruck war schwach, sie sprach dumpf, versuchte, den Kiefer nicht zu bewegen. Es musste schlimm sein.

»Gut, Karla. Wie lange haben Sie die Schmerzen schon?«

»So richtig erst seit heute Morgen.« Beim Sprechen traten ihr Tränen in die Augen. »Ein bisschen merke ich es schon länger.«

»Wie lange ungefähr?«

Sie zuckte mit den Achseln. »Drei Wochen vielleicht?«

Ich blickte mich um. Natürlich gab es hier keinen richtigen Zahnarztstuhl, aber an der Decke war ein großes Licht mit langem

Schwenkarm angebracht. Ich zog es über die junge Frau. »Legen Sie sich bitte mal hin.« Ich schob ihr ein paar Kissen unter Kopf und Nacken. »Und jetzt weit aufmachen.«

Sie zögerte, fürchtete sich vor noch mehr Schmerzen, was ich ihr nicht verdenken konnte. Ich hatte meinen Beruf gewählt, weil ich keine schlimmeren Schmerzen als echte Zahnschmerzen kannte. Wie ein glühender Stachel im Kopf.

»Machen Sie sich keine Sorgen, ich werde sehr vorsichtig sein.«

Langsam öffnete sie den Mund. Der dritte Backenzahn war kariös, das Zahnfleisch darum rot und geschwollen. Mit Sicherheit eine Wurzelentzündung. Es wunderte mich, dass sie nicht schon viel früher starke Schmerzen gehabt hatte. Ich sah mich ein bisschen in ihrem Mund um, hier und da ein wenig Karies, viel Zahnstein. Sie war seit Jahren nicht mehr bei einem Zahnarzt gewesen.

»Sie können wieder zumachen.« Ich zog mir einen Stuhl heran und setzte mich neben sie. »Karla, Sie haben da einen ziemlich entzündeten Zahn. Sie sollten ganz schnell in eine Praxis gehen und sich behandeln lassen.«

»Dafür habe ich nicht das Geld«, sagte sie. Wieder traten ihr Tränen in die Augen.

Ich spürte eine Hand auf meiner Schulter. »Emma, auf ein Wort.«

Mary führte mich auf den Flur. »Ich hatte gehofft, du könntest sie hier behandeln.«

Ich legte den Kopf schräg, vermutete einen Scherz. »Ich habe doch gar keine Instrumente.«

»Wir haben ein bisschen was.«

»Für eine Wurzelbehandlung?«

Sie zuckte mit den Schultern. »Karla ist nicht versichert, und Zahnärzte sind unfassbar teuer. Außerdem müsste sie ewig auf einen Termin warten.«

»Bei den Schmerzen?«

Wieder zuckte sie mit dem Schultern, schaute mich beinahe entschuldigend an.

Einen Moment lang wehrte ich mich, dann gab ich nach. »Zeig mir, was ihr habt.«

Wir gaben Karla eine Tablette gegen die Schmerzen und schickten sie in den Garten, während Mary, die Hebamme und ich die Behandlungsräume durchforsteten. Es gab ein Absauggerät, das wir benutzen konnten, eine Menge Handinstrumente, Wattebausche und krudes Werkzeug. Natürlich fanden wir keinen Bohrer, kein Lasergerät zum Abtöten des Nervs, keine Füllstoffe und selbstverständlich keinen 3D-Drucker.

»So kann ich keine Wurzelbehandlung durchführen«, sagte ich, als auch die letzte Schublade durchwühlt war.

Mary setzte sich mit einem Seufzen auf die Behandlungsliege. »Kannst du irgendwas für sie tun? Den Zahn ziehen?«

»Das ist doch gar nicht nötig«, erwiderte ich. »Mit einer guten Wurzelbehandlung kann sie den Zahn behalten. Wenn ich ihn ziehe, kann ich keinen Ersatz anfertigen.«

Die beiden Frauen schwiegen, sahen sich an, dann mich.

»Sie hat starke Schmerzen«, sagte Mary.

Wo war ich nur gelandet?

»Ich brauche ein örtliches Betäubungsmittel, die feinste Kanüle, die ihr habt, das Absauggerät, Wattebausche, Nadel und Faden, Antibiotika und ... eine Zange.«

Die Prozedur war rabiat und blutig, die Zange eigentlich zu groß, weswegen ich wieder und wieder ansetzen und den richtigen Winkel finden musste, um die anderen Zähne nicht zu beschädigen. Zum Glück wirkten Schmerz- und Betäubungsmittel so gut, dass Karla mitmachte, sich nicht wehrte und auch das Nähen gut aushielt. Danach bedankte sie sich, während ich den Impuls niederkämpfte, mich bei ihr zu entschuldigen.

Gemeinsam mit der Hebamme reinigte ich den Raum. Ihren Namen hatte ich inzwischen aufgeschnappt: Berit. Sie war sicher über siebzig, hatte das dunkelgraue Haar raspelkurz rasiert, was ihr ein apartes Aussehen verlieh. Ihre Kleidung war praktisch und sportlich, und trotz ihres Alters arbeitete sie flink und routiniert. Nach kaum zehn Minuten blitzte der Raum, während die Desinfektionsmaschine leise brummte.

»Das hast du gut gemacht«, sagte Berit, als wir gemeinsam an der Tür standen und auf unser Werk blickten.

»Fühlt sich nicht so an.«

Sie legte mir die Hand auf den Arm und drückte leicht zu. »Wir tun, was wir können.« Ihr Lächeln war warm und beruhigend. »Du bist eine gute Ärztin. Für die Umstände hier kannst du nichts. Geh uns zur Hand, solange du hier bist. Wir können jede Hilfe gebrauchen. Und einen Blutdruck kannst du auch als Zahnärztin messen, oder?« Sie zwinkerte.

Ich musste lachen. »Das kriege ich hin.«

Den Rest des Tages verbrachte ich im Behandlungszimmer, hörte mir die Wehwehchen der Frauen an, verband kleine Verletzungen, gab hier und da eine Spritze und verteilte Cremes und Tabletten. Es schien, dass jede einzelne Bewohnerin vorbeikam, um die neue Ärztin zu begutachten. Die Geschichte über unsere Flucht hatte sich herumgesprochen, sicher hatte Nora ihren Teil dazu beigetragen, und immer wieder sagte eine der Frauen, ich solle mir keine Sorgen machen, man würde mich schon nicht abschieben, sicher würde mein Antrag doch noch genehmigt. Ich lächelte pflichtschuldig, lenkte das Thema schnell wieder auf die Beschwerde und gab auch denen, die ganz klar nur vorgetäuscht hatten, den Hinweis mit, sie zu schonen. Berit erschien zwischendurch immer mal wieder in der Tür, fragte, ob ich Hilfe bräuchte, zeigte mir das System in den Schränken und Schubladen und ließ mich wissen, welche Frauen welche Vorerkrankungen hatten. Sie war kompetent, angenehm im Umgang und kannte sich gut aus.

»Du hast ein wirklich breites Fachwissen«, sagte ich Berit in einer ruhigen Minute. Wir hatten uns einen Kaffee geholt und saßen im Hof unter dem offenen Fenster des Behandlungszimmers, damit wir hören konnten, falls jemand kam. »Ich als Zahnärztin kenne mich kaum mit den anderen Gebieten aus.«

»Ich war vor vielen Jahren Schwester in einem kleinen Krankenhaus in der Provinz. Ein reichlich unterfinanziertes Haus. Da mussten auch wir Pflegekräfte mehr leisten, als unsere Ausbildung eigentlich vorsieht.«

Ich nickte. »Seit wann bist du hier?«

»Seit beinahe fünfzehn Jahren. Mary hat mich hergeholt. Ist eine tolle Sache hier, da helfe ich gerne.«

Sie hatte recht, es war eine tolle Sache. Ich streckte das Gesicht in die Sonne, lauschte den Frauen, deren Stimmen über das Haus hinweg leise zu uns in den Hof drangen. Ansonsten war es ruhig, und ich fühlte mich angenehm erschöpft nach einem Tag getaner Arbeit. Immer noch nagte die Erinnerung an die steinzeitlichen Zahn-OP an mir, aber ich merkte gleichzeitig, wie gut es tat, helfen zu können auf eine so direkte und unmissverständliche Weise.

»Deine Freundin«, fragte Berit, »wird sie klarkommen, wenn du weg bist?«

Ich hielt das Gesicht Richtung Sonne gestreckt. »Ist das nicht etwas, das ich dich fragen müsste?«

Ich hörte sie leise kichern. »Du kennst sie besser. Wir können uns eine Zeit lang um sie kümmern, aber irgendwann wird sie auf eigenen Beinen stehen müssen. Wird sie das schaffen?«

Ich seufzte, senkte den Kopf. »Wie hast du noch gesagt? Wir tun, was wir können. Wenn sie mich abschieben wollen, kann ich das nicht verhindern. Und sobald das Kind da ist, gehe ich zurück, so ist die Abmachung.«

Berit nickte, sah mich nicht an, sondern ließ den Blick über den Hof schweifen. »Das mag sein. Aber wirst du ohne Sorge gehen können?«

»Mit Nora befreundet zu sein, heißt, sich Sorgen um sie zu machen. Immer.«

Jetzt blickte sie mich an, öffnete schon den Mund, doch da hörten wir Schritte im Zimmer hinter uns.

»Hallo?«

Ich stand auf, blickte durchs Fenster und winkte der Frau zu, die unschlüssig in der Tür stand. »Bin sofort da.«

Berit streckte mir bereits die Hand hin, um mir die Kaffeetasse abzunehmen. Ich reichte sie ihr.

»Danke«, sagte ich.

Sie lächelte nur, nickte, und ich ging hinein.

/21/

Auch in den nächsten Tagen machte ich mich im Krankenzimmer nützlich, half in der Küche, wenn es niemanden zu behandeln gab, und verbrachte Zeit mit Nora, die einen beinahe unheimlichen inneren Frieden ausstrahlte. Wann immer ich auf meine drohende Abschiebung zu sprechen kam, wiegelte sie ab, lächelte selig und versicherte mir, dass alles gut gehen werde. Ihre unverrückbare Zuversicht frustrierte mich. Ich wollte mich versichern, dass sie ohne mich okay sein würde, dass sie die Situation verstand, Pläne für die Zukunft machte, aber sie wich aus.

»Man muss die Dinge auf sich zukommen lassen, den Moment genießen. Entspann dich! Alles ist gut«, sagte sie mir dann, und ihr sonnengebräuntes Gesicht leuchtete unter ihren honigblonden Haaren.

Sie ließ keinen Widerspruch zu, unterbrach all meine Sorgen und widmete sich pflichtbewusst ihrer Arbeit im Haus. Das seien die Hormone, sagte Schmitti, aber das änderte nichts daran, dass es keinen Plan gab. Nora hatte noch etwas Geld in ihrem Bettkasten, aber das würde ihr nicht ewig helfen.

Und dann tauchte Pausch tatsächlich auf. Wir hatten ihm unseren Aufenthaltsort natürlich mitgeteilt, wie es unsere Pflicht war, und so kam er mit zwei Beamten in Uniform, zwei Frauen, die sich stumm im Hintergrund hielten. Ich bemerkte erst, dass er im Gebäude war, als ich mit einem Korb Wäsche ins obere Stockwerk ging, um ein paar Betten frisch zu beziehen. Seine triefend freundliche Stimme wehte den Flur hinunter und traf mich wie ein Faustschlag. Leise schlich ich die restlichen Stufen hinauf und linste um die Ecke den Flur hinab. Er ging von

Zimmer zu Zimmer, die beiden Polizistinnen im Schlepptau, spähte durch die Türen und rief meinen Namen. Vor Noras Zimmer blieb er stehen.

»Frau Bernheim«, sagte er beinahe euphorisch. »Wie schön, Sie zu sehen.«

Er betrat das Zimmer, die beiden Frauen hinterher. Ich seufzte, umfasste den Korb etwas fester. Nun war es also so weit. Das unsichtbare Gewicht, das ich seit Wochen mit mir herumtrug, rutschte langsam von meinen Schultern. Das Warten hatte endlich ein Ende. Entschlossen ging ich den Flur hinunter, doch ein paar Schritte von der Tür entfernt blieb ich stehen.

»Sie ist nicht mehr hier«, sagte Nora.

Meine Glieder versteiften sich.

»Was meinen Sie damit, nicht mehr hier?« Pausch klang aufgebracht.

»Sie ist nach Hause gefahren. Schon vor ein paar Tagen. Sie hat gesagt, sie wolle nicht darauf warten, wie eine Kriminelle abgeschoben zu werden.«

Er schnaufte. »Und wieso ist ihr Grenzübertritt nicht gemeldet worden?«

»Das kann ich Ihnen nicht sagen.«

Mein Gehirn protestierte, wollte meinen Körper mit aller Gewalt nach vorne schieben, wollte durch die Tür gehen, Nora Lügen strafen und endlich nach Hause gehen. Doch meine Füße machten ein paar leise Schritte rückwärts.

»Und Sie sind sich sicher, dass Frau Frohmut gefahren ist? Dass sie nach Hause wollte?«

»Das hat sie Ihnen doch auch gesagt, oder nicht? Dass sie wieder nach Hause will? Sie hat sich verabschiedet, hat mir all ihr Geld dagelassen und ist weggefahren. Mehr weiß ich auch nicht.«

In meinem Kopf spielte sich die Szene ab wie ein Film, eine alternative Realität, in der ich jetzt wieder auf meiner Couch saß und meiner Frau erzählte, was ich erlebt hatte. So überzeugend klang Nora, dass ich beinahe selbst daran glaubte.

»Aber das muss sie uns doch mitteilen«, protestierte Pausch.

»Hatten Sie ihr das gesagt?« Sie war wirklich gut.

Ich glitt leise ins nächste Zimmer und schob mich mitsamt Wäschekorb in den kleinen Spalt hinter der Tür. Von hier konnte ich die Stimmen hören, aber nicht mehr verstehen, was sie sagten. Es ging noch ein paarmal hin und her, dann hörte ich Schritte, sah drei Schatten im Flur vorbeigehen.

»Und diese Pfosten von der Grenzpolizei können sich auf was gefasst machen«, maulte Pausch. Die Frauen schwiegen, und ich wagte es nicht, zu atmen.

Dann knarzten die Stufen, als der Trupp eilig hinablief. Kaum eine halbe Minute später heulte der Motor auf, und mit spritzendem Kies fuhren sie davon. Vorsichtig trat ich ans Fenster und sah dabei zu, wie das Auto den Hof verließ.

Endlich traute ich mich wieder, zu atmen, blieb aber stehen, wo ich war. Meine Hände schwitzten, ich wischte sie mir an der Hose ab, und mein Herz hämmerte in der Brust. Pausch würde sicherlich wiederkommen, sagte ich mir. Nur aufgeschoben, alles nur aufgeschoben. Er würde Noras Aussage prüfen, mit der Grenzkontrolle sprechen, und spätestens dann würde er wieder hier aufschlagen. Aufgeschoben. Doch ich konnte mich immer noch nicht bewegen, drückten den Rücken gegen die kühle Wand und bemühte mich, die Stimme in meinem Kopf zu ignorieren, die mich fragte, wieso ich hier stand.

Ein paar Minuten später hörte ich, wie Nora das Zimmer verließ. Dann erklang das Rauschen der Dusche im Gemeinschaftsbad. Endlich entspannte ich mich wieder ein wenig und trat hinter der Tür hervor und begann, eines der Betten im Zimmer frisch zu beziehen. Als kurz darauf wieder eilige Schritte die Treppe heraufkamen, zuckte ich nicht zusammen, war vorbereitet auf alles, was kommen konnte.

»Emma?« Es war Mary, die den Flur hinunterrief.

Ich antwortete nicht, lauschte ihren näher kommenden Schritten, während ich ein Kissen in einen frischen Bezug stopfte. In der Zimmertür blieb sie stehen.

»Emma, hier bist du.« Sie klang außer Atem. »Ich habe dich überall gesucht.«

»Was ist denn los?«

»Ich dachte, ich hätte Pausch im Hof gesehen. Hatte schon befürchtet, er wäre gekommen, um dich zu holen.«

Ich zuckte die Schultern und arbeitete weiter. »Hab ihn nicht gesehen. Vielleicht hast du dich geirrt?«

Sie starrte mich an, kam auf mich zu, legte mir die Hand auf die Schulter, als müsste sie sich vergewissern, dass ich wirklich da war. Ich hielt inne, und wir sahen uns einen Moment an. »Dann ist ja gut«, sagte sie, drehte sich um und ging.

Mit Nora sprach ich nicht über das, was ich gehört hatte, aber ich kaufte mir am nächsten Tag ein neues Telefon und gab ihr meines. Sie würde sowieso eines brauchen, sagte ich ihr und kämpfte die Stimme nieder, die unerbittlich wissen wollte, wieso ich nicht Nora das neue Telefon gab und das alte behielt. Das, mit dem ich Pausch schon angerufen hatte. Das, dessen Nummer er kannte.

Und ich ließ den Pick-up meines Vaters mit einer Folie bekleben, um das auffällige Grün zu verbergen. Es war reines Glück gewesen, dass er an dem Tag von Pauschs Besuch nicht im Hof des Schwangerenhauses gestanden hatte, weil ich zu Fuß gekommen war. Jetzt war der Wagen silbergrau – die unauffälligste Farbe, wie ich mir versichern ließ – und blieb meistens in Schmittis Einfahrt stehen. Er war immer noch ein ungewöhnliches Fahrzeug, aber ich hoffte, dass die Polizei Besseres zu tun hatte, als nach ihm zu suchen. Und das würde sie sowieso nur tun, falls Pausch herausfand, dass ich noch im Land war.

Dennoch wartete ich jeden Tag auf seine Rückkehr, hielt meine Dinge einpackbereit, scherzte mit Schmitti und Mary, dass meine Akte wohl verloren gegangen war, wenn man sich so lange Zeit ließ mit meinem Antrag. Dasselbe erzählte ich auch Amal, wenn ich sie anrief.

»Du musst nicht darauf warten, abgeschoben zu werden«, sagte sie. »Du kannst jederzeit nach Hause kommen. Dein Vater ist schon dabei, alles zu regeln. Du musst also keine Angst haben.«

»Ich habe es Nora versprochen«, erwiderte ich. »Bis zur Geburt. Sie weiß noch nicht, wie es danach weitergehen soll. Sie braucht mich noch.«

Amal seufzte, sparte sich, all die Dinge zu sagen, die sie schon gesagt hatte: dass ich Nora nichts schuldete, dass ich schon genug getan hätte, dass sie lernen müsse, auf eigenen Füßen zu stehen. Wir hatten diese Unterhaltung bereits geführt, und sie hatte uns nicht an ein Ziel gebracht.

»Wann immer du bereit bist oder keine Wahl mehr hast«, sagte sie stattdessen, »du kannst immer nach Hause kommen.«

Die Wochen zogen dahin, der Sommer brach mit seiner vollen Hitze über uns herein und dörrte die Wiese hinter dem Haus aus, doch Pausch tauchte nicht auf. Eine der Frauen bekam ihr Kind und verließ das Haus ein paar Tage später, zwei neue zogen ein. Man gewöhnte sich an meine Anwesenheit im Behandlungszimmer. Mary entschuldigte sich wieder und wieder, dass sie mich nicht bezahlen konnte, aber ich winkte ab. Ohne die richtigen Instrumente konnte ich sowieso nicht viel machen außer Blutdruck messen und Pillen verteilen. Doch es machte mich zunehmend mürbe, die Frauen mit Karies und Zahnstein wegschicken zu müssen.

»Ich warte nur darauf, dass der Zahn so schlecht wird, dass ich ihn ziehen kann«, sagte ich eines Nachmittags zu Schmitti und Nora, mit denen ich auf einer Decke unter der großen Buche im Garten saß, um der Julihitze zu entkommen. Ich hatte gerade eine Bewohnerin untersucht und ärgerte mich, dass ich ihr nicht helfen konnte. Sie war noch jung und der betroffene Zahn lag weit vorne. Wenn ich ihn zöge, würde es eine sichtbare Zahnlücke geben. Sie fürchtete sich sehr davor.

Noras Bauch war zu einer beachtlichen Kugel angewachsen, und sie musste jetzt häufiger Pausen machen. Sie saß an den Stamm gelehnt, spürte mit der einen Hand den Bewegungen des Kindes nach und hörte mir stumm zu. Vielleicht sah sie mich auch nur an und bekam nicht mit, was ich sagte. So war es öfter gewesen in letzter Zeit.

»Und es gibt nichts bei uns, das du für eine Zahnbehandlung benutzen könntest?«, fragte Schmitti.

Ich schüttelte den Kopf. »Wir haben alles durchwühlt. Das sind ziemlich spezielle Instrumente.«

Sie legte den Kopf schräg. »Ich kenne jemanden, der mit gebrauchtem medizinischem Kram handelt. Du solltest nicht fragen, wo er das Zeug herhat, aber vielleicht ist was dabei, das du brauchen kannst.«

Ich lächelte sie an. »Ganz lieb, aber das kann ich mir nicht leisten. Und wer weiß, wie lange ich überhaupt noch hier bin.«

Nora schnaufte und drehte den Kopf weg.

»Was?«, fragte ich.

»Pausch kommt nicht wieder.«

Ich richtete mich auf, rückte ein kleines bisschen weg von ihr. Wir hatten nie über seinen Besuch gesprochen, also mimte ich die Ahnungslose. »Woher willst du das wissen?«

Jetzt sah sie mich an. Etwas Gönnerhaftes lag in ihrem Blick. »Vertrau mir einfach.«

Schmitti stahl sich mit einem kurzen Seitenblick davon und ließ uns allein. Gerne hätte ich sie aufgehalten, aber ich ließ sie gehen. Stattdessen schob ich meine Knie unter mich, machte mich größer, doch es schien Nora nicht zu beeindrucken.

»Ich habe dafür gesorgt, dass er glaubt, dass du gar nicht mehr im Land bist. Du bleibst also hier, Emma«, sagte sie und verzog die Mundwinkel zu einem Lächeln. »Du hast vielleicht deine Taschen gepackt, aber du bist immer noch hier. Du hoffst, dass jemand dich zwingt, zu gehen, aber von allein tust du es nicht. Und was sagt dir das?«

Sie wartete tatsächlich auf eine Antwort, sah mit einem Blick zu mir auf, der freundlich und warm wirken sollte, doch ich entdeckte noch etwas anderes in ihm. Überlegenheit vielleicht. Oder Mitleid.

»Du willst nicht weg. Tief in deinem Inneren willst du bleiben. Sonst wärst du schon längst gegangen. Du schämst dich nur, es zuzugeben.«

Sie beugte sich vor, legte ihre Hand auf meine. Ich widerstand dem Impuls, meinen Arm wegzuziehen.

»Ich meine das nicht böse. Du weißt, ich bin immer auf deiner Seite. Ich schaue einfach nur genau zu, und es heißt doch, Taten sagen mehr als Worte. Du bist noch hier, obwohl du gehen könntest.«

»Ich habe dir versprochen, zu bleiben, bis das Baby da ist. Glaubst du, ich würde meine Versprechen brechen?«

»Natürlich nicht.« Ihre Stimme klang warm und beruhigend. »Aber bis dahin sind es noch drei Monate. Nimm das Geld für das Equipment. Du willst doch richtig arbeiten können, oder nicht?«

Irgendetwas hatte sich gedreht. Diese Nora hatte nichts mehr von der verunsicherten, bedürftigen Frau, die vor meiner Tür gestanden hatte. Ich hatte alles geregelt, hatte das Zepter in die Hand genommen, doch in diesem Moment fühlte ich mich machtlos. Und eigentlich tat ich das schon seit Wochen, vielleicht Monaten. Nora kam mir fremd vor, obwohl ich mich an genau solche Momente erinnerte. »Du magst dieses Mädchen gar nicht, sonst wärst du auf ihre Party gegangen.« »Je häufiger du sagst, dass du diese Schuhe nicht willst, desto weniger glaube ich dir. Also kauf sie.« »Heul nicht wegen der Note. Wenn es dir wirklich wichtig wäre, hättest du gelernt.« Diese Art, alles zurückzuwerfen. Damals dachte ich, Nora würde mich besser kennen als ich mich selbst. Vielleicht tat sie das immer noch. Denn sie hatte recht: Ich war noch hier, hatte ihr das Versprechen gegeben, freiwillig. Das bedeutete doch, dass ich hier sein wollte, oder nicht?

Mit zitternden Knien rappelte ich mich auf. »Ich überlege es mir«, sagte ich. Meine Zunge war trocken. Dann drehte ich mich um und ging.

»Tu das«, sagte sie hinter mir.

Den Rest des Nachmittags verbrachte ich im Behandlungszimmer, auch wenn niemand kam. Ich durchsuchte noch mal alle Schränke, protokollierte, was ich wofür benutzen konnte, welche Medikamente es gab, welche Utensilien. Doch immer wieder kehrten meine Gedanken zu Noras Blick zurück. Dieses Lächeln. Hatte sie recht? Ich fühlte mich schuldig, noch hier zu sein. Doch ich würde mich genauso schuldig fühlen, sie alleinzulassen. Pest oder Cholera.

Als es zum Abendessen läutete, blieb ich sitzen, wartete noch ein paar Minuten und schlüpfte dann ungesehen aus dem Zimmer in den oberen Stock. Neben Noras Bett ging ich auf die Knie und zog den Bettkasten heraus. Vorsichtig hob ich die Kleider an, in die sie nicht mehr passte, und da lag das Geld. Unberührt. Ich griff hinein, nahm es, ohne zu zählen, und stopfte es in meine Handtasche. Dann legte ich die Kleidung zurück, schob den Kasten leise zu und machte ich mich zu Fuß auf den Weg zu Schmittis Haus. Mir war übel, und ich wurde den Gedanken nicht los, dass Nora später nachsehen würde, erkennen würde, dass ich dort gewesen war und das Geld genommen hatte, ohne noch mal mit ihr zu sprechen. Doch sie würde nicht wütend sein. Nein, sie würde genauso lächeln, wie sie vorhin gelächelt hatte. Als würde sie mich besser kennen als ich mich selbst. Und anscheinend tat sie das.

/22/

Schmitti und ich nahmen ihr Auto, als wir zu dem Händler fuhren. Ich fühlte mich zu unwohl, mit dem Pick-up durch die Stadt zu gondeln.

In einer heruntergekommenen Wohngegend hielt Schmitti auf einem Parkplatz hinter einem Hochhaus. Kinder spielten auf dem blanken Asphalt.

»Müsstet ihr nicht in der Schule sein?«, rief Schmitti ihnen zu, doch die Kinder lachten nur und rannten davon.

Vor dem Haus standen Stühle, ordentlich in Reih und Glied mit dem Rücken zur Hauswand. Darauf saßen alte Menschen, wirklich alte Menschen, so alt wie Louise und älter. Einige waren eingenickt, andere schnatterten fröhlich miteinander, doch alle, die wach waren, sahen uns misstrauisch an, als wir uns dem Haus näherten.

»Wir wollen zu Jakob«, sagte Schmitti, aber niemand reagierte.

Die Haustür stand offen, also gingen wir einfach hinein, nahmen die Treppe in den Keller und folgten einem langen, kahlen Gang, in dem die Kabel lose an der Decke hingen. Schließlich bogen wir um eine Ecke und kamen in einen großen Raum, der, so verrieten es die Linien am Boden, mal als Parkdeck gedient hatte.

Ich musste einen Moment stehen bleiben, um mich zu sammeln. Der Raum war voll, vom Boden bis zur Decke. Ich sah OP-Tische zu meiner Linken, Crash-Wagen zu meiner Rechten, Lampen und Leuchten voraus. Regale und Schränke waren in ordentlichen Reihen aufgestellt, doch die Gänge dazwischen wurden immer wieder durch sperrige Apparaturen blockiert, sodass kein Durchkommen war. Ein organisch gewachsenes medizinisches Labyrinth.

»Jakob?«, rief Schmitti.

»Folgt einfach meiner Stimme«, antwortete jemand aus den Tiefen des Raumes.

Schmitti schlängelte sich durch einen Gang zwischen zwei Regalen, OP-Besteck in Massen auf der einen Seite, Kanülen, Beutel und Schläuche aller Art auf der anderen. Es gab offenbar ein System, was mir Hoffnung machte.

»Marco?«, rief Schmitti.

»Polo!«, antwortete die Stimme, und wir bogen nach rechts ab.

Rollstühle, mobile Betten in verschiedenen Ausführungen, dahinter Behandlungsstühle für die Gynäkologie.

»Marco?«

»Polo!«

Wir kamen näher, umrundeten noch eine Ecke, an der zig Infusionsständer aufbewahrt wurden, und standen plötzlich einem jungen Mann gegenüber, der uns freundlich anlächelte.

»Schmitti, altes Haus, was geht?« Er trat auf sie zu und schloss sie überschwänglich in die Arme.

Sie schien nicht überrascht von der Freundlichkeit. »Schön, dich zu sehen.« Sie klopfte ihm auf den Rücken.

Dann wandte Jakob sich mir zu, reichte mir die Hand. Er sah aus wie ein Schuljunge mit seinen glatten Wangen und dem unordentlichen Haar. »Und du musst die Ärztin sein.«

Ich nickte. »Emma.«

»Super Sache. Schmitti hat mich ja schon vorbereitet, also hab ich mal zusammengesucht, was ich so habe.«

Schmitti lachte. »Keine Zeit für Small Talk, was?«

Jakob lächelte entschuldigend.

Sie winkte ab. »Schon in Ordnung, Alter, leg los.«

Ich blickte mich um. Jakob stand inmitten einer Phalanx mobiler Zahnarzteinheiten in verschiedenen Größen. Ich hatte so etwas seit der Uni nicht mehr gesehen, und auch da hatten wir nie mit einer solchen Einheit gearbeitet. Aber das machte mich umso neugieriger. Manche konnte man als Rucksack tragen, andere wie einen Rollkoffer hinter sich herziehen. Jakob zeigte mir die Ausstattungen, öffnete Reißverschlüsse und Schubfächer, startete Bohrer und Absauggeräte, um zu beweisen, dass alles noch funktionierte. Die Geräte waren nicht ganz auf dem neuesten Stand, gebraucht, aber sie liefen.

»Und wenn was kaputt geht, bringst du es mir, ich kann es reparieren«, sagte er mit einem breiten Grinsen.

Ich nickte nur, fingerte an einem UV-Strahler zum Aushärten von Füllungsmaterial herum. »Was ist mir 3D-Druckern?«

Er zuckte mit den Achseln. »Hab ich da, wird aber nicht billig.«

Im Kopf überschlug ich die wichtigsten Behandlungen und entschied mich schließlich für ein großes Modell mit mobilem Röntgengerät, das einen gute Eindruck machte. Jakob freute sich wie ein Schuljunge und führte mich dann an ein Regal, wo ich mir eine Auswahl an Abdruckmaterial, Schienen, Porzellanfüllung und kleinen Geräten zusammensuchte. Obwohl alles sauber aussah, hatte ich nach dem Anfassen das Bedürfnis, meine Hände zu desinfizieren. Ich würde alles noch mal ordentlich reinigen müssen. Den 3D-Drucker ließ ich zurück. Auf gedruckten Zahnersatz würde ich vorerst verzichten müssen, aber es war ein Anfang.

Ich bezahlte fast dreitausend Credits, beinahe alles, was ich aus Noras Bettkasten genommen hatte. Vor Freude schenkte Jakob mir eine große Arzttasche, in der ich den Kleinkram unterbringen konnte. »Komm wieder, wenn du noch etwas brauchst«, sagte er beim Abschied, drückte Schmitti noch mal, und dann gingen wir.

Wir fuhren eine Zeit lang schweigend durch die Stadt. Ich betrachtete all die Menschen, die vollen Straßen. Ich begriff endlich, wieso sie alle unterwegs waren: Sie hatten nirgendwo sonst zu sein. Sie vertrieben sich die Zeit oder versuchten, Arbeit zu finden oder Geld zu verdienen. Ich sah eine Traube Männer und Frauen auf einem öden Parkplatz um einen Kiosk stehen. Wann immer ein Auto kam, reihten sie sich auf. Dann blieb der Wagen vor einer Person stehen, man unterhielt sich kurz, und entweder stieg der Kandidat ein oder nicht. Schwarzarbeitsstrich. An einer anderen Stelle hatten ein paar Menschen Stände mit Obst und Gemüse aufgebaut. Als ein Polizeiwagen sich näherte, wurden die Stände innerhalb von Sekunden zusammengeklappt, verwandelten sich in nichtssagende Anhänger und Karren. Die Menschen eilten davon, und sobald die Polizei weg war, wurde alles wieder aufgebaut und der Handel ging weiter, als wäre nichts passiert.

An jeder Straßenecke versprachen Schilder schnelle Kredite oder flexible Arbeit zu fairen Löhnen oder Jobvermittlung oder die Inzahlungnahme von Wertgegenständen. Man machte ein Geschäft mit der Armut. Verdiente an der Verzweiflung. Jeder in seiner eigenen Nische. Genau wie Jakob, so nett er auch gewesen war.

»Hat sie dich eigentlich überredet, oder willst du es auch?«, fragte Schmitti in die Stille hinein.

»Hm?«

»Nora. Hat sie dich überredet, das Equipment zu kaufen?«

Wie fuhren an einem Autohändler vorbei. Auf einem Transparent stand »Gebrauchtwagen An- und Verkauf«.

»Ich will nur nicht, dass noch mal so was passiert wie bei Karla«, sagte ich.

Schmitti nickte, aber ich konnte sehen, dass meine Antwort sie nicht befriedigte. Ich hätte gerne das Radio eingeschaltet, aber es kam mir unhöflich vor.

»Finde ich krass«, sagte sie schließlich.

Ich faltete die Hände auf dem Schoß, zwang mich, die Finger zu entspannen. »Was?«

»Na ja, du bist immer noch hier. Sogar Sergio ist schon abgehauen.«

Sergio war der Mann, der bis vor wenigen Tagen das andere Zimmer in Schmittis Haus bewohnt hatte. Eines Morgens hatte die Zimmertür einfach offen gestanden, und Sergio war verschwunden gewesen. Seiner Frau hatte er nichts gesagt, war gegangen, ohne eine Nachricht zu hinterlassen. Schmitti hatte es nicht gewundert.

»Ich bin nicht Sergio«, sagte ich.

»Eben«, sagte Schmitti. »Es ist nicht mal dein Baby, und du hast ein Leben da drüben. Sogar ein ziemlich schickes, wenn ich das richtig verstanden habe.«

Mein Gesicht wurde heiß. »Willst du mich loswerden?«

»Nein!« Für eine Sekunde hob sie beide Hände vom Lenkrad. »Ich meine ja nur.«

»Was meinst du?«

Ich starrte sie von der Seite an, musste mich zusammenreißen, um nicht laut zu schnaufen. Schmitti schrumpfte ein wenig auf ihrem Sitz zusammen, hob die Schulter, als fürchtete sie, ich könnte sie schlagen.

»Ich frage mich nur, ob sie dasselbe für dich tun würde.«

Natürlich, wollte ich sagen, natürlich würde sie, du weißt ja gar nicht, was sie schon alles für mich getan hat, damals, als meine Mutter gestorben ist, zum Beispiel, wie sie damals für mich da war. Ein zweites Beispiel wollte mir nicht einfallen.

»Das verstehst du nicht«, sagte ich und blickte wieder aus dem Fenster.

»Wahrscheinlich nicht«, sagte sie leise und seufzte. Es klang wie aufgeben.

/23/

In der ersten Woche behandelte ich mit dem neuen Gerät alle Bewohnerinnen des Schwangerenhauses. Ich reinigte Zähne, machte Füllungen, nahm Abdrücke. Es war wie nach Hause kommen, den ganzen Tag über offene Münder gebeugt, und ich vergaß mein Heimweh, vergaß die Angst vor der Abschiebung und die Hoffnung auf die Abschiebung. Ich durfte einfach arbeiten.

Nach der ersten Woche fuhr ich zurück zu Jakob und kaufte doch noch einen kleinen 3D-Drucker, mit dem ich für Karla einen Ersatzzahn herstellte. Damit war unser kleines Vermögen quasi aufgebraucht, doch ich konnte jetzt Geld verdienen, sagte ich mir, und Nora sparte ihre Einbürgerungshilfe gewissenhaft, gab nur die Miete für das Schwangerenhaus aus und kaufte hier und da ein paar Hygieneartikel. Zum Glück hatte Mary über die Jahre eine ordentliche Garderobe an Umstandskleidung gesammelt, aus der sie sich bedienen durfte.

Dann behandelte ich die Angestellten des Hauses, Mary zuerst, dann Schmitti und Berit, sogar den Gynäkologen, als er zu seinem nächsten Besuch kam. Zum Ausgleich schenkte er mir eine Kontrolluntersuchung. Behandlungstausch.

In der dritten Woche – es war inzwischen August geworden und die Sonne ließ das Gras im Garten verdorren – begann ich mit den Hausbesuchen. Der erste war Schmittis Nachbar, ein älterer Herr, der allein in einem renovierungsbedürftigen Häuschen lebte. Er hatte schon viele Zähne verloren. »Einige hab ich mir selbst gezogen«, erklärte er stolz, und ich machte ihm eine Prothese, mit der er endlich wieder Schwarzbrot würde essen können. Er dankte es mir mit einer reichen Auswahl an Gemüse aus dem eigenen Garten, die ich ins Heim brachte, weil Schmitti und ich es allein nicht hätten essen können. Es folgten drei Kinder einer alleinerziehenden Mutter, denen ich ein paar Füllungen und eine Lektion in Sachen Zahnhygiene verpasste. Die Frau drückte mir ein wenig Geld in die Hand, entschuldigte sich, sie habe nicht mehr. Dann immer mehr Nachbarn, zu denen ich zu Fuß gehen konnte, das Equipment wie einen Rollkoffer hinter mir herziehend. Schließlich kamen Klassenkameradinnen der Kinder, Freunde, Kolleginnen hinzu, die ich in Schmittis Küche behandelte. Die Neuigkeit der schwarz praktizierenden Zahnärztin verbreitete sich wie ein Lauffeuer. Die Menschen gaben, was sie geben konnten. Es reichte gerade so für die Materialkosten und das Nötigste zum Überleben, und das auch nur, weil Mary mich noch immer kostenlos mitessen ließ, wann immer ich da war.

»Warte nur ab«, sagte Nora dann, »das ist nur die Anfangsphase.«

Sie ließ mich jeden Arbeitstag Schritt für Schritt erzählen, wenn ich sie abends besuchte, lächelte stolz, fragte nach, was die Patientinnen gegeben hatten. »Siehst du«, sagte sie immer wieder. »Siehst du!« Und ich nickte schweigend. Ihre Zuversicht steckte mich an. Ich wollte daran glauben, wollte die Rechnung nicht aufmachen. Endlich funktionierte etwas.

»Ich kann Menschen helfen«, erzählte ich Amal am Telefon.

Wir lagen schon im Bett, ich mit meinem Seidenschal um den Kopf, sie mit einem selbst geflochtenen Zopf. Wir benutzten nie Filter, wenn wir Videocalls machten, und ich konnte die Ringe unter ihren Augen sehen. Dennoch war sie wie immer wunderschön.

»Es klingt, als würdest du dir ein Leben aufbauen«, sagte sie leise, schob die freie Hand unter ihr Gesicht.

»So ist das nicht.«

»Wie ist es dann?«

»Es ist nur vorübergehend.«

Sie schloss die Augen, kniff die Lippen zusammen, dass sie kleine Falten bildeten. Neue Falten, die ich noch nicht kannte. Dann öffnete sie die Augen wieder.

»Emma, du musst mir sagen, wenn du nicht zurückkommen willst.«

»Natürlich will ich zurückkommen. So bald wie möglich.«

»Wann wird das sein?«

»Sobald das Baby da ist, das weißt du doch.«

»Bist du dir sicher?«

Ich schwieg.

»Ich brauche etwas. Irgendwas.«

Für einen Moment legte ich meine Hand mit dem Telefon hin, sodass sie nur die Decke sehen konnte. Ich rieb mir die Augen, drückte die Tränen zurück.

»Emma?«

Ich hob die Hand wieder. »Ich bin hier, sorry.«

Wir sahen uns an, während ich die passenden Worte suchte. In meinem Kopf herrschte Leere. Und so war sie es, die als Erste wieder sprach.

»Babe, ich kann warten auf dich, das weißt du. Aber ich muss wissen, dass mein Warten einen Sinn hat. Wenn es sich nicht lohnt, dann musst du mir das sagen. Das schuldest du mir.«

Mit jedem Wort hatte sie das Telefon ein wenig weiter von ihrem Gesicht entfernt, wie um mich auf Distanz zu bringen. Ich wollte durch das Bild greifen, sie berühren, ihr den Schmerz nehmen, die Angst.

»Amal«, sagte ich, »du kannst dir nicht vorstellen, wie sehr ich zu dir zurückkommen möchte.«

»Wieso tust du es dann nicht?«

»Nora ...«

»Ach, Nora!« Das Bild ruckelte, als wollte sie mich schütteln. »Scheiß doch auf Nora. Seit wann kannst du keine Entscheidungen mehr treffen? Was ist mit dir passiert?«

Ich senkte den Blick. »Das verstehst du nicht.«

»Verstehst du es denn selbst?«

Ich schüttelte den Kopf.

Sie seufzte schwer. »Was jetzt?«

»Du musst mir glauben«, flehte ich, schob mich an meinen Bildschirm, als könnte ich die Distanz zwischen uns so überbrücken.

Sie drehte den Kopf, blickte zur Decke hoch, legte die freie Hand auf die Stirn und schloss die Augen. »Okay«, sagte sie.

Als ich eines brüllend heißen Nachmittags auf den Hof des Schwangerenheims spazierte, mein Equipment im Schlepptau, stand ein dunkler Van auf dem Parkplatz. Ich blieb mitten in der Einfahrt stehen, wollte schon umdrehen und fliehen, als ich Berit auf einem der Stühle unter dem Fenster des Behandlungszimmers sitzen sah. Sie blickte zu mir, dann zu dem Van, dann winkte sie mir, ich solle reinkommen. Zögerlich ging ich zu ihr hinüber.

»Das sind nur der Hausinger und seine Leute«, sagte sie.

Ich ließ die Arzttasche auf den Kies fallen und wischte mir mit einer ungelenken Bewegung den Schweiß von der Stirn. »Wer ist der Hausinger?«

»Hast du den noch nicht getroffen?«

Ich schüttelte den Kopf.

Sie lachte auf. »Na dann komm mal mit. Das wird dir gefallen.«

Sie half mir, meinen Kram im Behandlungszimmer zu verstauen. Dann gingen wir zur Bibliothek hinüber. Die Tür stand offen, der Raum dahinter war abgedunkelt, die Luft stickig. Es roch nach Schweiß und Eistee. Vor einem kleinen Flexmonitor stand ein großer Mann in noblem Anzug. Sein braunes Haar war akkurat gelegt, der Bart fein gestutzt. Er trug keine Krawatte, die obersten beiden Knöpfe seines Hemdes standen offen und präsentierten eine spiegelblanke Brust.

Auf dem Monitor sah man Bilder von Paaren mit kleinen Kindern im Garten, Eltern mit Kindern am Frühstückstisch, Frauen mit Kindern im Zoo, Männer mit Kindern auf dem Spielplatz. Menschen mit Kindern, alle lachten, alle freuten sich. Schöne heile Welt.

»Dies alles, meine Damen, sind tatsächliche Erfolgsgeschichten, glückliche Familien, dir wir zusammengebracht haben. Sie können versichert sein, dass alle potenziellen Eltern von uns ausgiebig geprüft werden. Viele melden sich schon bei uns, bevor ihnen ein Anteil zugeteilt wurde, damit wir nicht in Zeitnot geraten.«

»Was ist das hier?«, flüsterte ich Berit zu, doch sie brachte mich mit einer Handbewegung zum Schweigen.

Die Stimme des Mannes klang voll und warm. »Auf jedes neue Kind wartet bereits ein liebevolles Zuhause, in dem es Zuneigung, Förderung und Wohlstand genießen kann. Sie haben sicherlich viele fantastische Geschichten über das noble Leben in unserem Nachbarland gehört. Nun, ich kann Ihnen verraten, diese Geschichten sind alle wahr.«

Er lachte, nicht zu laut, nicht zu leise, ein perfekt austariertes Lachen, und die Frauen im Publikum lachten mit.

»Alle unsere Bewerber und Bewerberinnen sind berufstätig und wohl situiert, und selbst wenn sie durch widrige Umstände ihre Arbeit verlieren sollten, wird der Staat für sie sorgen. Sie können also sicher sein, dass Ihre Kinder es gut haben werden.«

Ich sog scharf die Luft ein, als ich verstand, was hier passierte.

»Und warum sind die Menschen in einem Land, in dem Geburtenkontrolle praktiziert wird, so interessiert an Adoptionen, werden Sie sich sicher fragen. Nun, dafür gibt es viele Gründe. Wie Sie vielleicht wissen, haben Paare nach der Anteilszuweisung nur ein Jahr Zeit, um schwanger zu werden. Für viele ist das zu stressig oder schlicht nicht möglich, und dann greifen sie auf unsere Dienste zurück. Andere wollen schlicht nicht selbst schwanger werden. Es gibt viele Gründe, aber Sie können sichergehen, dass kein Kind, das wir vermitteln, ohne liebende Eltern endet.«

Konnte das stimmen? Ich zermarterte mir den Kopf, doch mir wollte niemand einfallen, der jemals seinen Anteil hatte zurückgeben müssen, weil die Frist abgelaufen war. War das hier der Grund dafür?

»Ich weiß«, fuhr Hausinger in einem noch wärmeren Ton fort, »dass diese Entscheidung für keine von Ihnen leicht ist. Aber ich gebe Ihnen zu bedenken, dass Sie sich mit der Aufwandsentschädigung, die Sie von uns erhalten, ein neues Leben aufbauen können. Eines, in dem Sie für Ihr nächstes Kind gut sorgen können.« Er faltete die Hände vor dem Bauch. »Manchmal müssen wir diejenigen, die wir lieben, festhalten. Aber manchmal müssen wir sie loslassen.«

Er machte eine dramatische Pause, während auf dem Bildschirm ein Foto erschien, auf dem ein rundes, lachendes Kindergesicht auf beiden Seiten von seinen Eltern auf die dicken Backen geküsst wurde.

»Jetzt darf ich Sie nach nebenan zu unserem kleinen Kuchenbuffet bitten. Dort können Sie sich ganz entspannt mit mir und meinem Team unterhalten.«

Langsam fuhren die Rollläden hoch und ließen die Realität zurück in den Raum. Ich blieb an die Tür gelehnt stehen und beobachtete, wie Hausinger seinen Flexscreen einrollte, während die Schwangeren – es waren etwa zehn, die im Publikum gesessen hatten – nach nebenan strömten. Er lächelte jeder Einzelnen zu, verrichtete seine Handgriffe mit flüssiger Routine. Er schwitzte nicht. Wie machte er das?

»Aber der Kuchen ist spitze«, sagte Berit und zog mich am Arm in das angrenzende Zimmer. Auch viele Schwangere, die nicht beim Vortrag gewesen waren, standen mit kleinen Tellern und vor dem ausladenden Buffet und lächelten verzückt die kleinen Küchlein und Törtchen an. Berit ließ mich an der Tür stehen und stellte sich in die Schlange. Ich sah Nora am anderen Ende des Raums. Sie stand mit Mary zusammen und biss gerade in einen rosa besahnten Cupcake.

»Gehen Sie ruhig«, sagte eine Stimme neben mir. »Das Buffet ist auch für diejenigen, die zu spät zu meinem Vortrag kommen.«

Hausinger ragte neben mir in die Höhe. Er sah mich nicht an, sondern blickte voller väterlicher Freude in den Raum, in dem die Schwangeren in kleinen Gruppen zusammenstanden. Zwischen ihnen blitzten die fremden Gesichter und maßgeschneiderten Anzüge derjenigen auf, die Hausinger wohl als sein Team bezeichnete. Wie ein perfektes kleines Theater erschien mir die Szene. Hausingers Präsenz presste sich gegen mich, obwohl er mich nicht berührte. Er roch nach frischer Seeluft. Seine bloße Anwesenheit machte mir die nassen Stellen unter meinen Achseln sehr bewusst.

»Haben Sie noch Fragen?« Jetzt sah er mich an. Natürlich hatte er stahlblaue Augen. »Darf ich Ihnen einen Flyer mitgeben?«

»Oh, ich bin nicht schwanger«, sagte ich.

»Noch nicht.« Er hob die Augenbrauen, als gäbe es ein Geheimnis zwischen uns.

Ich antwortete nicht, blickte wieder auf die Szene, hoffte, dass er gehen und sich um eine tatsächliche potenzielle Kundin kümmern würde, aber er blieb stehen, wo er war.

»Arbeiten Sie eigentlich mit der Anteilsvergabezentrale zusammen?«, fragte ich schließlich.

Ich sah aus dem Augenwinkel, wie er sich aufrichtete, hörte ihn tief einatmen. »Wir tauschen uns aus«, sagte er dann. »Wie ich vorhin erklärt habe: Manche Menschen tun sich nach der Zuteilung eines Anteils durch die Lotterie schwer, eigenständig ein Kind zu bekommen. Der Druck ist enorm. Wir springen gerne ein, um den Menschen zu einem Kind zu verhelfen.«

»Aber wie stellen Sie sicher, dass alle Kinder, die Sie hier ... akquirieren, ein Zuhause finden?«

Er lachte schnaufend. »Glauben Sie mir, die Nachfrage ist größer als das Angebot.«

So viele Menschen in meinem Umfeld hatten Kinder bekommen, doch die meisten von ihnen hatten ihre Anteile aus der Familie erhalten. Auf diese Weise gab es keinen Zeitdruck. Es war anders, wenn man den Anteil aus der Lotterie bekam. Ein Jahr war nicht lang, und sogar trotz ärztlicher Unterstützung, die viele in dieser Situation in Anspruch nahmen, hatten manche kein Glück. Dann kam Hausinger ins Spiel. Der Zynismus ließ mich beinahe auflachen. Hier verteufelte man unser System, beschimpfte es als menschenfeindlich, aber wenn es in den Kram passte, schob man den eigenen ungewollten Nachwuchs zu uns ab.

»Wie finanzieren Sie sich?«

Er drehte sich mir wieder zu. »Sie sind eine kritische Frau. Sie gehören sicher zu denjenigen, die hinter jeder guten Tat eine Falltür vermuten, nicht wahr?«

Ich widerstand dem Impuls, ihm zu widersprechen, und zuckte nur mit den Schultern.

Hausinger wartete noch einen Moment, bis zwei Frauen an uns vorbeigegangen und außer Hörweite waren, bevor er weitersprach. »Man ist bei unseren Nachbarn sehr daran interessiert, dass das System funktioniert. Das lässt man sich eben einiges kosten.«

Es dauerte ein paar Sekunden, bis ich die Implikation verstand. Mir wurde kalt, doch gleichzeitig war ich überrascht, dass mich dieser Umstand so schockierte nach allem, was ich in den letzten Monaten erlebt hatte. Fälle wie Noras, in denen kein Schwangerschaftsabbruch mehr möglich war und tatsächlich ein Kind innerhalb des Landes zur Adoption stand, kamen praktisch nicht mehr vor. Stattdessen verpflichteten sie uns zur Verhütung, zwangen Schwangere ohne Anteil zur Abtreibung. Und auf der anderen Seite finanzierten sie das hier. So wichtig war es ihnen, zu demonstrieren, dass alles reibungslos funktionierte.

All die Ansprachen im Fernsehen gingen mir durch den Kopf, all die Reportagen und Artikel und Dokumentationen darüber, wie das System unser Land verbessert hatte, wie der Wohlstand gestiegen war, wie Bildung und Berufschancen für alle zugänglich gemacht worden waren. Es war ein schöner Traum, der mit jedem Tag schaler schmeckte.

Plötzlich erschien Berit in meinem Blickfeld und riss mich aus meinen Gedanken. »Ich hab dir was mitgebracht.« Sie hielt mir einen Teller mit einem Muffin hin.

Ich blickte mich hektisch um, aber Hausinger war nicht mehr da. Ich entdeckte ihn am anderen Ende des Zimmers, wo er mit Mary und Nora schwatzte. Ich wollte hingehen, Nora am Arm packen und wegziehen, aber ich blieb stehen, wo ich war, griff nur nach dem Teller, brach ein Stück Muffin ab und steckte es mir in den Mund.

»Er ist ein Lackaffe, aber der Kuchen wird jedes Mal besser«, sagte Berit und biss in ein Stück Schokoladenkuchen.

»Er ist öfter hier?«

Sie kaute, nickte. »Alle paar Monate, wenn neue Schwangere da ist.«

Ich schüttelte den Kopf. »Was für ein unmenschliches Arschloch.«

»Na na na«, sagte Berit und leckte sich die Finger ab. »Wer wird denn da so schnell urteilen?«

Ich sah sie an, runzelte die Stirn.

»Sieh dich doch mal um!« Sie schaute demonstrativ durch den Raum. »All diese Frauen sind nicht hier, weil sie einen ordentlichen Plan und die finanziellen Mittel haben, um ein Kind in die Welt zu setzen. Für manche von ihnen ist es eine Chance, genauso wir für manche Familien bei dir drüben. Angebot und Nachfrage.«

»Davon hat Hausinger auch gesprochen.«

Sie legte mir die Hand auf die Schulter. »Emma, du bist mir ans

Herz gewachsen, aber du musst von deinem hohen Ross herunterkommen. Du blickst dich um und siehst nur schwarz oder weiß. In Wahrheit ist alles grau. Lass es dir von einer alten Frau gesagt sein. Von denen gibt es ja bei euch nicht mehr so viele, nicht wahr?« Sie grinste mich munter an. »Ich hol mir noch ein Stück.«

Berit ließ mich stehen und ging wieder hinüber zum Buffet, und ich musste an Louise denken. Louise, die ihren Anteil einer Familie gegeben hatte, die sie nicht kannte, um eine Cousine zu unterstützen, die sie wahrscheinlich seit Jahrzehnten nicht gesehen hatte. Hatte sie ihr Leben verkauft? Geistesabwesend schob ich mir wieder ein Stück Muffin in den Mund. Ich biss auf etwas Feuchtes, Süßes. Eine Blaubeere. Es schmeckte wirklich gut.

/24/

Tom wurde am ersten Oktober geboren. Er schlüpfte ohne viel Aufhebens aus Nora heraus, blickte sich einmal im Raum um und brüllte dann für etwa eine halbe Minute, ein Anstandsweinen, weil es sich so gehörte bei einer Geburt. Ich liebte ihn sofort. Nora hielt ihn im Arm, verschwitzt und weinend, und ich saß neben ihr auf der Bettkante, hatte einen Arm um ihre Schulter gelegt und strich mit der anderen durch Toms feuerrote Locken. Die anderen betrachteten uns wie eine kleine Familie, und ich vermisste Amal umso mehr. Ich machte ein Foto von Tom, schickte es ihr, und sie antwortete: »Kommst du dann bald nach Hause?«

Ich antwortete: »Ja«, obwohl es sich wie eine Lüge anfühlte.

Mary gab den Frauen eine Frist von zwei Wochen. So lange konnten sie noch im Haus bleiben, gemeinsam mit den Hebammen üben, wie man Windeln wechselte, das Kind badete, fütterte, es zum Schlafen brachte. Danach sollten die Betten für die nächsten werdenden Mütter frei gemacht werden.

Ich kannte die Regel, hatte sie im Hinterkopf und fühlte, wie sie sich gegen meine Brust presste, wenn ich Nora und Tom besuchte, aber ich sprach Nora nicht darauf an. Ich wusste, dass sie keinen Plan hatte. Ich wartete lieber, bis jemand anderes es tat.

Es war Mary, die ich eines Nachmittags im Garten bei Nora und Tom fand. Nora saß auf einer Decke, Mary kniete neben ihr, und schon von Weitem konnte ich die Anspannung spüren.

»... nicht für die Ewigkeit. So ist das nicht gedacht«, sagte Mary gerade, als ich zu ihnen trat.

Nora drückte Tom an ihre Brust. »Das weiß ich doch. Aber wo soll ich denn hin?«

»Du hattest genug Zeit, dir etwas zu suchen. Wie lange bist du schon hier? Vier Monate?«

Ich blieb stehen. Obwohl die beiden mich bemerkt haben mussten, schenkten sie mir keine Aufmerksamkeit.

»Ich hatte wirklich andere Dinge im Kopf«, sagte Nora. »Das war alles nicht leicht für mich.«

Mary hob die Hand – ob es eine abwehrende oder eine beschwichtigende Geste sein sollte, konnte ich nicht sagen. »Das verstehe ich. Das ist es für keine der Frauen hier. Und es ändert nichts an der Situation.«

Sie drehte den Kopf zur Seite, sah Mary aus den Augenwinkeln an. »Die anderen sind nicht geflohen.«

»Manche schon, und außerdem ...«

»Könnt ihr keine Ausnahme machen?«

Mary schüttelte den Kopf. »Es tut mir leid. Das Bett ist schon anderweitig vergeben. Die Neue wartet nur darauf, einziehen zu können.«

Mit einem Ruck richtete Nora sich auf. »Du hast mein Bett jemand anderem gegeben?«

»Natürlich«, antwortete Mary ruhig. »So sind die Regeln.«

»Du willst mich rauswerfen.« Nora hievte sich auf die Füße, presste Tom so fest an sich, dass er ein wenig jaulte. »Du willst mich loswerden.«

Mary stand ebenfalls auf. »Das ist nicht wirklich fair, oder?«

Nora drückte mir Tom in den Arm. »Schon gut. Ich weiß, wenn ich nicht mehr willkommen bin. Gib mir zehn Minuten, dann bin ich weg.«

Mit wehendem Haar stürmte sie davon und ließ uns stehen. Tom schniefte in meinem Arm, gähnte einmal und schlief wieder ein. Ich drehte mich ein wenig, damit die Sonne ihm nicht in sein knautschiges Gesicht strahlte.

»Ich habe wirklich nicht ...«, sagte Mary, doch ich winkte ab.

»Schon gut, ich verstehe.«

»Es tut mir leid.«

»Das muss es nicht. Nora ist kein einfacher Mensch.« Ich lächelte entschuldigend. »Was für Möglichkeiten hat sie?«

Mary zuckte mit den Schultern. »Es gibt Wohnprojekte, die sie mit ihrem Beitrag der Einwanderungshilfe bezahlen kann, aber die Wartelisten sind lang. Sie hätte sich schon vor Monaten dort melden müssen.« Sie schwieg, überlegte. »Eine normale Miete wird sie sich nicht leisten können ohne Job.«

»Und einen Job wird sie wohl kaum finden, wenn ich mich in der Stadt so umschaue. Ich verstehe dieses Land nicht.«

Sie sah mich an. »Was verstehst du nicht?«

»Wieso alle Menschen aufnehmen, wenn man sich nicht um sie kümmern kann?«

Marys Blick wurde hart. »Weil es unmenschlich wäre, sie ihrem Schicksal zu überlassen. Wir können sie vielleicht nicht mit Wohlstand und Dienstleistungen überhäufen, aber wir tun auch nicht so, als gäbe es sie nicht.«

»Das habe ich nicht …«

»Vielleicht hätte Nora ihr eigenes Leben schon in die Hand genommen und etwas Initiative gezeigt, wenn man ihr nicht bei euch da drüben von klein auf alles in den Arsch geschoben hätte.«

Ich schluckte, starrte sie an, drückte das Kind an mich.

Mary senkte den Blick und seufzte. »Tut mir leid. Es ist nur …« Sie winkte ab. »Manchmal finde ich es sehr ungerecht. Erst seit ich angefangen habe, Menschen zu helfen, erkenne ich, wie vielen ich nicht helfen kann. Es lebt sich sicher entspannter, wenn man all die Probleme nicht ununterbrochen vor der Nase hat.«

Sie lächelte mich an, aber ich sah die Ablehnung in ihrem Gesicht. Gerne hätte ich ihr erklärt, wie gut ich sie verstand, aber ich ersparte es mir, oder ich ersparte es ihr, jedenfalls nickte ich nur, entschuldigte mich, ich müsse Nora helfen, und tat genau das.

Ein paar Tage kamen wir bei Schmitti unter, aber ich wusste, dass sie das Angebot nur um meinetwillen gemacht hatte. Sie konnte Nora nicht ausstehen, und ich verübelte es ihr nicht und machte mich so schnell wie möglich auf die Suche nach einer Bleibe. Die offiziellen Wege waren ausgeschlossen, immerhin war ich illegal im Land. Also fragte ich unter meinen Patientinnen und Patienten herum, sprach das Thema bei jeder Behandlung an, bis sich schließlich eine Familie erbarmte und uns ein Häuschen in einem Schrebergarten vermietete, das sie eigentlich hatten aufgeben wollen, weil sie die Kosten nicht mehr stemmen konnten. Es war nicht günstig, ein Großteil von Noras Eingliederungshilfe würde allein für die Miete draufgehen, aber die Hütte bot fließend warmes Wasser, ein kleines Bad mit Dusche und einen Holzofen. In meinem Hinterkopf meldete sich kurz eine Stimme und hielt mir vor, dass ich kein Holz verbrennen könne, was für eine Umweltverschmutzung, aber sie verstummte schnell in Anbetracht der Realität. Dies war kein Ort für hehre Ideale.

Wir zogen an einem verregneten Mittwoch ein. Nora hielt Tom auf dem Arm. Er döste, öffnete manchmal die kleinen Augen und schaute diffus in ihr Gesicht, während sie ihn durch den kleinen Raum trug.

»Hier ist die Kochecke, siehst du? Zwei Herdplatten sogar. Da kann ich dir deine Breichen kochen. Und hier ist das Bett. Schau, Mama Emma hat dir sogar ein Kinderbettchen besorgt. Direkt neben meinem Bett. Und hier ist der Tisch, da können wir essen und dich wickeln und Spiele spielen.«

Ich trug die Taschen rein und machte ein Feuer im Ofen, kochte einen Tee und verstaute unsere Sachen in zwei kleinen Regalen, in denen mal Gartenutensilien gewohnt hatten. Nora stillte, wickelte, trug Tom herum, damit er ein Bäuerchen machen konnte, während ich mich fragte, woher das Wort kam. Bäuerchen. Ich hätte im Netz nachschauen können, aber ich war zu müde.

Später saß ich am Küchentisch, hatte Zettel vor mir ausgebreitet und wartete, bis Tom eingeschlafen war. Nora hatte ihn mit in ihr Bett genommen.

»Kannst du mal herkommen«, fragte ich sie, als ich hörte, dass Toms Atem schnaufend und gleichmäßig ging.

»Ich mag ihn nicht allein lassen. Es ist, als hätte man mir einen Arm amputiert, wenn ich ihn nicht berühre«, gurrte sie und schaute auf sein kleines Gesicht hinab, ein verklärtes Lächeln auf den Lippen. Wie schlecht geschauspielert, dachte ich und schalt mich sofort. Was wusste ich schon von Mutterschaft?

»Es ist wichtig.«

Sie sah mich missbilligend an, stand aber auf und legte Tom in sein Bettchen. Er raunte kurz, wachte aber nicht auf, also setzte sie sich zu mir. Ich schob ihr die Zettel hin.

»Hier habe ich alles aufgeschrieben. Du bezahlst 380 Credits Miete im Monat, Wasser und Strom inbegriffen. Dann bleiben dir also noch 120 für Lebensmittel und all das. Das ist nicht viel, aber Pausch hat gesagt, dass du nach der Geburt zusätzliches Geld für Tom kriegen würdest, du musst also noch mal mit ihm sprechen, okay? Ich habe recherchiert, es sind irgendwas zwischen 200 und 400. Mit dem Geld müsstest du halbwegs über die Runden kommen.«

Sie sah mich verwirrt an, zog dann den Zettel zu sich und studierte ihn, als wäre er in Hieroglyphen verfasst. »Was meinst du?«

»Ich habe überlegt, dass ich das Zahnarztequipment gerne bei Mary lassen würde. Vielleicht findet sie jemanden, der es bedienen kann.«

Nora rückte ein Stück vom Tisch weg. »Ich verstehe nicht.«

Kurz musste ich die Augen schließen, mich an Amals Atemtechnik erinnern. »Doch, du verstehst, Nora. Bis zur Geburt, das war die Abmachung. Und die Geburt ist schon über zwei Wochen her.«

»Aber ...« Sie verschluckte sich beinahe, räusperte sich kurz. »Aber ich schaffe das nicht ohne dich.«

»Doch, das tust du, deswegen habe ich dir das hier alles aufgeschrieben. Auf der Rückseite steht die Telefonnummer des Vermieters. Er ist ein freundlicher Mann. Sag ihm Bescheid, falls du hier Hilfe mit irgendwas brauchst. Aber bezahle ihn rechtzeitig. Er ist auf das Geld angewiesen.«

»Aber ...«

»Was?«, fragte ich und warf die Hände in die Luft. »Aber was?«

Sie antwortete nicht, sah mich nur mit großen Augen an.

»Was soll ich noch tun? Ich habe mein Versprechen gehalten, ich habe dich hergebracht, habe den Platz bei Mary organisiert, habe dir bei der Geburt beigestanden, habe dir sogar dieses Häuschen besorgt. Was denn noch, Nora? Was noch?«

Innerhalb von Sekunden kniff sie ihre großen Augen zu schmalen Schlitzen zusammen. Ihre Wangen bekamen rote Flecken. »Du willst also wirklich gehen. Einfach so. Du willst uns im Stich lassen.« Sie deutete auf das Bettchen.

»Das ist nicht fair«, sagte ich. »Du weißt, dass ich ihn liebe.«

»Eine tolle Liebe ist das, wenn du ihn einfach so zurücklassen kannst.«

»Er ist nicht mein Kind.«

»Ach so. Es zählt also nur Blutsverwandtschaft, wie?«

»Du weißt ...«, setzte ich an, wollte mich rechtfertigen, aber sie ließ mich nicht aussprechen.

»Ich weiß vor allem eines: Du bist immer noch dieselbe wie damals. Tust so, als wärst du die große Retterin, aber wenn man dich wirklich braucht, ist es auf einmal zu viel für dich. Und ich habe wirklich geglaubt, ich könnte mich dieses Mal auf dich verlassen.«

»Ich habe alles für dich aufs Spiel gesetzt.«

»Alles?« Sie lachte hämisch. Tom wurde unruhig in seinem Bett, aber es störte Nora nicht. Sie wurde immer lauter. »Einen Scheiß hast du aufs Spiel gesetzt. Morgen steigst du in dein Auto und fährst nach Hause und alles wird wieder so sein wie vorher. Als hätte es mich nie gegeben. Und ich? Ich kann nie wieder zurück. Meine Eltern hassen mich, mein Freund sitzt im Gefängnis, und ich muss dieses Kind ganz alleine großziehen.«

Ich stand so ruckartig auf, dass der Stuhl hinter mir umfiel. »Okay, du gewinnst. Dein Leben ist beschissener als meins. Herzlichen Glückwunsch! Aber ich kann nicht all deine Probleme lösen, und ich schulde es dir auch nicht.«

»Ach nein?«, fragte sie, auch einmal nüchtern und abgeklärt. »Ohne dich wäre es doch zu alldem gar nicht erst gekommen.«

Ich stand schnaufend da, starrte in ihre eiskalten Augen, dann griff ich meine Jacke und ging vor dir Tür. Das kleine verwilderte Gärtchen war vom fahlen Mond erleuchtet. Ich zog mir die Jacke über und schlüpfte in die Schuhe, die wir hier auf der winzigen Veranda ließen; bloß keinen Dreck reintragen wegen des Babys.

Es regnete nicht mehr, war immer noch um die fünfzehn Grad, aber trotzdem fror ich. Ich ging los, ohne Ziel, schaute auf meine Füße und vergrub die Hände in den Taschen. Es war totenstill in der Schrebergartensiedlung, obwohl wir nicht die Einzigen waren, die hier lebten. Einige Ratten kreuzten meinen Weg. Eine blieb stehen und schaute mich aus ihren kleinen Knopfaugen an. Ein hageres Tier. Sogar die Ratten hatten es schwer in diesem Land.

Auf den größeren Straßen war noch immer einiges los. In der Einfahrt eines Hofs blieb ich stehen. Man hatte LED-Lampen aufgestellt und kleine Stände aufgebaut. An- und Verkauf von bestimmten Waren liefen besser im Dunkeln, wenn weder die Polizei noch die Steuerbehörde unterwegs waren. Doch die meisten Menschen standen einfach nur zusammen, tranken, rauchten Gras, vertrieben sich die Zeit, vertrieben die Sorgen. Sie lachten miteinander, eine Frau spielte etwas auf einer Gitarre und ein Paar tanzte eng umschlungen dazu. Ich wollte Verzweiflung sehen, suchte in den Gesichtern nach dem Kampf ums Überleben, den ich gerade fühlte, doch die Menschen wirkten, wie Menschen meistens wirken: eigentlich ganz zufrieden.

Ein Mann winkte mir zu, hielt eine Flasche hoch und deutete darauf. Ich senkte hastig den Kopf und ging weiter. Erst fünfzehn Minuten später merkte ich, dass meine Füße mich auf bekannten Wegen zum Schwangerenheim geführt hatten. Das schmiedeeiserne Tor war geschlossen, doch dahinter im Hof konnte ich sehen, dass jemand auf einem Stuhl unter dem Fenster des Behandlungszimmers saß.

Ich hob den Riegel an, schob das Tor nur so weit wie nötig auf und schlüpfte hindurch. Ohne ein Wort setzte ich mich neben Berit. Sie reichte mir ebenso wortlos ihren Becher. Ich schnupperte daran, roch den Alkohol und nahm einen kräftigen Schluck.

Berit winkte ab, als ich ihr den Becher zurückgeben wollte, und zauberte eine Flasche neben ihrem Stuhl hervor. Sie schenkte mir nach und nahm dann selbst einen Schluck aus der Flasche.

»Was ist der Anlass?«, fragte ich.

»Totgeburt.«

Für einen Moment suchte ich nach einem Gefühl in mir, einer Trauer über den Verlust eines Kindes, Empörung darüber, dass so etwas noch passieren konnte, doch da war nichts, nur dumpfe Leere.

»Und bei dir?«, fragte Berit schließlich zurück.

Ein Auto fuhr vorbei, warf Schatten auf den Hof und machte ihn dort, wo das Licht hinfiel, merkwürdig realistisch. Erst, als es wieder dunkel war, wirkte alles wieder einheitlich, ein bekannter Ort in einer neuen Form, ein Mysterium in jeder finsteren Ecke. Der Wind rauschte in den Blättern. Im Nacken spürte ich noch die Hitze des Tages, die die alte Mauer gespeichert hatte.

»Wie lebt man in diesem Land?«, fragte ich.

»Du?« Berit schnaufte. »Gar nicht.«

»Was soll das heißen?«

Sie lehnte sich zurück, nahm noch einen tiefen Schluck. Wenn sie betrunken war, konnte ich es ihr nicht anmerken. »Ich denke, man hat im Leben die Wahl. Entweder man schaut auf das große Ganze und verzweifelt daran, oder man konzentriert sich auf das eigene kleine Leben und macht das Beste draus. Aber du bist nicht der Typ, der das große Ganze ausblenden kann. Und solche Typen haben es nicht leicht, an keinem Ort auf der Welt.«

Ich dachte an Amal, an unser Leben vor alldem, vor dem Interview mit Louise, vor Nora. »Ich war mal der andere Typ.«

»Wirklich? Hat es nicht immer schon irgendwie an dir genagt? Hast du nicht früher schon deine Zweifel gehabt? Hast du dir nie auf die Zunge gebissen, nie ein ungutes Gefühl weggedrückt?«

Und plötzlich sah ich meinen Großvater vor mir, an seinem letzten Tag auf dieser Erde. »In euren Erinnerungen leben wir weiter.«

Ein heißes Brennen stieg meine Kehle hinauf, ich spülte es mit einem Schluck Alkohol hinunter. »Bist du nicht auch eher der Große-Ganze-Typ?«

»Mag sein«, sagte Berit.

»Wie schaffst du es?«

Sie hob die Flasche und schwenkte sie hin und her. Ich musste lachen. Eine Katze schlüpfte durch das Tor auf den Hof, blieb kurz eingefroren stehen, als sie uns bemerkte, und verschwand dann lautlos in den Schatten in Richtung der Mülltonnen.

»Warum bist du noch hier?«

Ich wollte ihr versichern, dass ich bald aufbrechen würde, dass ich quasi schon gepackt hatte, aber inzwischen verstand ich selbst, wie bescheuert das klang. Wie oft hatte ich das schon behauptet, wie um mich selbst zu vertrösten?

»Ich kann sie nicht sich selbst überlassen.«

»Wieso nicht?«

In der Dunkelheit konnte ich nur die Konturen von Berits Gesicht sehen, aber dennoch schaute ich sie an, hob meine Augenbrauen, als wäre das Antwort genug.

»Wir haben über euch zwei geredet«, gestand sie. »Schmitti und Mary und ich. Mary fand es ganz bezaubernd, wie du dich im Nora kümmerst. Schmitti findet es übertrieben.«

Ich seufzte, rieb mir die Stirn. Irgendwie schmerzte es, zu wissen, dass sie zu dritt über uns gesprochen, über uns geurteilt hatten. Dennoch machte es mich neugierig. »Und du?«

»Ich glaube, dass du irgendwas wiedergutmachen musst. Oder du glaubst es zumindest.«

Ich schwieg.

»Liege ich richtig?«

Ich nahm noch einen Schluck, um die Übelkeit in meinem Magen zu bekämpfen. »Ihr seid alle so hilfsbereit. Ihr gebt so viel von euch für diese Frauen. Da müsstest du es doch verstehen.«

»Hier gibt es klare Regeln«, erwiderte sie. »Die Frauen wissen, was sie von uns erwarten können und was nicht. Natürlich wird immer nach mehr verlangt. Man muss eben Grenzen ziehen.«

»Aber wo?«

»Was weiß ich?« Sie hob die Schultern.

»Schmitti hat gesagt, in unserem Land ruhen wir uns auf unserem Wohlstand aus, obwohl wir damit viel Gutes tun könnten in der Welt.« Sie sah mich mit gerunzelter Stirn an. »Siehst du das anders?«

»Dann müsste ich doch eine besondere Pflicht haben. Ich müsste besonders viel geben können, denn ich hatte es wirklich gut im Leben.«

Nachdenklich legte Berit den Kopf schräg. »Vielleicht zäumst du das Pferd von der falschen Seite auf. Du bist ja nicht dein Land. Und ja, du bist in einer privilegierten Welt geboren, aber das heißt ja nicht, dass dir immer die Sonne aus dem Arsch scheint, nicht wahr?«

Ich rieb mir mit der freien Hand über die Augen. »Alles, was mir passiert ist, scheint so nichtig.«

»Sag das nicht. Ich frage mich schon seit Jahren, wie ihr das da drüben verarbeitet.«

»Wie wir was verarbeiten?« Ich spürte, dass ich mich verteidigen wollte, verstand aber noch nicht, wogegen.

»Na ja, euer System. Diese Last des Platztauschs. Ich meine, jemand ist für dich gestorben, ganz direkt. Und wenn du mir so von deiner Familie erzählst, dann war das wahrscheinlich ein ziemlich toller Mensch.«

»Meine Oma«, stammelte ich.

»Wahrscheinlich haben alle deine Oma geliebt, richtig? Sie haben dir sicher tolle Geschichten erzählt über sie, haben dich spüren lassen, dass sie sie vermissen. Es ist doch klar, dass man da Schuldgefühle entwickelt. Dass man das irgendwie wiedergutmachen will.«

»Nein«, sagte ich, »so ist das nicht. Wir wiegen nicht auf. Es gibt überall Beratungen und Handbücher, wir verstehen alle, dass das nicht gesund ist. Alle entscheiden freiwillig, niemand trägt es den Kindern nach.« Außer Noras Vater natürlich.

Berit wedelte mit der Hand durch die Luft. »Ich glaube dir, dass du es weißt. Aber fühlst du es auch?«

Ich dachte an das Bild auf meinem Nachttisch, dachte an das, was meine Eltern mir über meine Oma erzählt hatten, diese rechtschaffene, kämpferische Frau. Und ich dachte an Opa, an unsere Tobestunden auf seiner Couch, daran, dass ich Matthes niemals wirklich von ihm erzählt hatte, obwohl es Opas letzter Wunsch an mich gewesen war. Was ich fühlte, war eine leere, wunde Stelle im Bauch, wo etwas sein sollte, das nicht da war.

Die Katze erschien wieder aus den Schatten, eine Ratte im Maul. Zufrieden tapste sie über den Hof, kauerte sich mitten im fahlen Mondlicht hin und begann, ihre Beute zu verspeisen. Ab und an drang das leise Knirschen von Zähnen auf Knochen zu uns herüber.

Irgendwann legte Berit mir die Hand auf den Arm. »Es tut mir leid, ich wollte dich nicht verurteilen. Ich habe keine Ahnung, wie es bei euch ist.«

»Ist schon okay«, antwortete ich und dachte an das Leuchten in den Augen meines Vaters, wenn er von seiner Mutter erzählte. »Aber ich weiß immer noch nicht, was ich wegen Nora machen soll.«

»Willst du denn überhaupt noch irgendwas machen?«

Ich zuckte mit den Achseln, spürte ihren Blick auf mir, befürchtete schon, dass sie jetzt loslegen würde mit den guten Ratschlägen, den Weisheiten, die ich alle schon kannte, die aber doch nichts änderten. Aber sie seufzte nur und sagte: »Bring die beiden mal vorbei in den nächsten Tagen. Sie brauchen ihre Check-ups. Ich schau sie mir mal an.«

Wie dankbar ich ihr für den plötzlichen Themenwechsel war. »Ich glaube nicht, dass sie noch mal einen Fuß auf das Grundstück setzen wird. Nach dem Streit mit Mary.«

Berit seufzte. »Dann komme ich eben bei euch vorbei. Morgen?«

»Ist gut.« Ich gab Berit den Becher zurück, stand auf, drückte sie kurz und machte mich auf den Weg über den Hof. Die Katze starrte mich kurz an, dann schnappte sie sich die Überreste ihres Nachtmahls und verschwand in der Dunkelheit.

»Emma«, sagte Berit, als ich schon auf halbem Weg zum Tor war.

Ich blieb stehen und drehte mich um.

»Ich weiß, dass ich nichts Schlaues sagen kann, das du nicht schon weißt. Aber wir alten Leute, wir können manchmal nicht anders, also verzeih bitte.«

Ich lächelte und nickte.

»Niemandem ist geholfen, wenn du untergehst.«

Ich wartete einen Moment, ob da noch mehr kommen würde, aber Berit schaute mich nur an, hob den Becher in einem stummen Salut und trank. Also winkte ich zum Gruß und ging.

/25/

Noch eine Woche«, sagte ich, als ich nach Hause kam. »Ich bleibe noch eine Woche, mache noch ein paar Termine, verkaufe das Equipment, lasse dir das Geld da, aber dann bin ich weg, verstanden?«

Sie saß mit Tom auf dem Bett, drückte ihn an sich, und eine Welle des Schmerzes überkam mich bei seinem Anblick. Ich ließ nicht mehr nur Nora zurück, aber Berit hatte recht. Amal hatte recht. Alle hatten recht. Es reichte.

»Mach doch, was du willst«, sagte sie nur.

Nach dieser Nacht verschob sich etwas zwischen Nora und mir. Sie sprach kaum mit mir, wenn ich nach Hause kam, antwortete nur das Nötigste auf meine Fragen. Immer hatte sie einen Singsang in der Stimme, gurrte Tom lautstark an, tänzelte mit ihm durch den engen Raum und spaßte mit ihm beim Windelnwechseln. Manchmal bemerkte ich, wie sie mich aus dem Augenwinkel beobachtete. Wie einen Feind, von dem sie sich bedroht fühlte. Wie eine Fremde.

Nur wenn Nora duschen ging oder ein paar Minuten auf dem Klo brauchte, war ich mit Tom allein. Dann legte ich ihn neben mich auf meine Luftmatratze, schnupperte an seinem Kopf, der süßlich und ranzig und wunderbar duftete, ließ ihn seine winzigen Händchen um meine Finger schließen und erzählte ihm von Noras und meiner Kindheit. Vom Spielplatz im Hof, dem Klettergerüst, das Nora immer schneller erklommen hatte als ich. Von Sommertagen im Freibad, an denen wir wieder und wieder um die Wette bis zum Grund getaucht waren. Von Fahrradausflügen in die Wälder, wo wir Forscher gespielt und Tierspuren gesucht und uns Namen für die Vögel ausgedacht hatten. Nora, die Mutige. Nora, die Abenteuerlustige. Das Baby in meinem Schlafsack brachte die Erinnerungen an die Oberfläche, und es lauschte still, als ich vom ersten Mal erzählte, als Nora mich ignorierte und stattdessen ein anderes Mädchen ihre beste Freundin nannte, Beatrice, Tochter eines Stadtrats, die auf Kindergalas ging und Nora mitnehmen durfte. Wie sie mich nicht mehr kannte, mich in der Schule nicht beachtete, wie ich weinend vor ihrer Tür stand und eine Erklärung verlangte, die ich nicht bekam. Nicht mal, als sie einen Monat später im Deutschunterricht auf einmal so tat, als wäre nichts gewesen. »Bea ist total etepetete«, sagte sie nur, lachte mich verschwörerisch an, und ich lachte mit, traute mich nicht, wütend zu sein, um das, was hier gerade passierte, nicht zu zerstören. Tom lauschte stumm und griff nach meinen Zöpfen.

Manchmal schnappte ich ihn mir, drehte mit ihm eine Runde um den Block und zeigte ihm die Welt vor der Tür. Er gluckste und griff nach allem, was er sah. Es erstaunte mich, wie schnell er von einem ewig schlafenden Baby zu einem Menschen geworden war, der sensibel auf seine Umwelt reagierte. Der spürte, wenn seine Mutter Sorgen hatte. Oder ich.

Um zu sparen, kaufte ich wiederverwendbare Windeln, die Nora dann tagsüber wieder und wieder waschen musste. Wir ernährten uns von den Spenden meiner Patienten, kochten Gemüse ein auf den zwei kleinen Kochplatten, damit nichts schlecht wurde und Nora einen Vorrat hatte. Es dauerte ewig. Wir wuschen und putzten und kochten ununterbrochen. Ich hatte nicht gewusst, wie aufwendig es war, arm zu sein. Einmal hatte Amal versucht, etwas Geld auf Noras neues Konto zu überweisen. Es war nie angekommen. Wer sich daran bereichert hatte, war mir inzwischen egal.

So ging es ein paar Tage, bis ich an einem Mittwoch zu Jakob fuhr und mein Zahnarztequipment verkaufte. Er wunderte sich, mich so schnell wiederzusehen, bot mir zwei Drittel dessen, was ich ursprünglich für die Maschinen bezahlt hatte, und wünschte mir alles Gute.

Als ich auf den kleinen Parkplatz der Schrebergartensiedlung einbog, wäre ich beinahe in den schwarzen SUV gefahren, der auf meinem angestammten Platz stand. Er war blitzsauber und hatte getönte Scheiben. Solche Autos gab es hier nicht. Ich parkte abseits hinter einem alten Wohnmobil, blieb erst im Auto, weil ich befürchtete, Pausch und seine Leute hätten mich gefunden. Doch dann wurde mir bewusst, dass es jetzt auch schon egal war. Also kletterte ich aus dem Wagen und ging auf den Weg zu, der zu unserer Hütte führte, als zwei Gestalten zwischen den Büschen vor mir auftauchten. Eine davon war Hausinger. Er war in Begleitung einer Frau in grauem Kostüm, die ihre schwarzen Haare zu einem strengen Dutt frisiert trug. Hausinger lächelte breit, redete auf die Frau ein, die nickte und sich Notizen machte. Sie gingen an mir vorbei, ohne mich zu erkennen, stiegen in den SUV und brausten davon, dass der Kies des Parkplatzes unter den dicken Reifen aufspritzte.

Für ein paar Minuten war ich wie gelähmt. Nur mein Kopf arbeitete auf Hochtouren, suchte verzweifelt nach einer Erklärung, die mir nicht den Boden unter den Füßen wegziehen würde. Aber ich fand keine. Also rannte ich los.

Sie saß auf dem Bett und stillte, schaukelte leicht nach vorne und hinten, riss aber den Kopf hoch, als ich in die Hütte stürmte.

»Was hast du getan?«, brüllte ich. Tom erschreckte sich und begann zu weinen.

»Das geht dich nichts an«, sagte sie.

»Was soll das heißen?«

»Er ist mein Kind.« Sie drückte ihn an sich, wie um ihre Worte zu unterstreichen. »Du hast deine Entscheidung getroffen, ich treffe meine.«

Ich stand noch immer mitten im Raum, starrte sie an. Die Tür hinter mir ließ den Winterwind hinein, den ich jetzt deutlich im Nacken spürte. Ich drehte mich um und warf die Tür zu. Tom sollte nicht frieren.

»Das kannst du doch nicht wirklich ernst meinen«, sagte ich und wusste, dass sie es sehr ernst meinte.

»Was soll ich denn tun, wenn alle mich im Stich lassen?«

»Ach so, jetzt ist es meine Schuld?«

Sie lehnte sich in die Kissen zurück, wiegte das Kind, das nur noch leise schniefte und uns mit großen Augen ansah. »Ich ziehe nur die Konsequenzen aus meiner Situation.«

Ich fiel auf einen Stuhl, riss mich zusammen, für Tom. »Das kann unmöglich der richtige Weg sein. Wir haben es nicht bis hierher geschafft, um ihn jetzt aufzugeben.«

Noras Gesicht war steinhart. »Er wird ein gutes Zuhause haben, das hat Hausinger mir versprochen«, sagte sie.

»Scheiß auf Hausinger!« Ich stand wieder auf, musste mich bewegen. Der Raum erlaubte mir drei Schritte, die ich auf und ab ging. »Scheiß auf eine andere Familie. Du bist seine Familie.«

»Ich kann ihm nichts bieten.« Ihre Stimme klang mit einem Mal anders, leise, kindlich wie damals, als sie sieben gewesen war, neun, vierzehn. »Bei jemand anderem ist er besser dran.«

Ich blieb neben ihr stehen und blickte auf sie hinunter. Sie drückte Tom an sich, ihre Brust noch halb entblößt, und strich ihm über die feuerroten Locken. Er bekam Sommersprossen, obwohl er noch nicht viel an der Sonne gewesen war in seinem Leben. Sie wiegte ihn, während er sie anschaute, wie Mutter Maria und das Jesuskind, und ich bekam den Eindruck, dass sie sich sehr bewusst war, wie sie wirkte. Einstudierte Gesten, ausgeführt mit der langsamen Sorgfalt einer Schauspielerin. Mir wurde übel.

»Das war es also?«, fragte ich. »Einfach so? Du bekommst einen Haufen Kohle, und alles geht zurück auf Los?«

Sie sah mich nicht an. »Es ist das Beste für ihn.«

Eine plötzliche Erkenntnis bohrte sich in meinen Schädel und zwang mich, die Augen zu schließen. »Ich hätte dich nie aus dem Krankenhaus holen sollen. Das Ergebnis wäre dasselbe gewesen.«

Sie fuhr so schnell herum, dass Tom sich wieder erschreckte und erneut zu wimmern anfing. »Ich wusste es! Du wolltest mir nie wirklich helfen. Du hast das alles nur gemacht, damit du dich besser fühlen kannst.«

»Du hast doch selbst gesagt, dass ich es dir schuldig bin.«

Sie lachte bitter. »Ich hatte gehofft, dass das nicht der einzige Grund ist. Ich dachte, vielleicht liegt dir was an mir.«

»Natürlich liegt mir etwas an dir«, sagte ich, obwohl ich mir nicht mehr sicher war, ob es noch stimmte. Ich blickte auf das kleine, rote Gesicht. »Und an ihm.«

»Dann solltest du verstehen, dass es für ihn das Beste ist, wenn er eine gute Familie bekommt.«

Natürlich verstand ich das. Ich verstand alles. Ich wollte es nur nicht. Mein Hals wurde eng, ich bekam kaum noch Luft, also lief ich hinaus, wo die Herbstsonne strahlte, als wäre nichts passiert. Mein Handy vibrierte in meiner Hosentasche. Wahrscheinlich jemand, dem ich erklären musste, dass meine Dienste nicht mehr zur Verfügung standen. Stattdessen legte ich mich auf die Ladefläche des Pick-ups und starrte in den Himmel. Flugzeuge zogen ihre Kondensstreifen kreuz und quer wie ein geheimes Muster, und ich folgte ihnen mit den Augen, dachte angestrengt an nichts, weil ich Angst davor hatte, was passieren würde, wenn ich die Gedanken zuließ. Mein Handy vibrierte wieder und wieder, bis ich es ausschaltete.

Die Sonne ging bereits unter, als ich zurück in die Hütte schlich. Nora saß immer noch auf dem Bett, Tom fest an sich gedrückt, der inzwischen eingeschlafen war. In einer kleinen Faust hielt er eine Strähne von Noras honigblondem Haar, und ein kleines Speichelbläschen hing in seinem Mundwinkel. Nora sah nicht auf, als ich eintrat.

»Wann holen sie ihn?«, fragte ich.

»Morgen um neun.«

Ich setzte mich, unterdrückte das Bedürfnis, mich neben sie zu legen und an Toms Köpfchen zu schnuppern. Dies waren ihre letzten Stunden mit ihrem Sohn, eine heilige Zeit, die ich nicht stören wollte. Dass es auch meine letzten Stunden mit ihm waren, zählte nicht, zumindest redete ich mir das ein. Wer war ich schon für ihn? Ich war nur diejenige, wegen der er dieses Leid erfahren musste. Wäre ich nicht gewesen, hätte er bereits eine neue Familie, er hätte die letzten Wochen in Frieden verbracht, in Wohlstand, bestens versorgt. Er hätte Nora nie kennengelernt und müsste ihren Verlust nicht erleben.

Wir saßen stumm da und schauten das Kind an. Stundenlang. Irgendwann kochte ich uns ein paar Nudeln, die wir nicht aßen und die ich vor die Tür stellte, weil ich den Geruch nicht ertrug. Als es kalt wurde, machte ich ein Feuer im Ofen, setzte mich wieder und beobachtete das Kind. Von Minute zu Minute wurde mir schlechter. Etwas zog an mir, setzte mich unter Strom, dass meine Beine anfingen zu wippen. Es kostete mich den letzten Rest meiner Kraft, stillzuhalten.

Irgendwann, ich hatte keine Ahnung, wie spät es war, stand Nora mit Tom im Arm auf, kam zu mir hinüber und reichte ihn mir.

»Ich muss mal aufs Klo.«

Ich nahm ihn ihr ab, sah ihr hinterher, wie sie in unserem winzigen Badezimmer verschwand, und erst als ich das Schloss hörte, drückte ich mein Gesicht in seine Locken, sog seinen Duft ein und weinte. »Es tut mir so leid«, flüsterte ich in sein Öhrchen, doch er hörte mich nicht, schlief wie ein Stein, und die Erkenntnis, dass er mich nie kennen würde, sich nie an mich erinnern würde, niemals wissen würde, dass ich existierte, traf mich wie ein Schlag.

Erst als Nora sagte: »Darf ich ihn wieder zurückhaben?«, merkte ich, dass sie vor mir stand.

Ich reichte ihr das Kind, wischte mein Gesicht ab, ignorierte ihren Blick, wollte nicht wissen, was sie dachte, ihre Ablehnung nicht sehen, ihre Herablassung, ihre Selbstgerechtigkeit. Doch ich blieb sitzen, starrte Tom an, als er aufwachte und gestillt und gewickelt werden wollte, versuchte, jeden Eindruck in mich aufzusaugen. Erst viel später fiel mir auf, dass ich in dieser Nacht kein einziges Foto gemacht hatte. Vielleicht war das gut so.

So sehr ich auch versuchte, jede Minute in die Länge zu ziehen, die Zeit reichte nicht aus, und als Hausinger und seine Assistentin um Punkt neun an die Tür klopften, wollte ich schreien. Doch ich war zu erschöpft. Ich blieb in der Ecke stehen, beobachtete, wie die Assistentin Tom in einen Autositz legte und in seine Bäckchen kniff, während er sie groß anschaute. Nora drückte die Arme fest an ihre Seiten, als müsste sie sich davon abhalten, nach ihrem Kind zu greifen. Hausinger stellte eine kleine Sporttasche auf den Tisch, zog den Reißverschluss auf und deutete hinein, doch Nora winkte ab. Er zuckte nur mit den Schultern. Ein paar Dokumente wurden unterzeichnet, und dann war es auch schon vorbei.

»Wollen Sie sich noch einmal verabschieden?«, fragte Hausinger.

Nora schüttelte nur den Kopf, starrte auf ihre Füße. Ich wurde nicht gefragt.

Und dann war er weg.

/26/

Ohne Tom froren wir ein. Ich blieb stehen, an der Wand, an der ich die ganze Zeit gestanden hatte, die Hände hinterm Rücken verschränkt. Nora saß am Tisch, vor sich die Tasche mit dem Geld.

Wir hatten ein Kind verkauft.

Wir weinten nicht, sprachen nicht, blieben in Schockstarre, bis Nora plötzlich aufsprang und nach Jacke und Handtasche griff. »Ich muss hier raus«, sagte sie und ging. Also blieb ich allein.

Endlich konnte ich mich von der Wand lösen. Meine Arme fühlten sich schwer an, als ich durch den winzigen Raum tigerte. Hier noch die Krippe, in der er so selten geschlafen hatte. Hier ein Fläschchen, die Strampelanzüge, aus denen er schon rausgewachsen war. Ein Mobile, noch verpackt, zwei Kuscheltiere, Geschenke von Schmitti. Hausinger hatte nichts davon mitnehmen wollen. Jetzt lag das Zeug hier rum, nutzlos, ungeliebt. Ich nahm einen kleinen blauen Elefanten in die Hand. Sein Rüssel war verkrustet von Babyspeichel.

Und dann hielt auch ich es nicht mehr aus und tat das Einzige, was mir einfiel: gehen. Ich lief ziellos durch die Stadt, blendete alles aus, die Menschen, den Verkehr, den Lärm, trieb durch die Welt, ohne jemanden zu berühren, ohne Augenkontakt, und fühlte mich einsamer als jemals zuvor. Ich hatte keine Minute geschlafen und sah wahrscheinlich dementsprechend aus, aber es kümmerte mich nicht. Nichts kümmerte mich mehr. Ich musste nur diesen Tag hinter mich bringen.

Als ich am Abend nach Hause kam, war Nora nicht da. Ich zwang ein paar kalte Nudeln hinunter, weil ich den ganzen Tag nichts gegessen hatte, kochte mir einen Tee und schlief am Tisch ein. Am frühen Morgen wachte ich auf, weil mein Rücken schmerzte. Draußen schimpfte eine Katze. Ich streckte mich, stand auf, schaltete das Licht an. Nora war nicht da. Unschlüssig ging ich durch das Zimmer. Ihre Kleider lagen auf einem Stuhl neben dem Bett, bald wäre es wieder Zeit für die Wäsche gewesen. Ihre Reisetasche war da, alles unberührt. Nur eines fehlte, wie mir mit einem Mal bewusst wurde: das Geld. Die Tasche hatte mitten auf dem Tisch gestanden, jetzt war sie weg. Wieso war mir das nicht früher aufgefallen?

Hastig kramte ich mein Handy hervor und rief Nora an. Ich hatte kaum auf den grünen Hörer gedrückt, da dudelte der Standardklingelton durch den Raum. Ich zuckte zusammen, legte sofort auf, und es war wieder still. Mein Puls raste vor Schreck, und ich brauchte einen Moment, um mich zu fangen. Dann rief ich wieder an.

Noras Handy lag unter ihrem Kopfkissen. Nicht versehentlich daruntergerutscht, sondern mitten unter dem Kissen, parallel zur Bettkante ausgerichtet. Drapiert. Zuerst wollte ich es nicht glauben. Sie musste es vergessen haben. Wahrscheinlich war sie irgendwo versackt, hatte vielleicht jemanden kennengelernt, sich jemandem an den Hals geworfen, und ehrlich, wer konnte es ihr verdenken? Aber das Geld. Sie hatte alles hiergelassen, was sie an diese Zeit erinnern würde, was eine Last sein würde auf ihrem weiteren Weg, und nur das mitgenommen, was wichtig war. Das Geld. Sie würde nicht wiederkommen. Ich war frei.

Meine Knie gaben nach und ich sank auf das Bett. Wie zufällig landete meine Hand auf dem kleinen Stoffelefanten. Mit der anderen nahm ich mein Handy hoch und rief Amal an.

»Emma?«

»Ich komme nach Hause.«

Sie schwieg eine Sekunde. »Wann?«, fragte sie.

»Heute. Ich komme heute nach Hause.«

Die Sachen waren schnell gepackt. Meine Klamotten in meine kleine Reisetasche, Noras und Toms Sachen in die andere. Was nicht reinpasste, warf ich in die Wiege, zerrte sie über den Kiesweg zum Pick-up und ließ mir von einem Nachbarn dabei helfen, sie auf die Ladefläche zu hieven.

Ich putzte schnell durch, rief unseren Vermieter an, der bestürzt war über den plötzlichen Verlust der Mieteinnahmen.

»Keine Sorge«, sagte ich und erklärte ihm meine Idee, die mir beim Packen gekommen war.

Keine zehn Minuten später war ich am Schwangerenhaus. Es war noch früh, die Schwangeren saßen beim Frühstück zusammen, doch Schmitti bemerkte mich, wie ich meine Arzttasche mit all dem Verbrauchsmaterial, das Jakob nicht hatte zurücknehmen wollen, durch die Halle in Richtung der Behandlungszimmer schleppte.

Sie lief mir hinterher. »Ist alles okay?«

»Ich fahre nach Hause«, sagte ich.

Sie blieb stehen, fing sich dann wieder und kam hinter mir her. »Was ist mit Nora?«

»Weg.«

»Und Tom?«

Ich erstickte kurz ein bisschen, schluckte, atmete einmal durch. »Hausinger.«

Sie blieb wieder stehen. Ich stellte die Tasche in eine Ecke des Zimmers, in dem ich Karla damals den Zahn gezogen hatte, dann ging ich wieder hinaus zum Wagen.

Schmitti und Mary erwarteten mich dort.

»Was ist passiert?«, fragte Mary. Sie sah ehrlich besorgt aus.

Ich öffnete die Heckklappe und zerrte wütend an der Wiege.

»Jetzt warte doch mal«, sagte Schmitti und half mir, das störrische Ding herunterzuheben. Ich wollte sie gerade Richtung Tür ziehen, da legte sich Marys warme Hand auf meinen Arm.

»Emma, was ist passiert?«

Ich presste die Tränen weg. »Können wir das erst erledigen, bitte?«

Ich sah sie nicht an, spürte ihren Blick auf mir, als wir ein paar Sekunden stillstanden. Dann griff sie das andere Ende der Wiege und trug sie mit mir in die kleine Eingangshalle. Wir ließen sie dort stehen, gingen zurück, und ich holte noch die Tasche mit Noras Sachen. Ich warf sie in die Wiege, verdeckte damit den blauen Elefanten, der mich vorwurfsvoll ansah. Und dann stand ich da, zitterte vor Anspannung und wusste nicht, was ich als Nächstes tun sollte.

»Komm mit«, sagte Mary, griff meine Hand und zog mich hinter sich her.

Wir gingen den Flur hinunter, vorbei an der offenen Tür zum Speisesaal. Der Geruch des Essens war unerträglich. Doch wir gingen weiter, Schmitti trottete leise hinter uns her, und schließlich führte Mary mich in ihr Büro. Ich ließ mich in einen der Stühle vor ihrem Schreibtisch plumpsen. Schmitti setzte sich neben mich, Mary uns gegenüber. Ganz wie im Film zog sie eine Schublade auf, holte drei Gläser und eine unbeschriftete Flasche mit einer durchsichtigen Flüssigkeit heraus und schenkte uns allen ein. Wir tranken stumm. Der Fusel brannte. Nach drei Schlucken schmeckte ich so was wie Pflaume.

»Geschenk von einem dankbaren Vater. Wusste ich doch, dass der noch mal nützlich sein würde.« Mary lehnte sich in ihrem Stuhl zurück, die Lehne wippte mit.

Wir schwiegen, tranken, dann begannen Schmitti und Mary ein Gespräch über eine neue Schwangere, die heute eingezogen war. Ich war dankbar dafür. Sie ließen mir Zeit, und die brauchte ich. Ich lauschte ihren Stimmen, ohne wirklich mitzubekommen, was sie sagten, aber die Geräusche halfen, genau wie der Schnaps, und irgendwann, als sich eine Pause ergab, schaffte ich es, zu sagen, was ich zu sagen hatte.

»Sie hat ihn an Hausinger verkauft. Gestern. Und dann ist sie verschwunden.«

Mary stellte ihr Glas ab. »Und du weißt nicht, wo sie ist?«

Ich schüttelte den Kopf. »Sie hat nichts mitgenommen, noch nicht mal ihr Handy. Nur das Geld.«

Ich spürte, wie Schmitti neben mir nervös wurde. »Was ist, wenn sie sich was angetan hat?«

»Hat sie nicht«, erwiderte ich. »Dann hätte sie das Geld nicht mitgenommen. Sie wollte nicht zurückkommen. So ist sie. Ich hätte es wissen müssen.«

Mary beugte sich über den Tisch, wollte mein Glas auffüllen, doch ich winkte ab. Also schenkte sie sich selbst nach, wedelte mit der Flasche in Schmittis Richtung, doch auch die schüttelte den Kopf.

»Mit den Jahren bekommt man ein Gefühl für die Eltern«, sagte sie und trank einen kleinen Schluck. »Du weißt, ob sie Eltern sein wollen oder nicht, wie sie mit der Belastung klarkommen werden, all das. Aber Nora …« Sie schaute in ihr Glas. »Es überrascht mich zwar nicht, dass sie ihr Kind weggegeben hat, aber ich glaube, nichts hätte mich bei ihr überrascht. Ich habe selten jemanden getroffen, den ich so schwer einschätzen konnte.«

Ich nickte. Sie hatte recht. Niemand verstand, was Nora antrieb. Zumindest hatte ich es nie verstanden.

»Und wie geht es dir jetzt?«, fragte Schmitti.

Der sanfte Ton in ihrer Stimme wunderte mich so sehr, dass ich sie ansah. Ich hatte Ärger erwartet, Hasstiraden auf Nora, die sie eh nie hatte leiden können, aber ihr Gesicht war weich. Eine kleine Sorgenfalte lag zwischen ihren Augenbrauen.

Und da erzählte ich ihnen von Tom. Von seinen feuerroten Locken, die mit jeder Woche dichter geworden waren. Von seinem neugierigen Blick. Von dem Elefanten, den er so gemocht hatte und den er nicht hatte mitnehmen dürfen. Von dem ranzigen Duft seines Köpfchens. Ich heulte und redete, und irgendwann weinte auch Schmitti ein bisschen und nahm mich in den Arm und dann schwiegen wir und dachten vielleicht alle über jemanden nach, den wir verloren hatten.

»Die Sachen?«, fragte Mary schließlich.

»Könnt ihr alle behalten.«

»Das können wir nicht annehmen.«

»Doch, ihr könnt. Ich habt uns so viel gegeben.«

Sie nickte. »Und du? Willst du ein paar Tage hierbleiben?«, fragte sie.

»Nein«, sagte ich. »Ich will nach Hause.«

»Ich rufe meinen Bruder an«, sagte Schmitti. »Der hat heute Dienst und kann dich vielleicht ohne Aufhebens ausreisen lassen. Ein bisschen Schmiergeld für den Kollegen wäre nicht schlecht.« Sie blickte Mary an, doch ich winkte ab. Immerhin hatte ich noch das Geld von Jakob.

»Geht klar«, sagte ich, und sie fragten nicht nach.

Schmitti ging telefonieren, und Mary nahm mich mit in die Küche, zwang mich, etwas Toast zu essen und Kaffee zu trinken. Wir standen noch einen Moment am Fenster und schauten auf den Garten hinaus.

Das Laub wurde gelb und rot und auf dem Kartoffelbeet wurde das Laub welk. Bald war es Zeit für die Ernte.

Mary legte ihren Arm um meine Schultern. »Vergiss nicht, dass du alles getan hast, was du tun konntest.«

Ich lachte bitter. »Wirklich? Tun wir jemals wirklich alles, was wir können?«

Sie legte den Kopf schief. »Was weiß ich. Wahrscheinlich geht immer mehr.« Sie klopfte mir auf die Schulter. »Sagen wir, du hast mehr für sie getan als sonst irgendwer. Das ist doch was.«

Sie machte mir ein Sandwich für den Weg, packte eine Flasche Wasser dazu, dann gingen wir hinaus in den Hof. Schmitti und Berit warteten auf uns. Ich nahm jede von ihnen in den Arm, hielt sie lange fest, bedankte mich.

»Nicht verzweifeln, hörst du?«, flüsterte Berit mir ins Ohr, und ich nickte eifrig, obwohl wir beide wussten, dass es dafür zu spät war.

»Mein Bruder erwartet dich«, rief Schmitti mir zu. Dann drehten die drei sich um und gingen hinein.

Als ich im Auto saß, rief ich Amal an, um ihr zu sagen, wann ich wahrscheinlich über die Grenze kommen würde.

»Ich komme hin«, sagte sie.

»Das musst du nicht. Wahrscheinlich nehmen sie mich sowieso gleich fest.«

»Deswegen ja. Ich will dich sehen. Und ich bringe deinen Vater mit. Der weiß schon Bescheid.«

Fast wollte ich sie davon abhalten. Ich wollte ihn nicht sehen, schämte mich zu sehr, aber ich würde ihn brauchen.

»Amal, es tut mir alles so leid.«

Sie schwieg. Ich hörte das Zittern ihres Atems. »Ich weiß, Babe«, sagte sie schließlich. »Mach dir keine Sorgen. Ich bin froh, dass du nach Hause kommst. Alles andere klären wir, wenn du hier bist.«

»Okay.«

Eine Welle der Angst schwappte über mich hinweg, aber mein Körper war zu müde, um an dem Gefühl festzuhalten, und so verhallte es zwischen all den anderen Gefühlen, der Scham, der Trauer, der Schuld.

»Fährst du jetzt los?«

»Gleich«, sagte ich. »Ich muss noch einen Zwischenstopp machen.«

Ich benutzte das Navi meines Smartphones, um den Weg zu finden. Inzwischen steuerte ich den Pick-up sicher durch die engen Straßen und schaffte es sogar, ihn in eine schmale Parklücke zu bugsieren. Hermann erkannte mich nicht, hielt mich aber auch nicht auf, als ich die Lobby des Hotels betrat und an ihm vorbeimarschierte.

Im zweiten Stock stolperte ich fast über Berhane.

»Mama hat gesagt, dass du kommst«, brüllte er, als er mich sah, griff mich bei der Hand und zog mich in das Zimmer.

Senait grüßte mich mit einer Umarmung, Tulu beschränkte sich auf einen Handschlag.

»Wir haben immer noch keine neue Unterkunft gefunden«, sagte er entschuldigend, als ich mich im Zimmer umsah.

»Deswegen bin ich hier«, antwortete ich.

Tulu goss mir einen Tee ein, Senait schickte die Jungs raus, und ich holte einen Zettel aus meiner Handtasche.

»Das hier ist die Adresse eines kleinen Häuschens in einer Schrebergartensiedlung. Nora und ich haben in der letzten Woche dort gewohnt. Es ist nicht sehr groß, aber günstig und ruhig gelegen. Ich habe schon mit dem Vermieter gesprochen, und er würde euch gerne aufnehmen. Ihr könnt sofort einziehen.«

Senait hob die Hand vor den Mund.

»Und hier stehen einige Nummern von Menschen, die ich in den letzten Monaten behandelt habe. Auch sie haben nicht viel, aber vielleicht brauchen ihre Kinder Nachhilfe oder ihr könnt ihnen sonst irgendwie zur Hand gehen für ein wenig Geld oder ein bisschen Obst. Sagt, dass ich euch schicke. Die Menschen vergessen nicht so schnell, wer sie von ihren Zahnschmerzen befreit hat.« Ich lächelte schwach, mehr für sie als für mich.

Vorsichtig nahm Tulu den Zettel an sich. »Danke dir.«

Ich seufzte. »Es ist nicht viel, aber mir fällt niemand ein, der es mehr verdient hätte als ihr.«

Senait nahm mich in den Arm, drückte mich fest, ließ mich wieder los. »Und du?«, fragte sie.

»Ich gehe zurück. Es gibt hier nichts mehr für mich.«

Sie nickte. »Wer weiß, vielleicht sehen wir uns irgendwann in deiner Heimat wieder. Vielleicht kannst du ein gutes Wort für uns einlegen«, sagte sie mit einem Zwinkern.

Unwillkürlich musste ich lachen. »Ich glaube nicht, dass mein Wort noch irgendein Gewicht haben wird. Sagt lieber niemandem, dass ihr mich kennt.«

»Bist du verrückt?«, erwiderte Tulu. »Ich werde jedem von unserer Freundin erzählen, die uns unser erstes Häuschen in diesem Land besorgt hat.« Er griff meine Hand und hielt sie fest.

»Danke«, murmelte ich.

/Epilog/

Ich musste nicht ins Gefängnis. Das ist der Vorteil, wenn der eigene Vater jeden im Justizbetrieb persönlich kennt. Es wurde viel gemauschelt, hier und da ein Gefallen eingefordert, und ich kam mit einer Bewährungsstrafe davon. Außerdem wurde ich als potenzielle Anwärterin auf einen Anteil gestrichen. Ich würde niemals Mutter sein. Ich hatte zwar nie Kinder gewollt, dennoch schmerzte es ein wenig, keine Wahl mehr zu haben. Ein sonderbarer Widerspruch, doch irgendwie war mein Leben seit Noras Auftauchen voll von Widersprüchen, und mit der Zeit lernte ich, sie auszuhalten.

Wie der Widerspruch, dass ich mir in meinem eigenen Zuhause wie eine Fremde vorkam. Das lag nicht an Amal, die mich mit einer Güte wiederaufnahm, die ich mir bis heute nicht erklären kann. Ich selbst war es, die sich in dieser Welt nicht mehr zurechtfand. Das Grün, die Vögel, die Freundlichkeit der wenigen Menschen auf den Straßen. Die Größe unseres Hauses, die kleinen Roboter, die putzten, die Drohnen, die unsere Einkäufe brachten. Ich war kaum fünf Monate fort gewesen, und doch schien mir diese Welt auf einmal unecht. Nur nachts im Bett, im Dunkeln neben Amal, nachdem sie mir das Seidentuch und mein Haar gebunden und ich ihren Zopf geflochten hatte, wenn wir dalagen, Sex hatten oder auch nicht, uns in jedem Fall aber irgendwie berührten, nur dann fühlte ich mich wieder zu Hause.

Vier Jahre ist es jetzt her, dass Nora vor meiner Tür stand. Seitdem habe ich kein Abschiedsfest verpasst. Ich stehe da und sehe mir die Paraden an, betrachte die Menschen, die ihr Leben geben für ein Kind, die freiwillig gehen, um die Balance dieses Landes zu halten, damit hier alle Arbeit haben, damit niemand hungert, damit wir in Wohlstand leben können. Vielleicht ist es ein unnötiges Opfer, vielleicht ist es zynisch in Anbetracht all dessen, was da draußen passiert, diese Selbstlosigkeit zu feiern, aber es ist meine Pflicht, finde ich, mich zumindest hinzustellen und da zu sein, es auszuhalten.

Im Gefängnis war ich dennoch. Es kostete einiges an Überzeugungskraft und ein paar Anrufe meines Vaters, bis man mir einen Besuchstermin mit Steven Krauss gewährte. Eine kleine Beamtin führte mich durch die blitzblank gebohnerten Gänge, vorbei an Werkstätten, Unterrichtsräumen und Sporthallen. In einem kleinen Zimmer mit bequemen Sesseln und Zimmerpflanzen wies sie mir einen Platz zu und stellte sich selbst in eine Ecke, als wäre sie Dekoration. Wenige Minuten später trat Steven ein. Die Überraschung auf seinem Gesicht war unübersehbar. Natürlich, er kannte mich nicht. Er sah anders aus als im Fernsehen, hagerer. Die Kameras packen zehn Kilo auf deine Hüften, hatte Mo immer gewitzelt. Seine Haare waren kurz geschnitten, leuchteten nicht mehr so feuerrot. Von Nahem fehlte ihm der Charme, den er als Anführer der Freebirther im Fernsehen verströmt hatte. Dass dieser Mann eine Revolution hatte anzetteln wollen, schien abwegig.

Er setzte sich mir gegenüber und schaute mich neugierig an, sagte aber nichts.

»Mein Name ist Emma«, begann ich.

»Sind Sie von der Presse?«, fragte er.

»Nein.« Ich legte meine Hände auf die Knie. »Ich bin eine Freundin von Nora.«

Er nickte, schaute an mir vorbei aus dem Fenster. »Wieso kommt sie nicht selbst?«

»Oh, sie kann nicht. Ich weiß nicht, wo sie ist.«

Und dann erzählte ich ihm die Geschichte, die ganze Geschichte, von unserer Kindheit und Jugend, von den Streits, davon, wie wir uns aus den Augen verloren hatten und wie sie plötzlich wieder aufgetaucht war, von der Flucht und dem Heim und von Toms Geburt. Steven strahlte, als ich die roten Haare erwähnte, mit denen das Kind schon aus dem Mutterleib gekrochen war, von seiner Aufmerksamkeit und seinen feinen Sensoren für die Stimmung anderer Menschen. Und ich erzählte ihm, wie sie ihn weggegeben hatte.

Irgendwann hob er eine Hand an die Augen, die andere vor sein Gesicht, und ich hielt inne. Wir schwiegen einen Moment, bis er sich gefangen hatte.

»Sie hat es wirklich durchgezogen«, sagte er schließlich.

»Haben Sie daran gezweifelt?«

Er schüttelte den Kopf. »Sie ist der Typ Mensch, der immer bekommt, was er will, nicht wahr?«

Ich stutzte. »War es nicht Ihre Idee, ein illegales Baby in die Welt zu setzen? Für die Sache der Freebirther?«

»Meine Idee?« Er lachte bitter. »Natürlich hat sie Ihnen das gesagt. Aber ich hatte nichts damit zu tun. Also, außer dem biologischen Teil. Ich weiß nicht, ob es ein Unfall war oder ob sie schwanger werden wollte. Eigentlich weiß ich nichts über Nora.«

»Waren Sie nicht ein Paar?«

Er lachte leise. »Kennen Sie das, wenn Sie denken, Sie wären mit jemandem seelenverwandt? Das Gefühl hatte ich bei Nora. Sie schien perfekt zu mir zu passen. Wir glaubten an dieselben Dinge, hatten dieselben Ideale, mochten dieselben Bücher. Sie war wie für mich gemacht. Erst hier im Knast ist mir aufgefallen, dass ich keine Ahnung habe, wer sie ist. Sie ist wie ein Spiegel, der einem genau das zeigt, was man sehen will.« Er zuckte mit den Achseln. »Sie hat bekommen, was sie wollte. Dass es auch mein Sohn ist, daran hat sie wahrscheinlich nicht gedacht.«

Er sank ein wenig in sich zusammen, und ich unterdrückte den Impuls, meine Hand auf seinen Arm zu legen. So hatte ich ihn mir nicht vorgestellt, den großen Steven Krauss, den Kopf der Freebirther. Ich mochte ihn. Vielleicht lag es daran, dass wir wie Geschwister waren, Leidensgenossen, Kollateralschäden auf Noras Weg.

»Es war also schlimm da drüben?«, fragte er schließlich.

»Im Alten Land?«

Er nickte.

»Es war nicht einfach. Wenn man keine Menschen kennt, die einen unterstützen, ist man verloren. Der Staat ist jedenfalls keine Hilfe. Aber ich habe auch unfassbar aufopferungsvolle Leute getroffen.«

Ein bitteres Lächeln legte sich auf seine Lippen. »Hier drinnen habe ich viel zu viel Zeit zum Nachdenken. Manchmal glaube ich, ich habe das alles idealisiert. Es ging ums Prinzip, verstehen Sie? Um die Freiheit und all das. Was nützt es einem, wenn man in Freiheit verarmt? Wenn man Kinder zeugt und gleichzeitig ihre Zukunft zerstört?«

Jetzt war es an mir, mit den Schultern zu zucken. »Ich weiß nicht mehr, was ich glauben soll.«

»Vielleicht ist das die einzig kluge Einstellung«, sagte er und lächelte mich an.

Dann war unsere Zeit abgelaufen, und die Statue in der Zimmerecke verwandelte sich wieder in einen Menschen und geleitete mich hinaus. In der Tür drehte ich mich noch einmal um.

»Hat sie jemals von mir erzählt?«

»Nein. Tut mir leid.« Er lächelte. »Kommen Sie mich mal wieder besuchen?«

Ich tat es, tue es immer noch. Einmal im Monat besuche ich ihn, und wir erzählen einander von Nora, von unserer Kindheit, von Büchern, die wir gelesen haben. Manchmal spielen wir auch nur Backgammon oder Dame, beides Spiele, die er mir beigebracht hat. Über Politik sprechen wir nicht.

Neulich waren Amal und ich im Urlaub an der Küste. Wir wohnten in einem kleinen Hotel am Strand, spazierten jeden Tag über die Promenade. An einem Nachmittag kamen wir an einem Eiswagen vorbei, und davor standen zwei Väter mit ihrem Sohn. Der eine Mann trug das Kind auf den Schultern, hielt fest die dünnen Waden umklammert. Der andere kaufte Eis. Er reichte eine Waffel zu dem Kind hinauf, und es lachte und biss in die Kugel, und dann lachten auch die Väter und sie gingen eisessend davon.

Der Junge hatte feuerrote Locken. Er sah glücklich aus. Vielleicht erzähle ich Steven davon.

/*Danksagung*/

Jürgen – Danke, dass du dieses Buch in dein Verlagshaus aufgenommen hast, danke für deine Geduld und Freundlichkeit und die unermüdliche Kraft, mit der du wunderbaren Büchern ein Zuhause schenkst.

Juri – Danke für deine Begeisterung für diese Geschichte, dein scharfes Auge, deine wohlwollende Kritik und deine fantastischen Ideen. Danke, dass ich von dir lernen durfte.

Angelika, Ursi, Susanne – Danke für eure Zeit, eure Hinweise, eure Rückversicherungen und euren Zuspruch.

Julia – Danke, dass du es immer schaffst, mich aufzurichten, und nie urteilst.

All meinen schreibenden Freund:innen – Danke für eure Kreativität, an der ich mich nähren kann, und für die gegenseitige Unterstützung. Eure Begeisterung für diese sonderbare Tätigkeit fängt mich jedes Mal auf, wenn ich kurz davor bin, das Handtuch zu werfen.

Olli – Danke, dass du mitleidest, zuhörst, aushältst, antreibst und jubelst. Danke für dieses Leben, das ich mit dir teilen darf.

Crow Kingdom

von Tino Falke

194 Seiten Taschenbuch
ISBN 978-3958694675

In einem Vergnügungspark zu arbeiten war für Jessica immer ein Traum, doch nach über zehn Jahren zwischen Achterbahnen und Fast-Food-Restaurants ist sie es leid, im Rabenkostüm zu tanzen und den Gästen mit aufgesetztem Lächeln eine heile Welt vorzugaukeln. Wie die anderen Angestellten hasst sie ihre Arbeit, den Park und den Besitzer – so sehr, dass sie beschließen, den schönsten Ort der Welt in Schutt und Asche zu legen. Während die Planung für den Tag der Zerstörung läuft, wird Jessica nicht nur unerwartet mit der Rückkehr einer Ex-Freundin und eines Jugendfreundes konfrontiert, sondern auch mit ihrer ganz persönlichen Verbindung zum Park. Denn wer für eine bessere Zukunft sorgen will, muss sich früher oder später der eigenen Vergangenheit stellen.